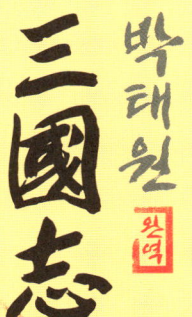

박태원
三國志

박태원 완역

三國志

도원(桃園)에서 맺은 의(義)

1

나관중 지음

박태원 삼국지 1
도원(桃園)에서 맺은 의(義)

1판 1쇄 인쇄   2008년 4월 25일
1판 1쇄 발행   2008년 4월 29일

지은이   나관중
옮긴이   박태원
발행인   박현숙
펴낸곳   도서출판 깊은샘

출 력   으뜸애드래픽
인 쇄   (주)신화프린팅코아퍼레이션

등 록   1980년 2월 6일 제2-69
주 소   서울시 종로구 낙원동 58-1 종로오피스텔 606호 우편번호 110-320
전 화   764-3018, 764-3019
팩 스   764-3011

ⓒ 박태원 2008

ISBN 978-89-7416-191-0 04810
ISBN 978-89-7416-190-3 (전10권)

이 책 글의 저작권은 저작권자에게 있습니다.
저작권자와 출판사의 서면 허락 없이 어떠한 사용도 금합니다.
값은 뒤표지에 있습니다.

나의 아버지 박태원과 삼국지

박일영(박태원의 장남)

어쩌면 그냥 영영 덮어 두고 떠날 뻔했던 얘기를, 그것도 잠결에 '그러마' 해 놓고는, 무슨 말로 어떻게 시작을 해야 할지, 혹 괜한 일 벌려 부친의 작품에 누나 끼치지 않을까 사나흘을 자반 뒤집기만 하다가, 어쨌거나 시작은 해 보렵니다.

저는 구보 박태원의 장남 박일영(이령)입니다. 글이란 써 본 일도 없고 생전에 써 볼 생각도 가지고 있지 않은 위인이지만, 호는 '팔보(八甫)'입니다. 구보의 원수 구(仇)자나 언덕 구(丘)자가 아닌 우리말 발음 그대로 아홉 구자에서 연유된 것으로, 내겐 아버지 같은 분이 소설가 정비석 님께 소개하시면서, "구보의 아들인데 아홉은 안 되고 팔(八)보 쯤 되는 청년이오" 하셔서 얻게 된 호입니다.

그것이 한 50년쯤 전 일인데, 그 연유를 들은 대학 다니던 제 아이가 몸에 '칠보'라고 문신을 새겨 넣은 걸 보고 놀랐던 일이 있습니다.

구보 박태원이 『삼국지』 번역에 뜻을 둔 것은 1929년 양백화(건식) 어른께서 그때까지 항간에 나돌던 '구화체 삼국지'의 틀을 버리고, 근대적인 대화체의 문장으로 《매일신보》에 연재를 시작하신 시기로 보고 싶습니다.

이러한 근거는, 구보가 어려서부터 집안에 고매한 한학자이며 의전의 전신인 한성의학교 출신 양의(洋醫)였던 숙부 박용남으로부터 한학을 사사했으며, 박옹 왈 "네 나의 학문을 받아들임이 일취월장하여 내 이제 너 점성(박태원의 아명)에게 더는 가르칠 게 없어 새로운 스승을 소개하리라" 하시며 당대 중국 문학에 대가이셨던 양백화 문하로 보내셨던 사실이 있고, 그 후 부친께서는 1930년대 후반에 많은 중국 문학 작품 번역을 하고 계셨던 점에 연유합니다.

1939년 대동아 전쟁이 한창이던 때 일본의 인기 대중 작가이며 종군 기자였던 요시카와 에이지(吉川英治)가 일본을 비롯하여 경성에서 일본어로 발행되던 《경성일보》에 동시 연재를 시작한 『삼국지』가 인기를 끌자, 이에 조선일보 방사장이 만해 한용운 선생에게 신판 『삼국지』를 한글로 번역 연재하게 했으나, 이듬해 조선일보의 폐간과 함께 더는 한글 『삼국지』를 볼 수 없게 되었습니다

이때 구보의 『삼국지』 번역은 1941년 월간지 《신시대》에 연재함으로써 막을 올렸다고 보겠습니다. 아마 '조선에도 삼국지 번역을 이어갈 인재가 있다(?)' 내지는 백화 선생의 삼국지를 읽으면서, 자신의 스타일로 역사 소설 번역을 해 보겠다는 의욕에, 요시카와의 번역이 번안에 가까운 데 착안하여, 『신역 삼국지』로 삼고초려와 적벽대전을 1943년까지 연재한 바 있습니다. 이것들은 1943년과 해방되던 해 박문서관에서 단행본으로 발간되었습니다.

그리고는 해방이 되면서 매일신보에 연재하던 『원적』을 중단하고 여러

편의 단편 발표 이외에는 자중(?)하시다 1948년 수호전을 세 권으로 정음사에서 발행한 후, 최영해 사장의 권유로 다시 삼국지 번역에 착수하시게 되었습니다.

당시 《조선일보》에는 『군상』을 그리고 《서울신문》에는 『임진왜란』을 연재하고 있던 중이라, 허물없이 지내는 벗으로부터, "군은 안경을 잡순(쓴) 주제에 신문 연재소설까지 쌍알이 질려 가지고……운운" 하였다는 소리까지 들으셨다 합니다.

결국 조선일보에 연재하던 『군상』은 중단하시고, 『삼국지』 번역에 심혈을 기울여 1950년 3월과 4월에는 빨간 장정의 완역 삼국지가 두 권이 나왔는데, 그 원고들은 대부분 제가 학교 가는 길에 학교 뒤에 사시던 최 사장 댁으로 나르곤 했습니다. 혜화초등학교 뒤쪽에 있던 적산가옥 이층집은, 외솔 선생님을 모시고 사셨던 듯, 대문에는 최영해 문패는 없고 최현배 세 글자가 가로 쓰기로 붙어 있었음이 지금도 기억에 생생합니다.

6월 들어 뇌염 방학에 들어갔는데 6.25가 났습니다. 포성이 그치고 잠잠해지자 나는 아버지의 손을 잡고 종로통을 나가 보았는데 전매국(專賣局) 골목에서 태극기를 어깨에 두른 순사가 엎어져 있는 내 생애 최초에 주검을 보았고, 무지스런 탱크가 전찻길 위로 마구 달리는 것을 보며 전찻길이 망가질 것을 걱정했습니다. 이튿날 아버지는 집을 나가신 후 감감 무소식으로 일주일이 지나도록 집에 돌아오시지 못하셨던 기억이 있습니다. 그 후 두어 번 전선을 따라 종군 작가 걸음을 하셨는데, 아마 남쪽에서의 마지막 낙동강 전투 참전의 기록이, 이북에서 1952년에 발표한 『조국의 깃발』인 것 같습니다.

어쨌거나 종군 나들이 후면 며칠씩 누워 계시던 기억과, 9.28 서울 수복이 되어 부랴부랴 『삼국지』 원고 셋째 권과 백여 매는 실히 되는 넷째 권 원고를 어머니와 아궁이에 태우던 기억이 있습니다. 이 일은 후에 정음사 최 사장을 만나 얘기했더니, "그것만 있었더라면 내 팔뚝에 땀띠가 한 말은 줄었을 텐데" 하셨던 기억이 납니다.

 이젠 이북에서 발간된 『삼국연의』에 관해 이야기할 차례인 것 같습니다.

 70년대 초 미국의 도서관에서 아버님이 이북에서 내신 『삼국연의』 여섯 권과 『계명산천은 밝아 오느냐』 두 권을 큰 아이가 유치원 다닐 때(70년대) 네 식구가 함께 보았는데, 도서관을 나올 때 아이들이 저희가 무얼 안다고, 할아버지 책들을 한 권씩 안고는, 사서가 책은 두고 가야 한다는 말에, "이게 우리 할아버지 책인데……" 하던 일이 생각납니다.

 어쨌거나 아버님 생전에 가족들의 생존 소식도 전하지 못했습니다. 아주 나중 마지막 스트록(발작)이 와 더 이상은 버티지 못하실 듯하다는 말 듣고 가 뵙고 싶은 마음도 있었으나, 지인을 통해 의견을 타진할 때마다 만의 하나 남쪽에 알려질 수도 있다는 귀띔에 지레 겁을 먹고, 혹 남한 가족들이나 미국 올 때 신원 보증 서 주셨던 분들께 누를 끼치지 않을까 하는 생각에, 방북 결단은 물론 편지도 못했던 일은, 정말 우리 세대가 받은 반공 교육이 얼마나 철저했던가를 새삼 느꼈습니다.

 모스크바 올림픽 전 해였던지, 벗 하나가 미국 친선 탁구팀의 임원으로 끼어가게 되었는데, 떠나는 날 아침 전화가 와 부친 함자를 물은 일이 있었습니다. 무엇 때문이라는 설명을 안 하는 것은 전쟁을 겪은 우리 세대의 아량이지요. 갔다 와서 전하는 이야기가, "야, 너희 아버지 거기선 대단하더라. 도착하자 만나 뵈올 뜻을 전했고 체류 중에도 두어 번 채근을 했었지만, 떠나 올 때 만나고 싶으면 올림픽에 오라면서, 비행기 표가 필요하면 알려 달라고 했다"는데, 말을 전하던 인사가 남으로 치면 차관급이어서 그런다는 말을 듣고, 도저히 내가 품고 살아 온 아버님의 말씀이라곤 믿기지 않았습니다.

　난리 통에도 살아남은 큰아들이 미국에 살고 있다는 사실은 전해진 줄 알았는데, 후에 평양에 갔을 때 들으니 큰누이도 새어머니 쪽도 모르는 일로서, 당시가 사경을 헤매고 계실 때라서, 연락을 맡았던 분들이 그런 답을 했던 걸로 안다고 하여, 결국 부친께선 남쪽 가족들의 생사도 모르고 돌아가신 듯합니다.

　어디에서든 확고한 작가적 지위를 갖춘 분들은 작품 활동 멈출 필요 없지요, 필요할 때 엎드려 절 받기도 하고요. 제 생각엔 위와 같은 이유에서 여기저기 글도 쓰시고, 방송 작가 생활도 하시고, 확인한 바는 없지만 함경도에 가 교정도 보시고, 벽촌 교장 노릇도 하셨다니, 그 틈틈이 삼국지 원고도 쓰셨겠지요. 그리고 대본으로 쓰셨던 1955년에 북경에서 발간된 『삼국연의』의 전언(10권 권말의 주여창 해설)이 당시 중공 치하에서 삼국지 발간이 왜 필요한가 하는 데 더할 나위 없이 타당한 논리로 전개해 나갔다는 점을 접하시고 정말 무릎을 치셨을 듯합니다.

　어찌 됐건 그냥 그 머리말, 그것도 끝까지 뇌는 일도 없이 중략해 버리고 초판 1만부를 찍어냈으니…… 부언하고 싶은 생각은 추호도 없지만, 아무리 바쁘셔도 전언은 음미해 볼 것을 재삼 부탁드립니다.

　『삼국지』 줄거리도 계급혁명 노선상에 올려놓을 수가 있는 이야기라는 것! 외람되게도 대조할 기회가 있었습니다.

　처음에 좀 삐걱거렸던 점은, 그곳 독자층이 어려서부터 한글 전용 교육을 받은 세대이고, 어느 정도의 각주를 달아야 하는지, 한자 어휘는 얼마나 수용이 되는지 어림이 잡히지 않으셨을 것입니다. 그로하여 리듬을 잃은 문장이 다소 서툴렀지만 조금 지나 열이 오르니 역시 '구보'였습니다.

그 위에 인세에 쫓길 이유(?)가 없는 그곳에서의 창작 환경에 다소는 익숙해지신 듯, 문장에 여유도 느껴지고, 남쪽에서는 시도를 아니하셨던 시들을 모두 번역(생각컨대 이 부분은 시간을 물 쓰듯 해야 하는데)하셨고, 갈수록 각주는 왜 그리 자상해져 가는지……

그렇게 해서 근 4반세기 만에 구보 박태원은 삼국지의 번역을 마치셨고, 그로부터 다시 근 반세기 만에 남쪽에서도 구보 박태원의 『삼국지』가 햇볕을 보게 되었군요. 아들로서도 삼국지의 한 애독자로서도 감개가 무량합니다.

【 등장인물 】

유비(劉備)*
촉한의 초대 황제. 자는 현덕(玄德). 관우, 장비와 의형제를 맺었다. 황건적의 난이 일어나자 동생들과 토벌에 참전 하였다. 원소, 조조의 관도대전에서는 원소와 동맹하고, 이에 패하자 형주의 유표에게로 갔다. 세력이 미약하여 이곳저곳을 의탁하다 삼고초려해서 제갈량을 맞고 본격적인 기반을 다지기 시작했다. 이후 촉으로 세력을 확장하여 국호를 촉한이라하고 황제의 위에 올랐다. 관우의 죽음에 복수하기 위해 오를 공격했으나 실패하고 병으로 죽었다.

관우(關羽)*
자는 운장(雲長). 촉한의 오호대장. 유비, 장비와 더불어 의형제를 맺고 팽생토록 그 의를 저버리지 않았다. 조조에게 패하고 사로잡혔을 때 조조가 함께 하기를 종용했으나 원소의 부하 안량과 문추를 베어 조조의 후대에 보답한 다음 오관을 돌파하여 유비에게로 돌아갔다. 유비의 익주 공략 때에는 형주에 머무르면서 보인 위풍은 조조와 손권을 두렵게 하였다. 여몽의 계략에 사로잡혀 죽었다.

장비(張飛)*
자는 익덕(翼德). 촉한의 오호대장. 유비, 관우와 함께 의형제를 맺고 평생 그 의를 저버리지 않았다. 수많은 전투에서 절세의 용맹을 떨쳤다. 특히 형주에 있던 유비가 조조의 대군에 쫓겨 형세가 아주 급박하게 되었을 때 장판교 위에서 일갈하여 위나라 군대를 물리침으로서 그 이름을 날렸다. 관우가 죽은 후 관우의 복수를 위하여 오를 치려는 와중에 부하에게 암살되었다.

조조(曹操)*
위나라 건립. 자는 맹덕(孟德). 황건적 난 평정에 공을 세우고 두각을 나타내어 마침내 헌제를 옹립하고 종횡으로 무략을 휘두르게 되었다. 화북을 거의 평정하고 이어서 남하를 꾀했는데, 적벽에서 손권과 유비의 연합군에 대패한 이후로 세력이 강남에는 넘지 못하고 북방의 안정을 꾀했다. 그는 실권은 잡았으나 스스로는 제위에 오르지 않았다. 인재를 사랑하여 그의 휘하에는 용맹한 장수와 지혜로운 모사가 많이 모였다.

《 등장인물 》

동탁(董卓)*
자는 중영(仲穎). 황실을 마음대로 주무르며 폭정을 휘두르다가 왕윤의 계략으로 여포에 의해 목숨을 잃는다. 동탁은 완력이 뛰어나 두 개의 궁대(弓袋)를 몸에 차고 말을 몰면서 어느 손으로도 활을 맘대로 쏠 수가 있었다고 한다.

여포(呂布)*
자는 봉선(奉先). 유비 관우 장비 삼형제와 일대 삼 싸움에서도 밀리지 않는 등 당대 최강 무예를 갖고 있었다. 하지만 자기를 거둔 정원을 배신하고 동탁에게 가고 또 왕윤에 넘어가 동탁을 죽이는 등 신의가 없어서 모두에게 배척당한다. 결국 부하의 배반으로 조조에게 사로잡혀 목숨을 잃는다.

왕윤(王允)
자는 자사(子師). 후한의 대신으로 초선으로 하여금 동탁과 여포를 이간질 시키는 연환계를 펼쳐 동탁을 죽게 만든다. 이후 동탁의 잔당에게 목숨을 잃는다.

초선(貂蟬)*
사도(司徒) 왕윤(王允)의 가기이다. 아름답고 총명하여 왕윤이 친딸처럼 대하였다. 동탁(童卓)의 폭정으로인해 황실이 기울자 왕윤을 도와 연환계를 펼쳐 통탁과 여포를 반목하게 만들어 동탁을 죽음에 이르게 한다.

원소(袁紹)
자는 본초(本初). 동탁 토벌전에 17로의 제후들이 군대를 일으켰을 때 조조에 의해 군웅들 가운데 맹주로 추대가 됐다. 공손찬과 싸워 이긴 후에는 기주와 병주 일대를 통치했다. 관도대전에서 조조와 싸워 크게 패했다.

원술(袁術)
자는 공로(公路). 후한의 세력가로 옥새를 담보로 손책에게 병사를 빌려주고, 야심에 차서 제위에 오르려고 했으나 제후들의 반발이 심했다. 제후들과의 전쟁에서 패한 뒤에 꿀물을 원했지만 먹지도 못하고 죽었다.

【 등장인물 】

유표(劉表)
형주의 자사. 자는 경승(景升). 한실의 종친으로 외모는 우아하나 의심이 많고 학식이 풍부하나 결단성이 없었다. 조조, 원소의 관도대전 때 우유부단한 성격으로 망설이다가 천하 웅비의 기회를 놓쳤다. 유비가 패하여 의지해 왔을 때 보호하고 많은 도움을 주었다.

헌제(獻帝)
중국 후한(後漢)의 마지막 황제. 이름은 유협(劉協). 황건적(黃巾賊)의 난으로 군웅이 할때 제위에 오른 비운의 황제이다. 조조(曹操)의 꼭두각시가 되어 실권 없는 명목상의 황제가 되었다가 조비에 의해 폐위가 되었다.

장각(張角)
태평도(太平道)를 창시했고, 자칭 대현량사(大賢良師)라고 했다. 영제(靈帝) 때 병 치료와 포교를 빌미로 비밀리에 교단을 조직하였다. 장각은 스스로 천공장군(天公將軍) 칭하고 반란을 일으켰다.

순욱(筍彧)*
자는 문약(文若). 원소에게 몸을 의탁하지만 그가 큰 재목이 아님을 알고, 조조에게 가 뛰어난 계책으로 조조의 신임을 얻었다. 유비에게 관직을 주고 그 담보로 여포를 치게 하는 것이나 유비와 원술을 다투게 해 서주를 지키고 있는 여포의 변심을 꾀어내는 것같은 뛰어난 모사로서의 면모를 잘 보여준다.

전위(典韋)*
조조의 맹장. 매우 충직하며 신중했고, 항상 조조의 곁을 떠나지 않고 지켰다. 조조가 복양에서 여포에게 화공을 당하자 조조를 구해냈고, 완성에서 장수의 습격을 받아 죽을 위기에 처한 조조를 지키고 죽었다.

이유(李儒)
동탁의 모사. 뛰어난 계책을 많이 냈고 뛰어난 세상 안목이 있었다. 동탁에게 초선을 여포에게 넘길 것을 말하지만 동탁은 듣지 않는다. 저자거리에서 비참한 최후를 맞는다.

차례

1권 도원에서 맺은 의

• 나의 아버지 박태원과 삼국지 / 박일영 5

1 도화 만발한 동산에서 의형제를 모으고
   세 영웅은 나가서 황건적을 쳤다   21

2 장익덕이 대로하여 독우를 매질하고
   하국구는 환관들을 죽이려 들었다   44

3 은명원 모임에서 동탁은 정원을 꾸짖고
   황금과 명주로 이숙은 여포를 꼬였다   73

4 동탁이 임금을 폐하고 진류왕을 세우니
   조조가 역적을 죽이려다 보도를 바쳤다   98

5 교조를 내니 제후들이 조조에게 응하고
   관을 칠 새 세 영웅이 여포와 싸우다   119

6 금궐에 불을 질러 동탁이는 행흉하고
   옥새를 감추어 손견은 맹세를 저버렸다   145

7 원소는 반하에서 공손찬과 싸우고
   손견은 강을 건너 유표를 치다   166

8 교묘할사 왕 사도의 연환계야
   동탁을 봉의정에서 호통 치게 만드는구나   188

9 왕 사도를 도와서 여포는 역적을 죽이고
   가후의 말을 듣고 이각은 장안을 범하다   214

10 왕실을 위하여 마등은 의기를 들고
   아비 원수를 갚으러 조조는 군사를 일으키다   244

11 현덕은 북해로 가서 공융을 구하고
   여포는 복양에서 조조를 치다   267

• 박태원 삼국지의 출간이 갖는 의미 297

차례

2권 난세, 풍운의 영웅들

도 공조는 서주를 세 번 사양하고 조맹덕은 여포와 크게 싸웠다 / 이각과 곽사가 크게 싸우고 양봉과 동숭이 함께 거가를 호위하다 / 조조는 거가를 허도로 옮기고 여포는 밤을 타서 서주를 엄습하다 / 소패왕 손책이 태사자와 싸우고 또다시 엄백호와 크게 싸우다 / 여봉선은 원문에서 화극을 쏘아 맞히고 조맹덕은 육수에서 적과 싸워 패하다 / 원공로는 칠로로 군사를 일으키고 조맹덕은 세 곳의 장수들을 모으다 / 가문화는 적을 요량해 승패를 결하고 하후돈은 화살을 뽑고 눈알을 먹다 / 하비성에서 조조는 군사를 무찌르고 백문루에서 여포는 목숨이 끊어지다 / 조조는 허전에서 사냥을 하고 동 국구는 내각에서 조서를 받다 / 조조는 술을 마시며 영웅을 논하고 관공은 성을 열게 해서 차주를 베다 / 원소와 조조가 각기 삼군을 일으키고 관우와 장비는 함께 두 장수를 사로잡다

3권 오관을 돌파하고 천리를 달려서

예정평이 벌거벗고 국적을 꾸짖고 길 태의가 독약을 쓰고 형벌을 받다 / 국적이 행흉하여 귀비를 죽이고 황숙이 패주해서 원소에게로 가다 / 토산에서 관공은 세 가지 일을 다짐받고 조조를 위해 백마의 포위를 풀어주다 / 원본초는 싸움에 패해서 장수를 잃고 관운장은 인을 걸어 놓고 금을 봉해 두다 / 형님을 찾아가는 한수정후 관운장 천 리 먼 길을 필마로 달리면서 오관을 돌파하고 육장을 베었다 / 채양을 베어 형제가 의혹을 풀고 고성에 모여 군신이 의리를 세우다 / 소패왕이 노하여 우길을 베고 벽안아가 앉아서 강동을 거느리다 / 관도에서 싸워 본초는 싸움에 패하고 오소를 들이쳐서 맹덕은 군량을 불사르다 / 조조는 창정에서 본초를 깨뜨리고 현덕은 형주로 가서 유표에게 의지하다 / 원담과 원상이가 기주를 가지고 다툴 때 허유는 조조에게 장하를 틀 계책을 드리다 / 조비는 난리를 타서 견씨에게 장가들고 곽가는 계책을 남겨 두어 요동을 정하다 / 채 부인은 병풍 뒤에서 밀담을 엿듣고 유황숙은 말 타고 단계를 뛰어넘다

4권 삼고초려

현덕이 남장에서 은사를 보고 단복이 신야에서 영주를 만나다 / 현덕이 계책을 써서 번성을 엄습하고 원직이 말을 달려와서 공명을 천거하다 / 사마휘가 다시 명사를 천거하여 유현덕은 세 번 초려를 찾다 / 공명은 융중에서 현덕을 위해 계책을 정하고 손권은 장강에서 돌아간 부친의 원수를 갚다 / 유기는 형주성에서 세 번 계책을 구하고 공명은 박망파에서 처음으로 군사를 쓰다 / 채 부인은 형주를 조조에게 바치고 제갈공명은 신야를 불로 사르다 / 백성들을 데리고 현덕은 강을 건너고 필마단기로 조자룡은 주인을 구하다 / 장비는 장판교에서 크게 호통치고 현덕은 패해서 한진구로 달아나다 / 강동의 모사들과 공명은 혀로 싸우고 뭇사람의 공론을 노숙은 극력 물리치다 / 공명은 슬기롭게 주유를 격동하고 손권은 용단을 내려 조조를 치기로 하다 / 삼강구에서 조조는 군사를 잃고 군영회에서 장간은 계교에 떨어지다 / 기이한 꾀를 써서 공명은 화살을 빌고 비밀한 계책을 드려 황개는 형벌을 받다 / 감택은 가만히 사항서를 드리고 방통은 교묘하게 연환계를 쓰다

차례

5권 아! 적벽대전

장강에서 잔치 하며 조조는 시를 읊고 전선을 연쇄하여 북군은 무력을 쓰다 / 칠성단에서 공명은 바람을 빌고 삼강구에서 주유는 불을 놓다 / 공명은 꾀도 많아서 화용도로 조조를 꾀어 들이고 관운장은 의기도 장해서 잡은 조조를 놓아 보내다 / 조인은 동오 군사와 크게 싸우고 공명은 주공근의 기를 한 번 돋우다 / 제갈량은 교묘하게 노숙을 물리치고 조자룡은 계교를 써서 계양을 취하다 / 관운장은 의로써 황한승을 놓아 주고 손부모는 대판으로 장문원과 싸우다 / 오국태는 절에서 신랑의 선을 보고 유황숙은 화촉동방에 아름다운 연분을 맺다 / 현덕은 꾀를 써서 손부인을 격동하고 공명은 두 번째 주공근의 화기를 돋우다 / 조조는 동작대에서 크게 잔치하고 공명은 세 번째 주공근의 화기를 돋우다 / 시상구에서 와룡은 조상을 하고 뇌양현에서 봉추는 공사를 보다 / 마초가 군사를 일으켜 원한을 푸니 조조는 수염을 베고 전포를 벗어 버리다 / 허저는 벌거벗고 마초와 싸우고 조조는 글씨를 흐려 한수를 이간 놀다 / 장영년은 도리어 양수를 힐난하고 방사원은 앞장서서 서촉을 취하려 하다

6권 서쪽의 땅 촉을 향하여

조운은 강을 끊어 아두를 빼앗고 손권은 말을 보내 아만을 물리치다 / 부관에서 양회와 고패는 머리를 드리고 낙성에서 황충과 위연은 공을 다투다 / 제갈량은 방통을 통곡하고 장익덕은 엄안을 의로 놓아 주다 / 공명은 계책을 정해서 장임을 사로잡고 양부는 군사를 빌려 마초를 격파하다 / 마초와 장비가 가맹관에서 크게 싸우고 유비는 스스로 익주목을 거느리다 / 관운장은 칼 한 자루 들고서 모꼬지에 나가고 복 황후는 나라를 위하다가 목숨을 버리다 / 조조는 한중 땅을 평정하고 장료는 소요진에서 위엄을 떨치다 / 감녕은 백기를 가지고 위군 영채를 겁략하고 좌자는 술잔을 던져 조조를 희롱하다 / 주역을 점쳐서 관뇌는 천기를 알고 역적을 치다가 다섯 신하는 충의에 죽다 / 맹장 장비는 지혜로 와구관을 취하고 노장 황충은 계책을 써서 천탕산을 빼앗다 / 제갈량은 한중을 지혜로 취하고 조아만은 야곡으로 군사를 돌리다

7권 세상을 뜨는 영웅들

현덕은 한중왕의 위에 오르고 운장은 양양군을 쳐서 빼앗다 / 방영명이 관을 지우고 나가서 죽기로써 싸움을 결단하고 관운장이 강물을 터서 칠군을 엄살하다 / 관운장은 뼈를 긁어 독기를 다스리고 여자명은 백의로 강을 건너다 / 서공명은 대판으로 면수에서 싸우고 관운장은 패해서 맥성으로 달아나다 / 옥천산에 관공이 현성하고 낙양성에서 조조가 감신하다 / 풍질을 고치다가 신의는 비명에 죽고 유명을 전하고서 간웅은 세상을 버리다 / 형이 아우를 핍박하니 조식은 시를 읊고 조카로서 삼촌을 함해하고 유봉은 처형을 당하다 / 조비는 헌제를 패하여 한나라를 찬탈하고 한중왕은 제위에 올라 대통을 계승하다 / 형의 원수를 급히 갚으려다 장비는 해를 입고 아우의 한을 풀려고 현덕은 군사를 일으키다 / 손권은 위에 항복하여 구석을 받고 선주는 오를 치고 육군을 상 주다 / 효정에서 싸워 선주는 원수들을 잡고 강어귀를 지키다가 서생이 대장이 되다 / 육손은 칠백 리 영채를 불사르고 공명은 공교하게 팔진도를 배포하다 / 유선주는 조서를 끼쳐 고아를 부탁하고 제갈량은 편히 앉아서 오로병을 평정하다 / 진복은 천변을 늘어놓아 장온을 힐난하고 서성은 화공을 써서 조비를 깨뜨리다

차례

8권 공명 출사표

남구를 치려 하여 승상은 크게 군사를 일으키고 천병에 항거하다 만왕은 처음으로 결박을 당하다 / 노수를 건너서 두 번째 번왕을 묶어 오고 거짓 항복함을 알아 세 번째 맹획을 사로잡다 / 무향후는 네 번째 계책을 쓰고 남만왕은 다섯 번째 생금을 당하다 / 거수를 몰아 여섯 번째 만병을 깨뜨리고 등갑을 불살라 일곱 번째 맹획을 사로잡다 / 노수에 제를 지내 승상은 군사를 돌리고 중원을 치려 무후는 표문을 올리다 / 조자룡은 분발하여 다섯 장수를 베고 제갈량은 꾀를 써서 세 성을 빼앗다 / 강백약은 공명에게 항복을 드리고 무향후는 왕랑을 꾸짖어 죽이다 / 제갈량은 눈을 이용해서 강병을 깨뜨리고 사마의는 날을 한해서 맹달을 사로잡다 / 마속은 간하는 말을 듣지 않다가 가정을 잃고 무후는 거문고를 타서 중달을 물리치다 / 공명은 눈물을 뿌려 마속을 베고 주방은 머리를 잘라 조휴를 속이다 / 위국을 치려 하여 무후는 다시 표문을 올리고 조병을 깨뜨리려 하여 강유는 거짓 항서를 드리다

9권 큰 별 하늘로 돌아가다

한군을 쫓다가 왕쌍은 죽고 진창을 엄습하여 무후는 이기다 / 제갈량은 위병을 크게 깨뜨리고 사마의는 서촉을 범해 들어오다 / 촉병은 영채를 겁칙하여 조진을 깨뜨리고 무후는 진법을 다투어 중달을 욕보이다 / 농상으로 나가 공명은 귀신 놀음을 하고 검각으로 달려가다가 장합은 계책에 떨어지다 / 사마의는 북원 위교를 점거하고 제갈량은 목우유마를 만들다 / 상방곡에서 사마의는 하마 죽을 뻔하고 오장원에서 제갈량은 별에 수를 빌다 / 큰 별이 떨어져 한 나라 승상은 하늘로 돌아가고 목상을 보고서 위 나라 도독은 간담이 스러지다 / 무후는 미리 금낭계를 깔아 두고 위주는 승로반을 떼어 옮기다 / 공손연이 싸우다 패하여 양평에서 죽고 사마 거짓 병든 체하여 조상을 속이다 / 위 나라 임금의 정사는 사마씨에게로 돌아가고 강유의 군사는 우두산에서 패하다 / 정봉은 눈 속에서 짧은 병장기를 뽐내고 손준은 술자리에서 비밀한 계책을 베풀다 / 한 나라 장수가 기이한 꾀를 쓰매 사마소는 곤경을 치르고 위나라 집의 응보로 조방은 폐함을 당하다

10권 하나로 통일된 천하

문앙은 단기로 웅병을 물리치고 강유는 배수진을 쳐서 대적을 깨뜨리다 / 등사재는 지혜로 강백약을 깨뜨리고 제갈탄은 의리로 사마소를 치다 / 수춘을 구하려다 우전은 의리를 지켜서 죽고 장성을 치매 강유는 힘을 다해 적을 무찌르다 / 정봉은 계책을 정해서 손림을 베고 강유는 진법을 다투어 등애를 깨뜨리다 / 조모는 수레를 몰아 남궐에서 죽고 강유는 양초를 버려 위병을 이기다 / 회군하라고 조서를 내려 후주는 참소를 믿고 둔전한다 칭탁하고 강유는 화를 피하다 / 종회는 한중 길에서 군사를 나누고 무후는 정군산에서 현성하다 / 등사재는 가만히 음평을 넘고 제갈첨은 싸우다가 면죽에서 죽다 / 소열 묘에 통곡하며 한왕은 효도에 죽고 서천을 들어가매 두 선비는 공을 다투다 / 거짓 투항하매 교묘한 계교가 공담이 되어 버리고 두 번 수선하매 본보기대로 호로를 그리다 / 두예를 천거하매 노장은 새로운 계책을 드리고 손호를 항복받아 삼분천하가 통일되다.

• 주여창해설 / • 박태원 연보 / • 박태원 가계도

《 삼국지 일러두기 》

1. 이 책은 1959년~1964년 평양국립문학예술서적출판사와 조선문학예술총동맹출판사에서 간행된 박태원 역 『삼국연의(전 6권)』를 저본으로 삼았다.
2. 저본의 용어나 표현은 모두 그대로 살렸으나, 두음법칙에 따라 그리고 우리말 맞춤법에 따라 일부 용어를 바꾸었다. 예) 령도→영도, 렬혈→열혈
3. 저본에는 한자가 병기되어 있으나, 이 책에서는 맨 처음에 나올 때는 한자를 병기하고 이후에는 생략했다.
4. 저본의 주는 가능하면 유지하였으나 독자의 편의를 위해 약간의 수정을 가하였다.
5. 저본에 충실하게 하는 것을 원칙으로 하였으나 매회 끝에 반복해 나오는 "하회를 분해하라"와 같은 말은 삭제했다.
6. 본서에 이용된 삽화는 청대초기 모종강 본에 나오는 등장 인물도를 썼으며 인물에 대한 한시 해석은 한성대학교 국문과 정후수 교수의 도움을 받았다.

서사

序詞

장강은 흐르고 흘러 동해로 들어간다
물거품 거품마다 영웅의 자취로다
시비와 성패가 돌아보니 부질없다
청산은 의구한데
몇 번이나 석양은 붉었던고
강가의 두 늙은이 어옹과 초부로다
추월 춘풍에 머리털이 다 세었다
서로 만나 반가워라 탁주 한 병 앞에 놓고
고금의 이야기 저 얘기를
모두 다 웃음 속에 주고받더라

滾滾長江東浙水
浪花淘盡英雄
是非成敗轉頭空
青山依舊在
幾度夕陽紅
白髮漁樵江渚上
慣看秋月春風
一壺濁酒喜相逢
古今多少事
都付笑談中

삼국정립도

도화 만발한 동산에서 의형제를 모으고
세 영웅은 나가서 황건적을 쳤다

| 1 |

무릇 천하대세란 나뉜 지 오래면 반드시 합하고 합한 지 오래면 나뉘는 법이다. 주(周)나라[1] 말년에 칠국[2]이 서로 싸우다가 진(秦)나라[3]로 통합되고 진나라가 멸망한 뒤에는 초한(楚漢)[4]이 서로 싸우다가 다시 한나라로 통일되었다.

한나라는 고조(高祖)[5]가 참사기의(斬蛇起義)[6]하여 천하를 통일하

---

1) 중국 고대에 무왕(武王)이 은(殷)나라를 멸하고 세운 왕조. 38대 867년간(기원전 1122~256년).
2) 중국 주나라 말년 전국시대의 진(秦), 초(楚), 연(燕), 제(齊), 한(韓), 조(趙), 위(魏)의 일곱 나라.
3) 진시황(秦始皇)이 육국을 병합하고 세운 왕조. 3대 15년간(기원전 246~231년).
4) 초(楚) 패왕(霸王) 항적(項籍)과 한(漢) 패공(沛公) 유방(劉邦)을 말한다.
5) 성은 유(劉)요 이름은 방(邦)이니, 처음에 사상정장(泗上亭長)으로서 군사를 일으켜 패공이 되고 의제(義帝)의 명을 받아 진나라를 멸하고 뒤에 항우(項羽, 항적)를 해하(垓下)에서 격파하여 제위에 올랐다.
6) 참사기의(斬蛇起義). 뱀을 베고 의병을 일으켰다는 뜻. 일찍이 한 고조가 술에 취

고 세운 나라로서 뒤에 광무(光武) 중흥(中興)[7]을 보았는데 헌제(獻帝)의 대에 이르러 드디어 삼국[8]으로 분열되고 말았으니 이제 이처럼 나라가 어지럽게 된 근원을 캐어 본다면 대개 환제(桓帝)와 영제(靈帝) 두 임금의 대로부터 시작된 것이라 하겠다.

환제는 어진 신하들을 눌러 버리고 오직 환관(宦官)들만 몹시 섬겼다.

환제가 돌아가고 영제가 즉위하자 대장군(大將軍) 두무(竇武)와 태부(太傅) 진번(陳蕃)이 서로 보좌하여 오는 중에 환관 조절(曹節)의 무리가 함부로 나라 권세를 희롱하므로 두무와 진번은 무리들을 없애 버리려 하였던 것이나 일 꾸미기를 은밀하게 하지 못해 마침내는 그들의 손에 도리어 죽음을 당하고 말았다. 이로부터 내시들은 더욱 방자해졌던 것이다.

건녕(建寧) 이년 사월 보름날 일이다. 황제가 온덕전(溫德殿)에 나와 바야흐로 옥좌에 앉으려 할 때, 전각 모퉁이에서 갑자기 광풍이 일며 큰 청사(靑蛇) 한 마리가 들보 위에서 내려와 용상 위에 서리고 앉았다. 황제가 놀라 그 자리에 쓰러지니 좌우에 모시는 무리들이 황급히 그를 구호하여 궁으로 들어가고 만조백관은 모두 몸을 피해 달아났다. 그러자 조금 있다 구렁이는 온데간데없

해 길을 가다 뱀 한 마리가 길바닥에 누워 있는 것을 보고 칼로 베어 버렸더니 웬 늙은 할미가 밤에 그 자리에 와서 "내 아들은 곧 백제(白帝)의 아들인데 뱀으로 화해서 길에 나왔다가 그만 적제(赤帝)의 아들의 손에 죽었다"고 말하면서 울었다는 전설이 있다.
7) 한나라가 13대를 전하여 평제(平帝)에 이르러서 왕망(王莽)이 찬탈한 것을 한 고조의 9세손 유수(劉秀), 곧 광무제(光武帝)가 의병을 일으켜 왕망의 군사를 곤양(昆陽)에서 멸하고 제위에 올라 한나라를 중흥시킨 것을 말한다.
8) 한나라 뒤에 정립한 위(魏), 촉(蜀), 오(吳)의 세 나라.

이 사라져 버리고 문득 천둥소리 크게 울리며 억수로 비가 쏟아지는데 우박까지 섞여 퍼붓다 밤중이 되어서야 겨우 그치니, 이 통에 무너진 민가들이 수없이 많았다.

건녕 사년 이월에는 낙양에 지진이 있었고 또 바닷물이 넘쳐 해변에 사는 백성이 모조리 물결에 휩쓸려 바다 속으로 들어갔으며, 광화(光和) 원년에는 암탉이 변해서 수탉이 되고, 그해 유월 초하룻날에는 검은 기운 십여 장(丈)이 온덕전으로 몰려들고, 또 추칠월에는 옥당(玉堂)9)에 무지개가 서고 오원산 기슭이 온통 허물어지니, 가지가지 상서롭지 못한 조짐은 이에만 그치는 게 아니었다.

황제가 신하들에게 조서를 내려 이렇듯 천재지이(天災地異)가 일어나는 까닭을 하문하니 의랑(議郞) 채옹(蔡邕)이 표문을 올려

"무지개가 서고 암탉이 수탉으로 화함은 곧 내시의 무리가 정사에 간여하기 때문이로소이다."

하고 상소하였는데 그 아뢰는 사의가 심히 간절하였다. 황제는 표문을 보고 탄식하며 별실로 들어가려 용상에서 일어났다. 이때 조절이 뒤에 있다가 가만히 그 글을 엿보고 곧 저희 무리들에게 두루 알렸다. 그 후 드디어 다른 일을 책잡아 채옹을 죄로 몰아 제 고향으로 쫓아 버리고 말았다.

그 뒤로 장양(張讓), 조충(趙忠), 봉서(封諝), 단규(段珪), 조절(曹節), 후람(侯覽), 건석(蹇碩), 정광(程曠), 하운(夏惲), 곽승(郭勝) 등 열 사람이 한 동아리가 되어 온갖 간특한 짓을 다하니, 세상에서 이들

---

9) 관서(官署)의 이름.

을 십상시(十常侍)라 불렀다. 황제는 그중에서도 특히 장양을 높여서 '아저씨(阿父)'라고까지 부르며 나라 정사는 날로 그릇되어 가니, 천하 인심이 자못 흉흉하여 마침내 사방에서 도적들이 벌 떼처럼 일어났다.

이때 거록군(鉅鹿郡)에 형제 삼인이 있었으니, 한 사람은 장각(張角)이요, 한 사람은 장보(張寶)요, 또 한 사람은 장량(張梁)이다.

이 장각이란 자는 본시 급제 못한 수재(秀才)[10]로서 일찍이 산중에 들어가 약을 캐다가 한 노인을 만났는데, 그 노인이 벽안동안(碧眼童顔)에 청려장(靑藜杖)을 짚고 장각을 앞으로 불러 한 동굴 안으로 데리고 들어가더니 천서(天書) 세 권을 내어 주면서,

"이 책 이름은 태평요술(太平要術)이다. 네 부디 이것을 잘 배워 모름지기 하늘을 대신해서 어진 정사를 베풀며 널리 세상 사람을 구하도록 하되, 네 만약에 딴 마음을 품는다면 반드시 앙화를 입으리라."

하고 경계했다.

장각이 절하고 엎드려 그의 성명을 물으니 그는

"나는 곧 남화노선(南華老仙)이로다."

하며, 말을 마치자 일진청풍(一陣淸風)으로 화해 사라져 버렸다.

장각은 그 책을 얻은 뒤에 주야로 쉬지 않고 읽고 또 익혀, 마침내 호풍환우(呼風喚雨)[11]하는 재주를 얻게 되자, 도호를 '태평도인(太平道人)'이라 하였다. 역병(疫病)이 크게 돌았던 중평(中平) 원

---

10) 관리를 등용하는 과거의 한 과목 또는 그 과목에 뽑힌 학생.
11) 바람과 비를 불러일으키는 것. 옛날에는 도술에 깊이 통한 사람이면 능히 이렇게 할 수 있는 줄로 믿고 있었다.

년 정월에 장각은 부적과 약수를 널리 흩어서 사람들의 병을 구완하며 자칭 '대현량사(大賢良師)'라 하였다.

그에게 제자 오백여 인이 있어서 사방으로 떠돌아다니는데 다들 제 손으로 부적을 쓰고 주문을 욀 줄 알았다. 그 뒤로 무리들이 나날이 늘어가서 장각이 이를 삼십육 방(方)으로 나누니, 대방(大方)은 만여 명이요 소방(小方)은 육칠천 명이라, 방마다 두령을 두어 '장군'이라 일컬었다. 또한

창천은 이미 죽고 황천이 이제 선다.　蒼天已死 黃天當立
세재 갑자에 천하가 대길이라.　　　歲在甲子 天下大吉

라는 요언(謠言)을 지어 퍼뜨리고 다시 사람들을 시켜 각기 자기 집 대문 위에 백토로 '갑자(甲子)' 두 자를 써 놓게 하니, 중평 원년이 바로 갑자년이라 청주·유주·서주·기주·형주·양주·연주·예주 등 팔 주 사람들은 대현량사 장각의 이름을 집집이 받들어 모시게 되었다.

장각은 저의 도당 마원의(馬元義)를 시켜 몰래 뇌물을 가지고 경사(京師)로 올라가서 환관 봉서와 손을 잡아 내응을 하게 하였다.

그리고 어느 날 장각은 두 아우를 대하여

"지극히 얻기 어려운 것이 백성의 마음인데, 이제 민심이 이미 우리를 따르는 터이니 만약 이 기회를 타 천하를 손에 쥐지 않는다면 이 어찌 안타까운 일이 아니겠느냐."

하고, 한편으로는 비밀리에 황기(黃旗)를 만들고 기일을 정해 거사하기로 하고, 또 한편으로는 자기 제자 당주(唐周)를 시켜 글을

보내서 봉서에게 알리게 하였다. 그러나 당주는 마음이 바뀌어 그 길로 성중(省中)[12]에 가서 고변하여 버렸다. 황제는 즉시 대장군 하진(何進)을 불러서 군사를 풀어 마원의를 잡아다가 참수하게 하고, 다음으로 봉서 이하 이 일과 관련 있는 무리들을 잡아 옥에 가두었다.

장각은 일이 미연에 탄로가 난 것을 소문으로 들어 안 후 곧 밤을 도와 군사를 일으키는데, 저는 스스로 '천공(天公) 장군', 장보는 '지공(地公) 장군', 장량은 '인공(人公) 장군'이라 불렀다. 장각은 무리들에게 말을 돌려,

"이제 한나라의 기수(氣數)가 다하매 대성인이 나셨으니 너희는 모두 천리(天理)에 순응하고 정도(正道)를 좇아서 태평을 누리도록 하라."

하니, 사방의 백성이 모두 황건(黃巾)으로 머리를 싸매고 그를 따라 일어나는 자가 사오십만 명이라 그 형세가 원체 크니, 그들이 이르는 곳마다 관군은 변변히 싸워 보지도 않고 그대로 흩어져 버리는 형편이었다.

하진은 황제께 아뢰어 급급히 조서를 내려서 각처의 방비를 엄히 하고 도적을 쳐 공들을 세우게 하며, 일변으로 중랑장(中郞將) 노식(盧植), 황보숭(皇甫嵩), 주준(朱儁)에게 영을 내려 각기 정병(精兵)을 이끌고 세 길로 나뉘어 나가서 도적을 치게 하였다.

이때 장각이 거느리는 군사가 유주 지경을 범해 들어오고 있었

---

12) 관아(官衙)의 별칭.

다. 유주 태수는 유언(劉焉)이니 강하(江夏) 경릉(竟陵) 사람으로 한(漢) 노공왕(魯恭王)의 후손이다. 당시에 그는 적병이 지경을 범해 들어온다는 말을 듣고 즉시 교위(校尉) 추정(鄒靖)을 불러 의논하니, 추정의 말이

"적의 무리는 많고 우리 군사는 적으니 명공(明公)은 부디 군사를 빨리 초모하셔서 도적을 맞도록 하십시오."

한다.

유언이 그의 말을 옳게 여겨 즉시 방(榜)을 내어 의병을 초모하기로 하니, 이 방문이 탁현(涿縣)으로 들어가서 마침내 그 고을의 일개 영웅을 끌어내 오게 되었다.

대저 그로 말하면 글 읽기를 썩 좋아하는 사람은 아니었다. 그는 천성이 관후하고 말이 적고 또한 기쁘나 노여우나 얼굴에 나타내는 법이 없으며 일찍이 큰 뜻을 품어 전혀 천하 호걸들과 사귀기를 좋아하는데, 신장이 칠 척 오 촌이요 두 귀가 어깨에 처져서 제 눈으로 능히 제 귀를 돌아볼 수 있었고 두 손은 무릎을 지나며 얼굴은 관옥 같고 입술은 연지를 칠한 듯하니, 그는 중산정왕(中山靖王) 유승(劉勝)의 후예요 한(漢) 경제(景帝) 각하 현손(玄孫)이니 성은 유(劉)요 이름은 비(備)요 자는 현덕(玄德)이다.

본래 유승의 아들 유정(劉貞)은 한 무제 때 탁록정후(涿鹿亭侯)에 봉해졌는데 그 뒤 주금(酎金)[13]을 바치지 못한 죄로 작위를 삭탈당해서 그 지손(支孫)을 탁현에 남기게 된 것이다.

현덕의 조부는 유웅(劉雄)이요 부친은 유홍(劉弘)이다. 유홍은 일

---

13) 한나라 때 제후들이 매년 황제에게 바쳐서 제사(祭祀)에 쓰게 하던 돈.

찍이 효렴(孝廉)¹⁴⁾에 뽑혀 벼슬을 하였으나 일찍 세상을 떠났다. 이리하여 현덕은 어려서 부친을 여의고 그 모친을 지성으로 섬겼는데 집이 가난해서 미투리를 삼고 자리를 치는 것으로 생애를 삼았다.

그의 집은 탁현 누상촌(樓桑村)에 있었는데 바로 동남편에 큰 뽕나무 한 그루가 서 있었다. 그 나무가 높이는 오십여 척이나 되었고 생긴 모양이 멀리서 바라보면 흡사 거개(車蓋)¹⁵⁾와 같았는데, 일찍이 한 술객(術客)이 그 나무를 보고

"이 집에서 반드시 귀인(貴人)이 날 것이다."

라고 말한 일이 있다.

현덕이 어렸을 때 동네 안의 아이들과 이 나무 아래 놀면서

"내가 천자가 되면 이 거개를 받을 테다."

하고 말하니, 그의 숙부 유원기(劉元起)가 이 말을 듣고 크게 신기하게 여겨

"이 아이가 아무래도 심상한 아이는 아니야."

하였다. 그리고 그는 현덕의 지내는 형편이 간고한 것을 보고 매양 부조를 하여 주곤 하였다.

현덕의 나이 십오 세 때 모친은 그를 유학 보냈다. 그리하여 현덕은 정현(鄭玄)과 노식(盧植)을 스승으로 섬기고 공손찬(公孫瓚) 같은 이들과 벗하고 지냈던 것인데, 유언이 방을 내서 군사를 초모할 때 현덕의 나이 이미 스물여덟이었다.

---

14) 한나라 때 관리를 등용하는 한 방식으로, 지방 관원이 자기 관할에 있는 효(孝)가 지극하고 청렴한 사람을 조정에 천거하던 제도이다.
15) 수레 위에 세워 놓아 비를 막는 큰 우산.

이날 현덕이 방문을 보고 개연히 탄식하려니까, 문득 뒤에서 어떤 사람이 큰 소리로

"대장부가 나라를 위해 힘을 다하려고는 하지 않고 어째 한숨만 쉬고 있단 말이오."
한다.

현덕이 고개를 돌려 그 사람을 보니, 신장은 팔 척이나 되고 표범 머리에 고리눈이요 제비턱에 범의 나룻으로 목소리는 바로 우레 같고 기세는 곧 내닫는 말이었다.

현덕이 그 상모가 범상치 않음을 보고 그의 성명을 물으니,

"내 성은 장(張)이요 이름은 비(飛)요 자는 익덕(翼德)이외다. 대대로 탁군에 살아 약간의 전장을 가지고 있고 술 팔고 돼지 잡아 형세가 군색하진 않으며 본시 천하 호걸들과 놀기를 좋아하는 터인데 이제 보니 공이 방문을 보고 한숨을 쉬십디다그려. 그래 내 한 말씀 건네어 본 것이오."
한다.

현덕이 그제야

"나는 본시 한실(漢室) 종친으로서 성은 유요 이름은 비라 하오. 이제 황건적이 난을 일으켰단 말을 듣고, 도적을 깨쳐 백성을 편케 할 생각은 간절하나 다만 그럴 힘이 없어서 그래 한숨을 쉰 것이외다."
하고 소회를 말하니 장비가 곧

"내 형세가 그만한 힘은 넉넉히 있으니 우리 향중(鄕中)의 용사들을 모아 함께 대사를 도모하는 것이 어떻겠소."
한다.

현덕은 마음에 크게 기뻐 장비와 함께 주막으로 들어가 술을 마셨다. 두 사람이 한창 술을 마시고 있을 때 웬 기골이 장대한 사나이 하나가 수레를 밀고 오더니 주막 앞에다 세워 놓고 서둘러 안으로 들어와 자리에 앉으며 주막쟁이를 불러

"나 술 좀 빨리 주게. 초모에 응하러 성내로 들어가는 길이니."
한다.

현덕이 그 사람을 살펴보니 신장은 구 척이요 수염도 두 자 길이나 되며 얼굴빛은 무르익은 대추 같고 입술은 연지를 칠한 듯하며, 봉의 눈, 누에눈썹에 상모가 당당하고 위풍이 늠름하다. 현덕은 곧 그를 자기들의 자리로 청해 앉히고 성명을 물었다. 그 사람이 대답하기를

"내 성은 관(關)이요 이름은 우(羽)요 자는 본래 장생(長生)이었는데 운장(雲長)이라고 고쳤소. 내 고향은 본시 하동(河東) 해량(解良)이나 그곳 토호 놈이 세를 믿고 사람을 깔보기에 내가 죽여 버리고 그 길로 몸을 피해 강호를 떠돌아다닌 지가 오륙 년이 되는데 이번에 여기서 도적을 치기 위해 의병을 초모한다는 소문을 들었기로 특히 응모하러 온 길이외다."
한다.

현덕이 자기의 마음먹고 있는 바를 이야기해 주었더니 운장은 크게 기뻐했다. 세 사람은 함께 장비의 집으로 갔다. 대사를 의논하는 자리에서 장비가 입을 열어

"내 집 뒤에 복숭아 동산이 하나 있는데 지금 꽃이 한창이오. 내 생각에는 내일 그 동산에서 천지에 제를 지내고 우리 세 사람이 형제의 의를 맺어 동심협력하기로 한 다음에 대사를 도모하는

것이 좋을 것 같소."
하고 의견을 내니, 현덕과 운장은
"거 참 좋은 생각이오."
하고 이구동성으로 응했다.
　이튿날 도원(桃園)에 오우백마(烏牛白馬)와 그 밖에 제물을 차려 놓고 세 사람이 분향하고 재배한 다음 형제가 되기로 맹세하였다.

　　　유비, 관우, 장비가 성은 비록 다르오나
　　　이미 의를 맺어 형제가 되었으니
　　　마음과 힘을 합해 환난을 서로 도와
　　　위로는 나라에 보답하고
　　　아래로는 백성을 편안케 하려 하옵는 바,
　　　동년 동월 동일에 낳기를 구하지 않사옵고
　　　동년 동월 동일에 죽기가 원이오니
　　　황천후토(皇天后土)는 굽어 살피시어
　　　의리를 저버리고 은혜를 잊는 자가 있삽거든
　　　하늘과 사람이 함께 죽이소서.

　맹세하기를 마치자 현덕은 맏이 되고, 관우가 둘째가 되고, 장비는 막내가 되었다.
　제사를 파한 후에 다시 술상을 차리고 주위의 용사들을 불러 모으니 소문을 듣고 모여든 장정들이 오백여 명에 이르렀다. 이 날 도원에서 다들 취토록 술마시며 하루를 함께 즐겼다.
　이튿날 세 사람이 병장기를 수습하는데 다만 타고 나갈 말이

동년 동월 동일에
낳기를 구하지 않사옵고
동년 동월 동일에
죽기가 원이오니
황천후토는 굽어 살피시어
의리를 저버리고
은혜를 잊는 자가 있삽거든
하늘과 사람이 함께 죽이소서

없는 것이 한이었다. 한창 걱정을 하고 있는 판에 한 사람이 들어와 보(報)하기를,

"웬 나그네 둘이 종인(從人)들을 많이 거느리고 말 떼를 몰아 바로 장상(莊上)을 향해 오고 있다."

고 했다. 현덕은 곧

"이는 하늘이 우리를 도우시는 걸세."

하고 관우·장비와 함께 그들을 맞으러 밖으로 나갔다.

원래 그 두 사람으로 말하면 중산 땅의 대상(大商)들로 한 사람은 장세평(張世平)이라 하고 다른 한 사람은 소쌍(蘇雙)이라 하는데, 매년 북방으로 가서 말 장사를 하여 오던 터인데 이번에 난리가 나서 되돌아오는 길이었다.

현덕은 두 사람을 장상으로 청해 들여 술대접을 한 다음에 도적을 쳐서 백성을 편안케 하려는 자기들의 의중을 호소하였다.

두 사람은 듣고 나자 크게 기뻐하여 자진해서 좋은 말 오십 필을 선사하고 또 금은 오백 냥과 빈철 일천 근을 내어 주며 군용에 보태라고 했다.

현덕은 두 사람을 사례해 보낸 다음 대장장이에게 부탁해서, 현덕은 쌍고검(雙股劍)을, 운장은 청룡언월도(靑龍偃月刀) — 일명 냉염거(冷豔鋸)라고도 하며, 무게가 여든두 근이다 — 를, 장비는 장팔점강모(丈八點鋼矛)를 치어 가졌으며 갑옷도 각기 장만하였다.

세 사람은 향중의 용사 오백여 명을 거느리고 가서 추정을 만나 보니, 추정은 그들을 태수 유언에게로 데리고 갔다. 세 사람이 참현(參見)하고 나자 각기 통성명을 하는데, 족보를 따지니 현덕이 태수의 질항(姪行)이 되었다.

그로부터 수일이 못 되어 사람이 보하는데, 황건적장 정원지(程遠志)가 군사 오만을 거느리고 와서 탁군을 범한다고 했다. 유언은 추정에게 명하여 현덕 등 삼인을 데리고 본부 군사 오백 명을 영솔하고 나가 황건적을 치게 하였다.

현덕 일행은 흔연히 군사를 거느리고 앞으로 나아가 대흥산 아래서 적과 서로 만났는데, 적의 무리들은 모두 머리를 풀고 노랑 수건으로 이마를 동여매고 있었다.

양군이 서로 대하자 현덕이 말을 타고 진전(陣前)에 나서니, 좌편은 운장이요 우편은 익덕이다. 현덕은 채찍을 들어 가리키며 큰 소리로 꾸짖었다.

"나라를 배반하는 역적 놈아. 네 어찌하여 빨리 항복하지 않는고."

정원지가 대로하여 부장(副將) 등무(鄧武)를 시켜 나와서 싸우게 한다.

장비가 장팔사모(丈八蛇矛)를 꼬나 잡고 바로 내달아 손이 한 번 번뜻하며 등무의 명치를 찌르니, 등무가 그대로 뒤재주쳐서 말 아래로 떨어졌다.

등무가 죽는 것을 보고 정원지가 곧 말을 박차고 칼을 휘둘러 장비를 바라고 달려들 때, 운장이 청룡도를 휘두르며 말을 몰아 번개같이 나가 정원지를 맞았다. 정원지가 그를 보고 소스라쳐 놀라 미처 손을 놀려 볼 사이도 없이 운장의 청룡도가 한 번 번쩍하니, 그의 몸은 그대로 두 동강이 나고 말았다.

후세 사람이 시를 지어 두 사람을 칭찬하였다.

영웅의 본색을 이 아침에 드러내다.
한 사람은 창을 쓰고 한 사람은 칼을 써서,
한 번 나서자 위력을 크게 떨쳐
그 이름을 삼분 천하에 뚜렷이 표해 놓았네.

 정원지가 한 칼에 죽는 것을 보자 도적의 무리들은 그만 창 자루를 거꾸로 메고 달아났다. 현덕이 군사를 휘몰아 그 뒤를 쫓으니, 항복하는 자가 이루 그 수효를 세지 못하겠다.
 현덕이 크게 이기고 돌아오니, 태수 유언이 몸소 나와서 영접하고 군사들에게 상을 내렸다.
 그 이튿날 청주 태수 공경(龔景)의 첩문(牒文)이 왔는데, 그 사연인즉 황건적이 성을 에워싸 형세가 심히 위급하게 되었으니 부디 와서 구원해 달라는 내용이었다.
 유언이 현덕에게 의논하니, 현덕이 바로
 "제가 구하러 가겠습니다."
하고 자원해 나선다. 유언은 추정에게 군사 오천을 주어 현덕·관우·장비와 함께 청주로 가게 하였다.
 도적의 무리는 구원군이 당도한 것을 보자, 즉시 군사를 나누어 단번에 덮쳐들었다. 현덕은 군사가 적어 당해 내지 못하고 삼십 리를 물러가 하채(下寨)하였다. 그는 관우와 장비를 보고 말하였다.
 "적의 무리는 많고 우리 군사들은 적으니 반드시 기병(奇兵)을 써야만 이길 수가 있을 것 같다."
 곧 관우에게 일천 군을 주어 산 좌편에 매복하고, 장비에게 또

한 일천 군을 주어 산 우편에 매복하고 있다가 징 소리가 울리는 것을 군호 삼아 일시에 내달아 접응(接應)하게 하였다.

이튿날 현덕은 추정과 함께 군사를 거느리고 북을 치고 고함을 지르며 앞으로 나아갔다. 적의 무리가 마주 나와서 양군이 서로 싸우는 중에 현덕이 문득 퇴군령(退軍令)을 내려 군사를 뒤로 물리니, 적의 무리가 승세해서 뒤를 쫓는다.

적이 한창 뒤를 쫓아 바야흐로 산 모퉁이를 지날 때, 문득 현덕의 군중에서 징소리가 요란하게 울리더니 좌우 양편에서 일대의 군사가 일시에 짓쳐 나오고, 현덕이 또한 군사를 돌이켜 들이친다.

삼면의 협공을 받은 적의 무리는 그대로 무너진다. 바로 뒤를 급히 쫓아 청주성 아래 당도하니, 태수 공경이 또한 민병(民兵)을 거느리고 성에서 나와 싸움을 돕는다. 적은 크게 패하여 죽고 상한 자가 수가 없이 많았다.

이리하여 마침내 청주성의 에움을 풀어 놓으니, 후세 사람이 시를 지어 현덕을 칭찬하였다.

> 기이한 계교를 내어 기이한 공을 세우도다.
> 두 범이 아무래도 한 용만 못하지.
> 한 번 나서자 문득 위훈을 세웠으니
> 창업(創業)의 정한 기약이 진작 그에게 있었구나.

공경이 군사들을 위로하고 나자 추정이 바로 돌아가려고 하니, 현덕은 그를 보고

"근자에 들으니 중랑장 노식이 적괴(賊魁) 장각과 광종(廣宗)에서 싸우고 있답디다. 내가 일찍이 노 중랑을 스승으로 섬겼으니 가서 싸움을 도와 드려야만 할까보이다."

하고 말을 하여, 추정은 군사를 데리고 돌아가고, 현덕은 관우·장비와 더불어 본부병 오백을 거느리고 광종으로 가게 되었다.

현덕이 노식의 군중에 이르러 군례(軍禮)로 보인 다음 자기가 온 뜻을 갖추 고하니, 노식은 크게 기뻐하여 그를 장전(帳前)에 머물러 두고 같이 일을 의논하게 하였다.

당시 장각이 거느리는 도적의 무리는 십오 만이요 노식의 군사는 오 만인데, 양군이 광종에서 상지(相持)하여 아직 승부를 결하지 못하고 있었다.

노식은 현덕을 보고

"나는 지금 예서 장각을 에우고 있거니와, 장각의 아우 장량과 장보는 영천에서 황보숭·주준의 군사와 대치하고 있는 판일세. 그러니 자네는 곧 본부 인마를 영솔하고, 또 내가 일천 관군으로 자네를 돕도록 할 것이매 영천으로 가서 자세히 소식을 알아본 다음에 기일을 정해 가지고 도적들을 다 잡아 없애도록 하게."

하고 분부하여, 현덕은 그의 영을 받고서 군사를 거느리고 밤을 도와 영천으로 갔다.

이때 황보숭과 주준은 군사를 거느리고 적을 굳게 막고 있었다. 도적의 무리는 관군과 싸워 보다가 형세가 이롭지 못하게 되자 뒤로 물러나 장사로 들어가 풀밭에 영채(營寨)를 세웠다.

이를 보자 황보숭은

"도적들이 풀밭에다 영채를 세웠으니 우리는 불로 공격을 하십시다."

하고 주준과 계교를 정한 다음에 곧 군사들에게 영을 내려 저마다 풀 한 단씩을 준비해 가지고 몰래 매복하게 하였다.

이경16)에 이르매 일제히 불을 지르고 황보숭과 주준은 각기 수하 군사를 휘몰아 적의 영채를 싸고 들이쳤다. 화염이 하늘을 덮었다. 도적의 무리는 창황망조해서 말에는 채 안장을 지우지 못하고 사람은 미처 갑옷을 입지 못한 채 사방으로 흩어져 도망쳤다.

날이 훤히 밝을 무렵에 장량과 장보가 남은 군사를 수습해 길을 앗아 달아나는데, 홀연 앞에서 한 무리의 인마가 일제히 붉은 기를 휘날리며 달려들어 적의 도망할 길을 가로막는데 앞을 선 장수는 신장이 칠 척이요 눈은 가늘고 수염이 길다. 이 사람이 누군가. 벼슬은 기도위(騎都尉)로서 패국(沛國) 초군(譙郡) 사람이니 성은 조(曹)요 이름은 조(操)요 자는 맹덕(孟德)이다.

조조의 부친 조숭(曹嵩)은 본래 성이 하후(夏侯)씨였는데 중상시(中常侍) 조등(曹騰)에게 양자로 들어갔기 때문에 이후로는 조씨로 행세하게 된 것이다.

조숭이 조를 낳아 아명을 아만(阿瞞)이라 하고 또 길리(吉利)라고도 불렀는데 조조가 소시에 사냥질을 좋아하고 또 노래와 춤을 즐기며 권모(權謀)가 있고 기변(機變)이 많았다. 조조에게 삼촌이 하나 있었는데, 그는 조조가 너무나 방탕한 것을 보고 마음에 노해서 곧잘 조숭에게 일렀다. 그러면 조숭은 곧 조조를 불러 책망을 하곤 하였다. 조조는 문득 속으로 꾀 하나를 생각해 내고 어느 날

---

16) 하룻밤을 다섯으로 나눈 시각의 하나. 밤 10시. 초경은 밤 8시, 삼경은 밤 12시, 사경은 새벽 2시, 오경은 새벽 4시.

삼촌이 들어오는 것을 보자 부러 땅에 자빠져서 간질이 일어난 시늉을 하였다. 삼촌이 깜짝 놀라 즉시 조숭에게 알려서 조숭이 급히 와 보니 조조는 아무 증상이 없다.

조숭은 괴이하게 여겨

"아니 네 숙부 말씀이 네가 중풍이 일어났다고 하시던데, 이젠 다 나았느냐."

하고 물으니, 조조가

"전 본래 그런 병이 없습니다마는 다만 제가 숙부님의 사랑을 잃어서 가끔 애매한 말씀을 듣는 겁니다."

라고 대답했다. 조숭은 그만 그 말을 믿고 그 뒤로는 아우가 와서 아무리 조조의 허물을 고해바쳐도 다시는 들으려 하지 않았다. 이리해서 조조는 더욱 방탕해졌던 것이다.

당대 사람으로 교현(橋玄)이라는 이가 있었는데, 그는 일찍이 조조를 보고

"천하가 장차 어지러우려 하니 명세지재(命世之才)가 아니고는 건지지 못할 터인데, 능히 천하를 편안히 할 사람은 아마도 그대일까보이."

하였고, 남양의 하옹(何顒)이라는 사람은 조조를 만나 본 뒤

"한실(漢室)이 바야흐로 망하려 하는데 천하를 편안케 할 자는 반드시 이 사람이다."

하고 말하였다.

여남의 허소(許劭)는 지인지감(知人之鑑)이 있기로 이름난 사람이다. 조조가 그를 찾아가

"나는 어떤 사람입니까."

하고 물으니 그는 아무 대답이 없었다. 조조가 재쳐 물었더니 그제야 허소는

"자네는 치세(治世)의 능신(能臣)이요 난세(亂世)의 간웅(奸雄)일세."

하고 말해 주었다. 조조는 그 말을 듣고 마음에 크게 만족해하였다.

나이 스물에 그는 효렴에 뽑혀 낭(郞)이 되었고 낙양북도위(洛陽北都尉)에 제수되었다. 그는 도임하는 길로 오색봉(五色棒) 십여 개를 만들어 고을 사대문에 두어 두고 법을 범하는 자만 있으면 제아무리 권세 있고 귀한 사람이라 하더라도 모조리 치벌하였다. 한 번은 중상시 건석의 삼촌 되는 자가 밤중에 칼을 들고 거리를 헤매는 것을 조조가 마침 밤에 순시하다가 보고는 용서 없이 붙들어다 볼기를 쳐서 내쳤다. 이 일이 있은 뒤로 안에서나 밖에서나 감히 다시는 법을 범하는 자가 없어서 조조의 위엄과 명성이 근방에 떨쳤던 것이다.

그 뒤에 그는 돈구령(頓丘令)이 되었다가 황건적 난리가 일어나자 기도위에 제수되어 마보군(馬步軍) 오천을 거느리고 영천으로 싸움을 도우러 오는 중에 마침 패해서 도망가는 장량과 장보와 마주친 것이었다.

조조는 적의 도망할 길을 가로막고 들이쳤다. 한 마당 싸움에서 적의 머리를 벤 것이 만여 급(級)이요 빼앗은 기번(旗旛) · 금고(金鼓) · 마필은 수도 없이 많았는데, 장량과 장보는 죽기로 싸워 마침내 몸을 빼쳐 달아났다.

조조는 황보숭과 주준을 잠깐 만나 보고는 바로 군사를 거느리고 다시 장량과 장보의 뒤를 급히 쫓았다.

한편 현덕은 관우·장비와 함께 영천을 바라고 오는데 멀리서 함성이 들려오고 또 바라보니 화광이 하늘을 환히 비춘다. 그러나 막상 길을 재촉해서 와 보니 그때는 이미 도적의 무리가 패해서 다 흩어진 뒤였다.

현덕은 황보숭과 주준을 보고 노식의 말을 전하였다. 듣고 나자 황보숭이 그를 보고 말했다.

"이제 장량과 장보의 힘이 지쳤으니 제 반드시 장각을 바라고 광종으로 갈 것이오. 현덕은 이 길로 밤도와 가서 노 중랑을 돕도록 하오."

영을 받고 현덕은 다시 군사를 이끌고 회로에 올랐다. 그러나 길을 반이나 왔을까 해서 문득 보니 한 떼의 군마가 함거(檻車)[17] 한 채를 압령해 가지고 오는데 수레 속에 갇혀 있는 죄인은 다른 사람이 아니라 바로 노식이다.

현덕은 소스라쳐 놀라 말에서 굴러 떨어지듯 뛰어내려 어찌된 연고를 물으니 노식이 하는 말이

"내가 장각을 에워싸고 한창 치는 판에 장각이가 요술을 써서 당장 이기지는 못했는데, 조정의 명을 받고 황문(黃門)[18] 좌풍(左豊)이 체찰(体察)하러 내려와서 대뜸 내게다 뇌물을 청하네그려. 그래 내가 '군량도 오히려 부족한 형편에 무슨 남은 돈이 있어서 천사(天使)[19]께 바치리까' 했더니 좌풍이 여기 원혐을 품고 돌아가, 내가 성을 높이 쌓고 싸우지를 않아 군심(軍心)을 해이하게 해 놓

---
17) 옛날에 죄인을 호송하는 데 쓰던 수레.
18) 환관(宦官)을 말한다.
19) 천자가 내려 보낸 사신.

앗다고 조정에 아뢰어서 이 때문에 조정에서 진노하시고 중랑장 동탁(董卓)을 내려 보내셔서 내 군사를 대신 통솔하게 하시고 나는 경사로 잡아 올려다가 죄를 물으려고 하시는 거라네."
한다.

 들고 나자 장비는 대로하여 그 자리에서 바로 압령해 가는 군사들을 베고 노식을 구하려고 하니, 현덕이 황망히 그 손을 잡고
 "조정에도 공론이 있을 텐데 네가 어찌 무엄하게 이럴 법이 있느냐."
하고 만류하는 사이에 압령하는 군사들은 노식이 탄 함거를 전후로 옹위하고 그 자리를 떠나 버렸다.

 관공이 있다가
 "노 중랑이 이미 잡혀가고 다른 사람이 와서 군사를 통솔한다면 우리가 이제 간대도 의지할 데가 없으니 차라리 탁군으로 돌아가느니만 못하지 않습니까."
하여 현덕은 그의 말을 좇아 군사를 이끌고 북쪽을 바라 길을 떠났다.

 그러나 길을 가기 이틀이 못 되어서 문득 산 뒤로 함성이 크게 진동했다. 현덕이 곧 관우·장비와 더불어 말을 달려 높은 언덕 위로 올라가 바라보니, 관군이 크게 패해서 어지러이 도망해 오며 그 뒤로 황건적이 산과 들을 까맣게 덮고 쫓아오는데, 기에는 '천공 장군'이라 크게 씌어 있다.

 현덕은 크게 외쳤다.
 "저게 장각이다. 빨리 가서 싸우자."
 세 사람은 군사를 거느리고 말을 달려 나갔다.

이때 장각은 바야흐로 동탁을 패주시키고 승세해서 그 뒤를 급히 쫓던 차에, 홀연 세 사람이 내달아 좌충우돌하니 장각의 군사는 크게 어지러워 여지없이 패해서 오십여 리를 달아났다.

세 사람이 동탁을 구해 내어 함께 군영으로 돌아가니, 동탁은

"세 사람이 지금 무슨 벼슬에 있노."

하고 한마디 묻고, 현덕이

"백신(白身)[20]이외다."

하고 대답하자 그는 심히 업신여겨 도무지 인사도 차리려고 안 했다.

현덕이 밖으로 나오자 장비는 대로하여

"우리가 몸소 나서서 목숨을 내놓고 싸워 제 놈을 살려 주었는데 제가 그래 이처럼 무례할 데가 있단 말이오. 저 놈을 죽이지 않고는 도저히 내 분을 못 풀겠소."

하며, 바로 칼을 뽑아 들고 장막 안으로 들어가서 동탁을 죽이려 했다.

  인정과 세리(勢利)는 고금이 일반이라,
  영웅이 백신(白身)일 줄 뉘라서 안다더냐.
  장비같이 통쾌한 이 어이하면 구해다가
  세상의 의리 없는 놈들 모조리 없애 보노.

필경 동탁의 목숨이 어찌 되려는고.

---

20) 벼슬을 못한 사람. 평민.

장익덕이 대로하여 독우(督郵)[1]를 매질하고
하(何) 국구(國舅)[2]는 환관들을 죽이려 들었다

| 2 |

동탁의 자는 중영(仲穎)이니 농서(隴西) 임조(臨洮) 사람으로 이때에 벼슬이 하동(河東) 태수였다. 그의 천성이 본래 방자하고 거드름을 잘 피워 이날 현덕을 소홀히 대하다가 장비의 노염을 사서, 장비가 그를 죽이려고 들었던 것이다.

현덕과 관공이 황급히 붙잡고

"그 사람으로 말하면 조정 명관(命官)인데 어떻게 함부로 죽인단 말이냐."

하고 말리니, 장비는

"그럼 그놈을 죽이지 않고 도리어 그놈 수하에서 청령(聽令)이나 하고 있잔 말이오. 난 그 노릇은 못하겠소. 두 분 형님이 기어이

---

1) 한나라 때 군수(郡守) 아래서 속현 관원들의 치적을 염찰(廉察)하던 관리.
2) 왕비의 친정아버지나 오라버니를 국구라 한다. 하 국구는 대장군 하진을 일컫는다.

여기 계시겠다면 난 혼자서라도 딴 데로 가 버릴 테요."
하였다.
　현덕이
"우리 세 사람이 생사를 같이하기로 했는데 서로 떨어진다는 말이 웬 말이냐. 정 그렇다면 우리 모두 다른 데로 가 버리자꾸나."
하니,
"만약 그렇게 한다면 내 화도 얼마쯤은 풀리겠소."
하고 장비가 말하였다.
　세 사람은 밤을 도와 군사를 거느리고 주준에게로 갔다. 주준은 그들을 맞아들여 심히 후하게 대접하며, 군사들을 한곳에 모아 나아가서 장보를 치기로 하였다.
　이때 조조는 황보숭을 따라 진군하다가 곡양(曲陽)에서 장량을 맞아 크게 싸우고 있는 중이었다.
　이편에서는 주준이 장보를 치러 나갔는데 장보는 이때 도적의 무리 팔구만 명을 거느리고 산 뒤에 둔치고 있었다.
　주준이 현덕을 선봉을 삼아 적과 대적하게 하니, 장보가 저의 부장 고승(高昇)을 시켜 말 타고 나와 싸움을 걸게 했다. 현덕은 장비에게 명해서 나가 치게 하였다.
　장비는 말을 달려 나가 창을 꼬나 잡고 고승과 겨루기 두어 합(合)[3]이 못 되어 고승을 찔러 말에서 떨어뜨렸다. 현덕은 때를 놓치지 않고 군사를 휘몰아 바로 적진을 향하여 쳐들어갔다.
　그러나 이때 장보가 말 위에서 머리를 풀고 검(劍)을 들어 요사

---

3) 서로 어우러져 싸우는 것.

스러운 술법을 부리자, 문득 바람이 크게 일어나고 우레 소리가 진동하며 한 줄기 검은 기운이 하늘로부터 내리는데 그 검은 기운 속에 무수한 인마가 짓쳐 들어오는 듯싶었다.

현덕은 황망히 퇴군령을 내렸다. 군중이 크게 어지러워 마침내 한 진(陣)을 패하고 돌아왔다. 현덕이 본채로 돌아와서 주준과 의논하니, 주준이 그에게 계교를 일러 준다.

"제가 요술을 쓰니 우리는 내일 돼지와 양과 개를 잡아서 피를 준비하고 군사들을 산머리에 매복하여 놓았다가 도적이 뒤를 쫓아오거든 높은 언덕 위에서 일시에 피를 내뿌리게 하면 그 술법을 제해 버릴 수 있을 게요."

현덕은 영을 받고 물러나오자 즉시 관공과 장비에게 분부하여 각기 군사 일천씩을 거느리고 산 뒤 높은 언덕 위에 매복하되, 돼지·양·개의 피와 그 밖에 부정한 물건들을 넉넉히 준비해 놓게 하였다.

이튿날 장보가 기를 흔들고 북을 치며 군사를 거느리고 나와서 싸움을 건다. 현덕은 곧 마주 나가 싸웠다. 양편 군사가 한창 싸우는 중에 문득 장보가 다시 술법을 썼다. 갑자기 바람이 크게 일며 마른하늘에 천둥이 치고 모래가 날며 돌이 달리고 검은 기운이 하늘을 쫙 덮더니 무수한 인마가 아래로 내려온다.

현덕은 곧 말머리를 돌려 달아났다. 장보가 군사를 휘몰아 그 뒤를 쫓아서 막 산머리를 지날 무렵 관우·장비의 복병들이 호포(號炮)[4]를 놓고 일제히 부정한 물건을 마구 뿌렸다. 종이로 만든

---

4) 군호로 놓는 대포.

사람과 풀로 만든 말들이 공중으로부터 분분히 땅에 떨어지며 바람이 자고 우레가 그치고 모래와 돌이 더 이상 날지 않는다.

장보가 제 술법이 풀린 것을 보고 급히 퇴군하려고 할 제 좌편의 관공과 우편의 장비가 일시에 군사를 이끌고 내달으며 또 등 뒤로는 현덕과 주준이 일제히 쫓아 올라왔다. 적의 무리로서 죽고 상한 자가 그 수효를 모르겠다.

이때 현덕은 '지공 장군'의 기호(旗號)를 바라보고 곧 나는 듯이 말을 달려 그 뒤를 급히 쫓았다.

장보가 혼이 허공에 떠서 죽기로 달아났다. 현덕이 활을 쏘아 그의 왼쪽 팔을 맞혔으나, 장보는 화살을 띤 채 그대로 도망하여 양성(陽城)으로 달려 들어가자 성문을 굳게 닫고는 다시는 나오려고 안 했다.

주준은 군사를 지휘해서 양성을 에워싸고 치는 한편 사람을 보내서 황보숭의 소식을 알아 오게 하였더니, 탐자(探子)[5]가 돌아와서 여러 일을 보하였다. 그 사이 황보숭은 적과 싸워 크게 이기고 동탁은 번번이 패해서 조정에서는 황보숭으로 동탁을 대신하여 장각을 치게 하였는데, 황보숭이 이르렀을 때 장각은 이미 죽은 뒤요 장량이 대신 그 무리들을 거느리고 나서서 관군에 항거하였으나 황보숭은 일곱 번 싸움에 일곱 번을 이겨 마침내 장량을 곡양에서 목 베고 장각의 관을 뼈개고 그의 시신을 육시효수(戮屍梟首)[6]한 다음 그 수급을 경사로 올려 보내고 남은 무리들 모두에게

---

5) 정탐자.
6) 고대에 중죄인에게 시행하던 형벌. 육시는 이미 죽은 사람의 시체에 참형(斬刑)을 행하는 것이고, 효수는 목을 베어 나무에 달아 놓는 것이다.

항복을 받았다. 조정에서는 그의 벼슬을 더하여 거기장군(車騎將軍) 기주목(冀州牧)을 삼았다. 황보숭이 또 노식의 무죄를 아뢰어 조정에서 노식을 원관(原官)으로 복직시켰고 조조도 또한 공로가 있으므로 제남상(濟南相)을 제수해서 즉일로 군사를 거느리고 부임하였다는 것이다.

주준은 이 소식을 접하자 군사를 재촉해서 전력을 다해 양성을 쳤다. 적의 형세가 위급하게 되자 적장 엄정(嚴政)이 장보를 찔러 죽이고 그 수급을 들고 나와서 항복을 하였다.

주준은 드디어 여러 고을을 평정하고 조정에 첩보(捷報)를 바쳤다.

이때에 또 황건적의 나머지 잔당 조홍(趙弘), 한충(韓忠), 손중(孫仲) 등 세 사람이 수만의 무리를 모아 장각의 원수를 갚는다며 불을 지르고 노략질을 하고 있었다. 조정에서는 주준에게 명하여 곧 승전한 군사를 거느리고 가서 그들을 치게 하였다.

주준은 왕명을 받들어 군사를 거느리고 나아갔다. 이때 도적들은 완성(宛城)을 점거하고 있었는데, 주준이 군사를 거느리고 와서 치자 조홍은 한충을 내보내서 싸우게 하였다.

주준이 현덕과 관우·장비를 시켜 완성의 서남각(西南角)을 치게 하니 한충이 정예(精銳)한 무리들을 모조리 이끌고 서남각으로 나와서 대적했다. 이때 주준은 몸소 철갑을 입고 말 탄 군사 이천을 거느리고 나가서 바로 동북각을 들이쳤다. 한충은 성이 함몰될까 겁이 나서 급히 서남쪽을 버리고 돌아섰다. 현덕은 배후에서 불의에 들이쳤다. 적의 무리는 크게 패해서 앞을 다투어 완성으로 들어가 버렸다.

주준은 군사를 나누어 성을 사면으로 에워쌌다.

성중에 양식이 떨어지자 한충은 사람을 시켜 성에서 나가 투항하기를 전했으나 주준은 항복을 받아 주지 않았다. 이것을 보고 현덕은 말하였다.

"옛날에 고조께서 천하를 얻으신 것이 대개 항복을 권하고 항복하는 자는 잘 받아들였기 때문입니다. 그런데 공은 왜 한충의 항복을 거절하고 받지 않으십니까."

주준이 말했다.

"그도 한때고 이도 한때요. 옛날 진(秦)나라가 망하고 항우가 한창 드날릴 때는 천하가 크게 어지러워 백성에게 정한 주인이 없었기 때문에 항복을 권유하기도 하고 또 와서 붙는 자를 상도 주어서 내 편으로 오기를 권했던 것이오. 그러나 지금은 천하가 통일되어 있는데 오직 황건적이 난을 일으켰을 뿐이라, 만약에 항복을 받아들인다면 권선(勸善)할 길이 없을 것이오. 도적들이 형세가 이로우면 제 마음대로 노략질을 하다가 형세가 불리하면 곧 항복하러 들 것이니 이것은 도적놈의 마음을 길러 주는 것이라 결코 좋은 계책이 아니오."

현덕이 말하였다.

"도적의 항복을 받아들이지 않으시는 것은 옳습니다. 그러나 이제 우리가 사면을 철통같이 에워쌌으니, 도적이 항복을 빌다가 안 되면 반드시 죽기로 싸우러 들 것입니다. 만 사람이 한 마음이 된대도 당해 낼 도리가 없는데 하물며 성중에는 수만이 있잖습니까. 제 생각으로는 동남쪽은 틔워 주고 서북쪽만 치는 것이 좋을 것 같습니다. 그러면 도적들이 반드시 성을 버리고 달아날 것이요, 그들에게 싸울 마음이 없고 보면 쉽사리 사로잡을 수 있지 않겠습니까."

주준은 그리 여겨 곧 동쪽과 남쪽 두 군데 군마를 거두어 일제히 서북쪽을 들이쳤다.

한충은 과연 군사를 이끌고서 성을 버리고 달아난다.

주준은 현덕·관우·장비와 더불어 삼군(三軍)을 거느리고 그 뒤를 몰아쳐서 한충을 활로 쏘아 죽였다. 남은 무리들이 사면으로 흩어져서 도망하기에 바빴다.

관군이 그 뒤를 한창 쫓는 중에 조홍과 손중이 도적의 무리를 거느리고 달려들었다. 한동안 싸우다가 주준이 조홍의 형세가 큰 것을 보고 잠시 군사를 뒤로 물렸더니, 이 틈을 타서 조홍은 다시 완성을 차지하였다.

주준이 십 리 밖에 하채하고 바야흐로 성을 치려 할 때 홀연 동쪽에서 한 무리의 인마가 들어오는데 앞을 선 장수는 이마가 넓고 얼굴이 크며 체구는 범 같고 허리는 곰 같으니, 오군(吳郡) 부춘(富春) 사람으로, 성은 손(孫)이요 이름은 견(堅)이요 자는 문대(文臺)로서 바로 손무자(孫武子)[7]의 후손이다.

손견의 나이 열일곱 살 때 일이다. 부친과 함께 전당(錢塘)에 갔다가 해적 십여 명이 상인의 재물을 겁략해 가지고 강가 언덕 위로 올라 나누매기하고 있는 것을 보고 손견은 부친을 향하여

"제가 도적놈들을 잡아 보겠습니다."

---

7) 중국 춘추시대 제(齊)나라 사람으로, 오왕(吳王) 합려(闔廬)의 장수가 되어 군공을 많이 세웠다. 『손자(孫子)』 13편의 저술이 있으니, 병가(兵家)에서 그를 시조(始祖)로 추대한다.

하고, 즉시 칼을 들고 언덕으로 뛰어올라 소리를 크게 지르며 동쪽 보고 가리키고 서쪽 보고 손짓해서 마치 사람들을 부르기라도 하는 것처럼 하니, 해적들은 그만 관병의 무리가 잡으러 온 줄만 여겨 재물을 고스란히 버려둔 채 뺑소니들을 쳤다. 손견은 기어이 뒤를 쫓아가서 그중의 한 놈을 죽이고 말았다. 이 일로 해서 고을에서는 그의 이름이 널리 알려져 마침내는 천거를 받아 교위가 되었던 것이다.

그 뒤에 회계(會稽) 땅의 요적(妖賊) 허창(許昌)이 모반하여 '양명황제(陽明皇帝)'라 자칭하고 도당 수만을 모았을 때, 손견이 군사마(郡司馬)와 함께 용사 천여 명을 초모하여 각 고을의 관차와 합세해서 적을 치고 허창과 그 아들 허소(許韶)의 목을 베니, 자사(刺史) 장민(臧旻)이 그의 공을 아뢰니, 조정에서는 손견에게 염독승(鹽瀆丞)을 제수하고 또 우이승(盱眙丞)·하비승(下邳丞)을 제수하였는데, 이제 황건적이 일어난 것을 보고 그는 향중의 소년과 도부군을 불러 모으고 회(淮)·사(泗)의 정병 일천오백여 명과 함께 이렇듯 접응하러 온 것이었다.

주준은 크게 기뻐하여, 곧 손견으로 남문을 치게 하고 현덕으로 북문을 치게 하며 주준 자기는 서문을 치기로 하되 동문만은 그대로 남겨 두어 도적의 달아날 길을 열어 놓았다.

손견은 앞을 서서 성 위로 올라서며 곧 도적 이십여 명을 칼로 베었다. 도적의 무리가 황겁해서 쫙 흩어지는데 조홍이 창을 뻗치고 말을 몰아 바로 손견을 향해 달려들었다. 손견은 성 위로 몸을 날려 조홍의 창을 뺏어 들자 바로 한 창에 조홍을 찔러 말 아래 거꾸러뜨리고 곧 조홍의 말에 올라 나는 듯이 이리저리 닥치는 대로 적을 죽였다.

　한편 손중은 수하의 무리들을 이끌고 북문으로 뛰어나오다가 바로 현덕을 만났다. 그러나 그는 싸울 마음이 없어 그대로 길을 찾아 도망하려 하였다. 현덕은 곧 활을 다리여 한 살에 쏘아 맞히니 손중이 뒤재주쳐서 말 아래 떨어졌다.

　주준의 대군이 바로 그 뒤를 짓쳐 나오며 적에게 덮쳐들었다. 한 마당 싸움에 적의 머리를 벤 것이 수만 급이요 항복받은 자는 이루 그 수효를 셀 수 없었다.

　남양(南陽) 일로(一路)의 십여 고을이 이로써 모두 평정되었다.

　주준이 군사를 거느리고 경사로 개선하니 황제는 조서를 내려 주준을 거기장군 하남윤(河南尹)을 봉하였다.

　주준은 손견·유비 등의 군공을 위에 표주하였다. 손견은 뇌물을 쓴 것이 있어서 곧 별군사마(別軍司馬)에 제수되어 부임하였다. 그러나 현덕은 여러 날을 두고 무슨 분부가 있기를 기다렸으나 조정에서는 종시 그에게 아무 벼슬도 내리지 않았다.

　세 사람은 울울한 심사를 이기지 못하여 거리로 나가 거닐었다. 이때 마침 낭중(郞中) 장균(張鈞)의 행차가 지나갔다. 현덕은 그를 보고 자기들이 세운 군공을 자세히 고하였다.

　장균은 크게 놀라서 그 길로 대궐로 들어가 천자를 뵙고
"전일 황건의 무리가 모반하온 것이 그 근원인즉 모두 십상시가 매관매직을 일삼으며 저희와 근친한 자가 아니면 쓰지 않고 저희와 원수진 자가 아니면 죽이지 않아서 마침내는 천하를 크게 어지럽게 하였기 때문이오니, 이제 십상시의 무리를 참하시어 그 머리를 남교(南郊)[8]에 걸게 하시고 사자(使者)를 내어 천하에 포고

하시어 공로가 있는 자들에게 후히 상사(賞賜)를 내리신다면 사해(四海)가 자연 청평(淸平)할까 하나이다."

하고 상주하니, 십상시가 곧 나서서 황제께

"이는 장균이 주상을 속이는 말씀이외다."

하고 아뢴다. 천자는 곧 무사(武士)를 시켜 장균을 궐문 밖으로 축출하여 버렸다.

 그 뒤에 십상시의 무리는 서로 의논하고, 이는 필시 황건적을 치는 데 공로가 있었던 자들이 벼슬을 못 얻어 원망하는 말을 내기 때문일 것이니 우선 하찮은 벼슬이라도 한 자리씩 내어 주고 일후에 다시 보기로 하는 것이 좋으리라 하였다. 이리하여 현덕은 정주(定州) 중산부(中山府) 안희현위(安喜縣尉)에 제수되어 날짜를 택하여 부임하게 되었던 것이다.

 현덕은 그동안 생사를 같이한 군졸들에게 노수를 마련하여 고향으로 돌려보내고 다만 좌우에서 가까이 두었던 이십여 명만을 데리고 관우·장비와 함께 안희현으로 내려가 도임하였다.

 그가 고을 공사를 본 지 한 달 동안 추호도 백성을 범한 것이 없어서 온 고을 백성이 두루 그의 감화를 받았다.

 현덕은 도임한 뒤로 관우·장비와 먹으면 반드시 한상에서 먹었고 자면 반드시 한자리에서 잤다. 그리고 현덕이 여러 사람이 모인 자리에 있을 때면 관우와 장비는 그의 곁에 꼭 뫼시고 서서 하루 종일이라도 피곤해하는 빛이 없었다.

 현덕이 안희현에 도임한 지 넉 달이 채 못 되었을 때였다. 조정

---

8) 낙양성 남문 밖. 매년 동짓날에 황제가 하늘에 제를 지내는 원구(圜丘)가 그곳에 있다.

에서 조서가 내렸는데, 그 내용인즉,

"무릇 군사에 공로가 있다 해서 장리(長吏)[9]가 된 자들은 다 태거(汰去)하리라."

하는 것이다.

현덕이 은근히 불안 중에 있는데 마침 독우(督郵)가 관원들의 치적을 고찰하며 관하 각 고을을 순행하다가 안희현으로 들어왔다.

현덕은 성 밖에 나가 영접하고 독우에게 정중히 인사를 드렸다. 그러나 독우는 그대로 마상에 앉은 채 다만 채찍을 잠깐 들어 보였을 뿐이었다. 이를 보고 관우와 장비 두 사람은 마음에 못내 괘씸해하였다.

관역에 들어서도 독우는 남면(南面)해서 높직이 앉고 현덕은 계하에 시립하고 있게 하였다가 한동안이 지난 뒤에야 입을 열어

"유 현위는 출신이 무언고."

하고 한마디 묻는다.

그 말에 현덕이

"비는 중산정왕의 후예이온데 탁군에서 황건적을 치기 시작하여 대소 삼십여 차례 싸움에 다소 군공을 세운 것이 있어서 현직을 제수받았소이다."

하고 대답하자, 독우는 소리를 버럭 질러

"네가 함부로 한실 종친이라 사칭하고 또 공적을 꾸며대는구나. 이번에 조정에서 조서를 내리신 게 바로 너 같은 남관오리(濫官汚吏)를 태거하라시는 게다."

---

9) 지방 관원의 우두머리.

하고 꾸짖는다.

현덕은 그저

"예, 예."

하고 그 자리를 물러나와 현아(懸衙)로 돌아와서 곧 현리(縣吏)를 불러들여 의논하니, 현리의 말이

"독우 사도가 위엄을 부리시는 게 도시 뇌물 까닭이올시다."

한다.

현덕은 말하였다.

"내가 추호도 백성을 범한 게 없으니 대체 어디서 무슨 재물을 얻어다가 저를 준단 말인고."

그 이튿날 독우는 먼저 현리부터 관역으로 잡아다 놓고서 현위가 백성을 괴롭힌 바를 이실직고하라고 땅땅 얼렀다. 현덕은 이를 보고 몇 번이나 용서를 빌러 몸소 관역까지 갔었으나 그때마다 문지기가 굳이 막고 들이지를 않아 끝내 독우를 만나 보지 못하였다.

이때 장비가 홧김에 술을 몇 잔 마시고서 말을 타고 관역 앞을 지나려니까 늙은이들 오육십 명이 관역 문전에 모여 통곡을 하고 있다. 장비가 어찌 된 연유를 물었더니 늙은이들의 대답이

"독우 사도가 현리를 잡아다 족치며 기어이 유공을 모해하려 하시기에 우리들이 그렇지 않단 말씀을 사뢰려고 온 터인데 문 안에 들어가 보도 못하고 문지기한테 매만 죽도록 맞았습니다."

한다.

장비는 천둥같이 노하였다. 고리눈을 부릅뜨고 이를 부드득 갈며 말에서 뛰어내린 그는 바로 관역으로 들어갔다. 문지기가 무

張飛　　장비

虎牢關上聲先震	호뢰관에서 큰 명성 먼저 떨치고
長坂橋邊水逆流	장판교에서는 흐르는 물도 돌렸네
義釋嚴顔安蜀境	의리로 엄안을 놓아 촉땅을 안정시키고
智欺張郃定中州	지혜로 장합을 속여 한중을 평정하였네

슨 수로 그를 막고 안 들이겠는가. 장비는 곧장 후당으로 뛰어들었다. 보니 독우는 대청 위에 버티고 앉았고 현리는 잔뜩 묶여 땅에 쓰러져 있다.

장비는 벽력같이 소리를 질렀다.

"이 백성을 해치는 도적놈아. 나를 알아보겠느냐."

독우가 미처 입을 열 새도 없이 장비는 달려들어서 그의 머리를 움켜쥐고 관역에서 끌고 나와 바로 관문 앞에 이르자 그를 말을 매어 놓는 말뚝에다 붙들어 매 놓고 버들가지를 꺾어서 그의 두 다리를 으스러지라 후려갈겼다. 때리다 부러지면 매채를 갈고 또 갈고 해서 부러진 버들가지가 수북이 쌓였다.

이때 현덕이 초민 중에 있다가 문득 관문 밖이 떠들썩한 것을 보고 좌우에게 물었더니, 아뢰는 말이

"장 장군께서 웬 사람을 묶어 놓으시고 관문 앞에서 매를 치시나 보이다."

했다.

현덕이 황망히 나가 보니 결박을 지워 놓은 것이 바로 독우가 아닌가. 현덕은 깜짝 놀라

"이게 대체 웬일이냐."

하고 물었더니, 장비는

"이까짓 백성이나 못 살게 구는 도적놈을 때려죽이지 않고 뭘 하겠소."

라고 대답했다. 이때 독우가

"현덕공 제발 나 좀 살려 주시우."

하고 애걸했다.

현덕은 본시 마음이 인자한 사람이라, 곧 매질을 못하게 장비를 꾸짖는데 이때 관공이 곁으로 와서 그에게 말하였다.

  "형님께서 큰 공훈을 허다하게 세우시고 겨우 현위 한 자리를 얻어 하셨는데 이번에 도리어 독우한테 욕만 보시지 않았습니까. 제 생각에는 가시덤불 속이란 원래 봉황이 깃들일 곳이 아니니, 독우를 죽인 다음에 벼슬을 버리고 고향으로 돌아가 달리 원대한 계획을 세우시느니만 못할까 봅니다."

  그 말을 듣고 현덕은 곧 인수(印綬)[10]를 끌러 독우의 목에 걸어 주고 소리를 가다듬어 준절히 꾸짖었다.

  "네가 백성을 못살게 구는 것을 생각하면 마땅히 죽여 버려야 할 것이로되, 내가 네 구차한 목숨만은 붙여 주마. 자아 인수나 받아라. 나는 이 길로 떠난다."

  독우가 돌아가는 길로 정주 태수에게 고하여 태수는 즉시 글을 닦아 성부(省府)에 보한 다음 관차를 내어 세 사람을 잡아들이게 하였다.

  이때 현덕·관우·장비 세 사람은 대주(代州)로 유회(劉恢)를 찾아갔는데, 유회는 현덕이 한실 종친임을 알자 자기 집에다 숨겨 두고 말을 내지 않았다.

  한편 십상시의 무리는 나라 권세를 저희들 손아귀에 틀어쥐자 서로 의논하고 누구든지 저희한테 복종하지 않는 사람이 있으면 죄로 얽어 죽였다.

---

10) 관직에 임명될 때 천자에게서 받은 관인(官印)의 끈.

조충과 장양이 사람을 시켜 황건적을 친 장수들에게서 뇌물을 거둬들이는데 응하지 않는 사람은 곧 위에 아뢰고 파직하기로 하니, 황보숭과 주준도 저들에게 뇌물을 바치지 않은 연고로 종내는 조충의 무리들 손에 벼슬이 떨어지고 말았던 것이다.

천자는 또 조충의 무리로 거기장군을 삼고 장양 등 십삼 인을 모두 열후(列侯)로 봉하니 나라 정사는 더욱 글러만 가서 백성의 원망하는 소리가 날로 높아 갔다.

이리하여 장사 땅에서는 구성(區星)이란 도적이 난을 일으키고, 어양에서는 장거(張擧)와 장순(張純)이 반기를 들어 장거는 자칭 천자가 되고 장순은 대장군이라 일컬으니 형세가 급한 것을 고하는 표장(表章)이 바로 빗발치듯하건마는 십상시의 무리는 다 감추어 두고 위에 아뢰지 않았다.

하루는 황제가 후원에서 십상시와 술을 마시고 있는데 간의대부(諫議大夫) 유도(劉陶)가 들어와 황제 앞에서 통곡을 했다. 황제가 그 우는 연고를 묻자, 유도는

"천하의 위급함이 조석에 달려 있건만 폐하께서는 오히려 환관의 무리와 주연을 베풀고 계십니까."

하고 아뢰고, 황제가 다시

"국가가 태평한데 무슨 위급함이 있다고 그러노."

라고 한마디하자, 유도는 그 말에 대답하여

"지금 사방에서 도적들이 일어나 고을들을 범하고 있으니 그 화단인즉 모두가 십상시가 벼슬을 팔고 백성을 못살게 굴며 주상을 속이는 데서 나온 것입니다. 조정에서 바른말 하는 자들은 다 가버려 화가 바로 눈앞에 미쳤는데 그를 깨닫지 못하십니까."

했다.

그의 말이 떨어지자 십상시의 무리는 일제히 관들을 벗고 황제 앞에 꿇어 엎드리면서

"대신이 용납지 않으시니 신 등은 죽을 밖에 없습니다. 폐하께옵서 신 등의 목숨을 살려 주신다면 곧 고향으로 돌아가서 가산(家産)을 모조리 바쳐 군자(軍資)를 도울까 하옵니다."
라고 말한 후 일시에 통곡했다.

황제는 노하여 유도를 보고

"너희 집에도 근시(近侍)하는 사람이 있을 텐데 어째서 짐의 근신(近臣)들을 용납하지 않는단 말이냐."
라고 한마디 꾸짖고는 즉시 무사를 불러 그를 밖으로 끌어내 목을 베라는 분부를 내렸다.

유도는 큰 소리로 외쳤다.

"신이 죽는 것은 조금도 아깝지 않사오나, 다만 한실 천하가 사백여 년을 전해 오다 오늘날에 이르러 일조에 망하는 것이 참으로 애석할 따름입니다."

무사들은 유도를 끌고 밖으로 나갔다. 그러나 막 그를 참하려 할 때 한 대신이 나서며 손을 들어 멈추고

"아직 하수(下手) 말고 기다려라. 내 들어가 상감께 말씀을 올려 보겠다."
한다. 모두 보니 바로 사도(司徒) 진탐(陳耽)이었다.

진탐은 그 길로 궁중에 들어가 황제를 간하였다.

"유 간의(諫議)가 무슨 죄가 있어서 참하십니까."

"근신을 비방하고 짐을 모독한 죄요."

"그게 무슨 말씀이오니까. 지금 천하 백성이 모두 십상시의 고기를 씹고 싶어 하는데 폐하께서는 부모처럼 공경하시고, 저들에게 조그마한 공로가 없건만 모두 열후를 봉하셨습니다. 더욱이 봉서와 같은 자들은 황건적과 결탁해서 대응하려고까지 한 것이 자명한데, 폐하께서 이제 이르러서도 이를 살피시지 못하신다면 사직(社稷)[11]은 머지않아 무너지고야 마오리다."

그래도 황제는 깨닫지 못하고

"봉서가 난리를 꾸몄단 말은 그 사실이 명백하지 않소. 그리고 십상시 가운데 어찌 충신이 한두 명이야 없겠소"
했다.

진탐은 머리를 섬돌에다 부딪치며 간하였다.

황제는 마침내 진노하여 그를 끌어내 유도와 함께 하옥하였는데 그날 밤에 십상시는 그들을 옥중에서 모살해 버리고, 거짓 황제의 조서를 꾸며 손견으로 장사 태수를 삼아 구성을 치게 하였다.

손견은 오십 일이 못 되어 강하를 평정하고 첩보를 올렸다. 조정에서는 그를 오정후(烏程侯)에 봉하고, 다시 유우(劉虞)를 유주목(幽州牧)에 봉하여 군사를 거느리고 어양으로 내려가서 장거와 장순을 치게 하였다.

이때 대주의 유희가 유우에게 글을 보내서 현덕을 천거하였다. 유우는 못내 기뻐하며 곧 현덕으로 도위를 삼아 군사를 거느리고 바로 적의 소굴을 치게 하였다.

현덕은 적의 무리와 사오 일을 크게 싸워 그 예기(銳氣)를 많이

---

11) 제왕이 토지신(土地神)과 곡신(穀神)에게 제를 지내는 곳. 나라라는 뜻으로 쓰인다.

꺾어 놓았다. 이때 적의 진영 내에서는 장순이 원체 흉포하게 구는 통에 군사들의 마음이 변해 수하 두목이 장순을 찔러 죽이고 그 수급을 바친 다음 무리들을 거느리고 와서 항복하였고, 장거는 형세가 이렇게 된 것을 보자 제 손으로 목을 매어 또한 죽고 말았다. 이리하여 어양 일경이 다 평정되었다.

유우는 곧 유비의 큰 공훈을 위에 아뢰었다. 조정에서는 앞서 현덕이 독우를 매질한 죄를 용서하고 하밀승(下密丞)을 제수하고 고당위(高堂尉)로 벼슬을 옮겼는데, 공손찬이 다시 현덕의 전에 세운 공을 조정에 아뢰어 그는 별부사마(別部司馬)로 천거받고 평원현령(平原縣令)이 되었다.

현덕이 평원에 부임한 뒤로는 제법 전량(錢糧)과 군마가 있어서 전일의 기상을 다시 회복할 수가 있었다. 또한 유우는 도적을 친 공로로 해서 태위(太尉)가 되었다.

중평 육년 사월에 영제는 병이 위중하여 후사를 의논하려 대장군 하진(何進)을 궁중으로 불러들이게 하였다. 이 하진이란 사람은 본시 백정 출신인데 저의 누이가 궁중에 들어와서 귀인(貴人)[12]이 되고 황자 변(辯)을 낳자 마침내 황후로 책봉되어 하진도 누이 덕에 권세를 잡고 나라의 중임을 맡게 되었던 것이다.

영제는 한편으로 또 왕미인(王美人)을 총애해서 황자 협(協)을 낳았다. 하 황후가 이것을 투기해서 왕미인을 짐살(鴆殺)[13]해 버린 까닭에 황자 협은 동(董) 태후 궁중에서 자라게 되었다.

---

12) 중국 한나라 때 여관(女官)의 이름. 그 지위가 황후 다음간다.
13) 짐주(鴆酒. 독을 탄 술)로 사람을 죽이는 것.

동 태후란 이는 본래 영제의 생모로서 해독정후(解瀆亭侯) 유장(劉萇)의 아내이다. 처음에 환제에게 후사가 없어 해독정후의 아들을 영립(迎立)하니 그가 바로 영제이다. 영제가 대통을 이어 황제가 된 뒤에 어머니 동씨를 궁중으로 맞아들여 태후로 높인 것이다.

동 태후는 전부터 영제를 보고 황자 협을 태자로 책봉하라고 권해 온 터이요, 영제도 협 황자를 편애해서 그럴 의향을 가지고 있었는데, 이날 병세가 위독해지자 중상시 건석이

"만약에 협 황자를 세우려 하신다면 먼저 하진을 주(誅)하시어 후환을 없이 하도록 하셔야 합니다."

하고 아뢰니 영제도 그 말을 옳게 여겨 하진을 궁중으로 불러들이게 한 것이었다.

그러나 하진이 궁문 앞에 이르렀을 때 사마(司馬) 반은(潘隱)이 그에게

"궁중에 들어가지 마십시오. 건석이 공을 모살하려 기다리고 있소이다."

하고 알려 주어서, 하진은 깜짝 놀라 허둥지둥 자기 집으로 돌아오자 즉시 모든 대신들을 불러 놓고 환관의 무리를 모조리 죽여 없애려 들었다.

이때 좌중의 한 사람이 앞으로 나서며

"환관의 세력이라는 것이 충(沖)[14]과 질(質)[15] 때부터 일어나기 시작해서 그만 조정에 널리 퍼져 버렸으니 이들을 무슨 수로 다

---

14) 후한 제9대 임금인 충제(沖帝).
15) 후한 제10대 임금인 질제(質帝).

잡아 죽이겠습니까? 만약에 일을 어설피 하다가는 반드시 멸문지환을 입을 게니 깊이 생각해 하십시오."
한다.

하진이 보니 전군교위(典軍校尉) 조조라,

"자네 따위가 무얼 안다고 조정 대사에 말참견을 하나."
하고 한마디로 꾸짖고 결단을 못하고 있을 때 반은이 와서 고하였다.

"천자께서는 이미 붕어하셨는데, 지금 건석이 십상시와 의논하고 국상 난 것을 숨기고 거짓 조서를 꾸며 하 국구(國舅)를 궁중으로 불러들여다가 아주 후환을 없이한 다음에 협 황자를 천자로 모시려 하고 있습니다."

그 말이 미처 떨어지기 전에 칙사가 나와서 소명(召命)을 전하였다. 하진더러 한시바삐 참내(參內)하여 후사를 정하도록 하라는 것이었다.

조조가 다시 말하였다.

"이제 할 일은 먼저 임금의 자리를 바로잡아 놓고 다음에 도적을 없애야 할 것입니다."

그 말을 듣고 하진이

"누가 감히 나와 함께 들어가서 임금을 바로잡고 도적을 칠꼬."
하고 물으니, 한 사람이 선뜻 앞으로 나서며

"저에게 정병 오천만 주시면 관문(關門)을 깨뜨리고 대내(大內)로 들어가서 새 임금을 책립하고 환관의 무리를 모조리 죽여 천하를 편안하게 하오리다."
한다.

하진이 보니 그는 곧 사도 원봉(袁逢)의 아들이요 원외(袁隗)의 조카로서 이름은 소(紹)요 자는 본초(本初)라, 이때 벼슬이 사예교위(司隸校尉)였다. 하진이 크게 기뻐하여 어림군(御林軍)16) 오천 명을 내어 주니 원소는 곧 갑옷 입고 투구 쓰고 칼 차고 나섰다.

하진은 하옹(何顒)·순유(荀攸)·정태(鄭泰) 등 대신 삼십여 명을 거느리고 줄을 지어 들어가서 영제의 관 앞에서 태자 변을 책립해서 황제의 위에 나아가게 하였다.

백관이 배알하고 만세를 부르고 난 뒤 원소는 궁중으로 들어가서 건석을 잡으려고 하였다. 건석은 당황하여 어원(御園)으로 뛰어 들어갔다. 그러나 그는 꽃나무 아래서 중상시 곽승의 손에 죽었고, 그가 통솔하던 금군(禁軍)17)은 모조리 항복하고 말았다.

원소는 하진에게 말하였다.

"환관의 무리들을 이 기회에 다 죽여 없애도록 하시지요."

장양의 무리는 사세가 위급한 것을 눈치 채자 황망히 하 태후에게 들어가 고하였다.

"당초에 대장군을 모해하려 들었던 자는 건석 한 명뿐이고 실상 신 등에게는 아무 관련이 없는 일이온데 이제 대장군께서 원소의 말을 들으시고 신 등을 모조리 죽이려고 하시니 바라옵건대 마마께서는 신 등의 목숨을 살려 줍시오."

하 태후는 선뜻

"너희들은 아무 근심 마라. 내 너희들을 보호해 주마."

하고 즉시 의지(懿旨)18)를 전해서 하진을 불러들여 가만히 말하였다.

---

16) 제왕의 위병(衛兵). 금군(禁軍)과 같다.
17) 금위군(禁衛軍). 천자를 호위하는 군사.

"나나 오라버니나 본래 출신이 한미한 터에 만약 장양의 무리들이 아니라면 어떻게 이런 부귀를 누려 볼 수 있었겠소. 이번에 건석이 불인(不仁)해서 이미 벌을 받았으면 그만이지, 왜 오라버니는 남의 말을 믿고 환관들을 다 죽이려 드시오."

하진은 그 말을 듣자 밖으로 나와 여러 관원들을 향하여

"건석이 나를 모해하려 하였으니 그놈의 집은 삼족(三族)[19]을 멸해야 할 것이나 그 밖의 무리들은 내버려 둡시다."

하고 말하였다.

원소가 있다가

"만약 이번에 뿌리를 송두리째 뽑아 버리지 않으신다면 후에 반드시 화근이 될 것입니다."

하고 일러 주었으나, 하진은

"내 이미 뜻을 결했으니 자네는 여러 말을 마시게."

할 뿐이다. 모든 관원들은 다 물러가 버렸다.

이튿날 하 태후는 하진으로 참록상서사(參錄尚書事)를 삼고 그 밖의 사람들도 다 관직을 봉했다.

이때 동 태후는 장양의 무리를 궁으로 불러들여

"하진의 누이로 말하면 애당초에 내가 추거(推擧)해 주었던 겐데 오늘날 제 소생이 황제 위에 오르고 안팎 신하들이 말끔 그의 심복이라, 그 위엄과 권세가 비할 바 없이 크니 나는 장차 어찌하

---

18) 황후 혹은 황태후의 명령.
19) 세 친족관계. 즉, 아비와 아비의 형제, 자기와 자기의 형제, 그리고 자식. 때로는 부족(父族) · 부모(母族) · 처족(妻族)을 가리키며, 부모 · 형제 · 처자를 일컫기도 한다.

면 좋단 말이냐."

하고 물으니, 장양의 말이

"마마께서 조정에 납시어 수렴청정(垂簾聽政)[20]하옵시고 황자 협으로 왕을 봉하시며 국구 동중(董重)의 벼슬을 더하시어 군권(軍權)을 장악하게 하시고 또한 신 등을 중히 쓰신다면 대사를 가히 도모하실 수 있사오리다."

한다.

동 태후는 크게 기뻐하고 이튿날 조회(朝會)에 의지를 내려 협 황자를 봉해서 진류왕(陳留王)을 삼고 동중을 봉해서 표기장군(驃騎將軍)을 삼으며 장양의 무리들을 다 나라 정사에 참여하게 하였다.

하 태후는 동 태후가 이렇듯 나라 권세를 자기 마음대로 주무르는 것을 보고 궁중에 연석을 베풀고 동 태후를 자리로 청하였다. 술이 반쯤 돌아갔을 때 하 태후는 자리에서 일어나 동 태후에게 술잔을 올리고 재배한 다음 말하였다.

"우리로 말씀하면 다 같은 부녀자이니 나라 정사에 참여하는 것은 옳지 않을까 보오이다. 옛적에 여후(呂后)[21]가 나라 권세를 흠빡 자기 수중에 틀어쥐고 있다가 그만 그 종족(宗族) 천 명이 모두 비명에 죽고 말았다 하지 않습니다. 이제 우리는 궁중에 깊이 들어앉고 조정 대사는 말끔 원로대신에게 맡겨 두어 저들이 서로

---

20) 태후가 어린 임금을 보좌해서 나라 정사를 듣는 것.
21) 한 고조의 비. 여공(呂公)의 딸로 이름은 치(雉)다. 한 고조가 아직 미천할 때 그에게 시집 와서 혜제(惠帝)를 낳았는데 혜제가 붕하자 후궁의 몸에서 낳은 아들을 황제로 세우고 자기가 조정에 나와 정사를 듣기를 8년을 하였으며 고조의 유훈을 저버리고 여씨 네 사람을 왕으로 봉하였는데 여후가 세상을 떠나자 주발(周勃)과 진평(陳平)의 무리가 여씨 종족을 모두 주살해 버렸다.

의논해서 처리하게 하시면 나라에 이만 다행이 없사오리다. 부디 저의 말씀을 가납(嘉納)해 주십시오."

그 말을 듣자 동 태후는 곧 발끈 화를 내며

"네가 왕미인을 짐살해 죽이고 아닌 일에 투기가 심하더니, 이제 네 아들이 임금이 되고 네 오라비 하진이 대장군이라 해서 그 세를 믿고 감히 방자한 소리를 한다마는 나도 표기장군에게 칙지를 내려서 네 오라비의 머리를 무 밑동 도리듯 할 수가 있단다."

하였다.

이 말에 하 태후가 또한 노해서

"나는 좋은 말로 서로 권한 것인데 어째서 그처럼 화를 내시나요."

하였고, 동 태후는 그대로

"돼지 잡고 술이나 팔던 미천한 것들이 무얼 안다고 그러니."

하였다.

이렇듯 둘이서 서로 싸우게 되자 장양의 무리는 태후들을 권해서 각기 궁으로 돌아가게 하였다.

하 태후는 이날 밤에 하진을 궁중으로 불러들여 이 일을 낱낱이 호소하였다.

하진은 물러나와 삼공(三公)²²⁾을 불러다가 의논하고, 이튿날 조회에 정신(廷臣)을 시켜서

"동 태후로 논할진댄 본시가 번비(藩妃)²³⁾라 궁중에 오래 머물러

---

22) 주나라 때 삼공은 태사(太師)·태부(太傅)·태보(太保)이고, 서한(西漢) 때 삼공은 대사마(大司馬)·대사도(大司徒)·대사공(大司空)이며, 동한(東漢) 때 삼공은 태위(太尉)·사도(司徒)·사공(司空)이다. 여기서는 동한 때의 것을 일컫는다.

있는 것이 온당치 못하니 마땅히 하간(河間)에 안치(安置)하시고 날짜를 한해서 바로 경사에서 떠나게 하소서."
라고 주달하게 하였다.

　그리고 일변 사람을 보내서 동 태후를 호송하게 하고 일변 금군(禁軍)을 내어 표기장군 동중의 집을 에워싸고 장군의 인수(印綬)를 거두게 하였다.

　동중은 사세가 위급한 것을 알자 후당(後堂)으로 들어가 제 손으로 목을 찔러 죽고 말았다. 집안사람들이 발상(發喪)하는 것을 보고 군사들은 그제야 물러가 버렸다.

　장양과 단규는 동 태후의 한쪽 가지가 이렇게 잘린 것을 보자 미구에 그 화가 자신들에게 미칠 것을 알고 곧 금은보화로 하진의 아우 하묘(河苗)와 그 어미 무양군(舞陽君)의 마음을 사서, 조석으로 하 태후 궁중에 드나들며 좋은 말로 주선을 하게 하였다. 이래서 십상시의 무리는 다시 총애를 받게 되었던 것이다.

　유월에 하진은 가만히 사람을 시켜 동 태후를 하간역(河間驛) 뜰에서 짐살해 죽이고 영구를 모셔 올려다가 문릉(文陵)에 장사지내는데, 하진은 병을 칭탁하고 나와 보지도 아니하였다.

　그러자 사예교위 원소가 들어와서 하진을 보고
"지금 장양과 단규의 무리들이 밖으로 대감이 동 태후를 짐살하고 대사를 도모하려 한다고 유언을 퍼뜨리고 있습니다. 이때를 타서 환관들을 없애지 않았다가는 뒤에 반드시 큰 화가 미칠 것입니다. 전에 두무가 내시들을 죽이려다가 일을 은밀히 하지 못

---

23) 제후의 비(妃).

해 도리어 해를 입었는데, 지금 대감의 형제분이나 수하의 장리(將吏)들이 다 영특한 사람들이니 모두 나서서 힘을 합한다면 실수가 없을 것입니다. 바로 하늘이 도와주시는 때이니 이 기회를 잃으셔서는 아니 되겠습니다."

하니, 하진은

"차차 의논해 보기로 하세."

하였다.

좌우가 이것을 알고 몰래 장양에게 기별해 주어서 장양은 다시 하묘한테 호소하고 또 뇌물을 많이 보냈다.

하묘가 곧 궁중에 들어가서 하 태후를 보고

"대장군이 새 임금을 보좌하는 몸으로서 인자한 일은 행하려 아니 하고 똑 살벌한 일만 하려 듭니다그려. 이번에도 아무 까닭 없이 또 십상시를 죽이려고 하니 이것은 공연히 재화와 환란을 자아내는 일입니다."

하고 말해서 하 태후도 마음에 그렇게 여기고 있을 때 얼마 안 있다 하진이 들어와서 환관들을 다 죽이겠노라고 고한다.

하 태후는 말하였다.

"환관들이 금성(禁省)[24]을 통령하는 것은 우리 한나라에 예부터 있는 일이 아니오. 선제(先帝)께서 세상을 떠나시자 바로 당신이 부리시던 신하들을 죽인다는 것은 종묘를 중히 여기는 도리가 아닐 줄 아오."

하진은 본시 결단이 없는 사람이라 태후의 말을 듣자 곧

---

24) 천자의 거처하는 곳을 금중(禁中)이라 하고 그 안에 있는 관아를 성중(省中)이라 하는데, 이 둘을 아울러서 금성이라 한다.

"예, 예."
하고 물러나왔다.
  원소가 그를 맞으며
  "대사가 어찌 되었습니까."
하고 묻자, 하진이
  "태후께서 허락하지 않으니 어쩔 수 있나."
한다. 그 말을 듣자 원소는 말하였다.
  "그러면 각 진(鎭)의 제후들에게 명을 내리시어 군사를 거느리고 경사로 올라와서 환관의 무리를 모조리 죽이게 하십시오. 그렇게 되면 일이 원체 급해서 태후께서 윤종(允從)하시고 말고가 없을 것입니다."
  하진이
  "그 계교가 참 묘하이."
하고, 그 즉시 각 진에 격문을 띄워 제후들을 경사로 불러올리려고 하니, 주부(主簿) 진림(陳琳)이 나서서 말했다.
  "그것은 옳지 않소이다. 속담에도 '엄목이포연작(掩目而捕燕雀)'[25]이라 했으니 이는 자기 마음을 속이는 일입니다. 미물의 짐승도 이렇듯 속여 가지고는 뜻대로 되지 않는 법인데 하물며 국가 대사이겠습니까. 이제 장군께서 천자의 위엄을 비시고 병마의 중권(重權)을 잡고 계시니 그 당당하신 위풍으로 무슨 일인들 뜻대로 못하시겠습니까. 만약에 환관을 죽이려 하신다면 홍로(洪爐)의 불을 헤치고 머리터럭을 태우는 거나 일반일 것이니 속히 결단하시

---

25) 눈을 가리고 제비와 참새를 잡으려고 한다는 것이니, 우리 속담 '눈 가리고 아옹'에 해당한다.

면 누구나 다 순종할 것입니다. 그런데 이제 밖에 있는 대신들을 불러다 궁궐을 범하게 하신다면, 대저 영웅들이란 한 자리에 모이면 각기 딴 마음을 품는 위인들이니 이것이 이른바 나는 칼날을 쥐고 칼자루는 남에게 내맡기는 격이라 영락없이 일은 틀어지고 도리어 난리만 일어나고 말 것입니다."

　하진이 듣고 나서 코웃음 치며

　"그건 겁 많은 자의 소견이야."

할 때, 문득 곁에서 한 사람이 손뼉을 치고 크게 웃으며

　"아무 어려울 게 없는 일을 가지고 무슨 말씀들이 그리 많습니까."

한다. 보니 그는 조조였다.

　　　　지모 있는 조신(朝臣)의 꾀를 듣지 아니하고
　　　　무슨 수로 임금 곁의 소인들을 없애 보리.

　대체 조조는 무슨 말을 하려 하는고.

온명원 모임에서 동탁은 정원을 꾸짖고
황금과 명주로 이숙은 여포를 꼬였다

| 3 |

이날 조조는 하진을 보고 말하였다.

"환관들의 화(禍)란 예나 지금이나 다 있는 것이지만 역대 임금이 너무나 턱없이 이 자들을 총애하시며 권세를 빌려 주셔서 그만 오늘날 이 지경에까지 이르고 만 것입니다. 이제 만약 저들의 죄를 다스리려고 한다면 응당 그 원흉을 잡아 없애야만 하겠으니, 그만한 일이야 옥리 하나를 불러다 내맡기시면 족한 일인데 구태여 외병(外兵)을 불러올릴 까닭이 어디 있습니까. 만약에 모조리 죽여 버리려 들었다가는 반드시 일이 미연에 탄로되고야 말 것이니 그렇게 되면 큰 낭패를 볼 것입니다."

그러자 하진은 버럭 화를 내며

"맹덕이도 사심을 품고 있나."

한다.

조조는 밖으로 물러나와

"천하를 어지럽게 하는 자는 필히 하진이다."

하고 말하였다.

하진은 마침내 가만히 칙사를 시켜서 비밀 조서를 가지고 밤도와 각 진으로 내려가게 하였다.

한편 전장군(前將軍) 오향후(鰲鄕侯) 서량자사(西涼刺史) 동탁은 앞서 황건적 난리 때 아무 공도 세운 것이 없어 조정에서는 그의 죄를 다스리려 했던 것인데 십상시에게 뇌물을 듬뿍 주어 요행 면했고, 그 뒤 다시 조정의 귀인과 결탁해서 마침내 오늘날과 같은 높은 벼슬까지 오르게 되었다.

이리하여 이 자는 서주 대군 이십만 명을 통솔하고 있으면서 매양 불충한 마음을 품어 오더니 이때 조서를 받고 크게 기뻐하여 군마를 점검해서 속속 나아가게 하는데, 자기 사위 중랑장 우보(牛輔)로 섬서를 지키고 있게 하고 자기는 몸소 이각(李傕), 곽사(郭汜), 장제(張濟), 번조(樊稠) 등을 데리고 대군을 통솔하여 낙양을 바라고 나아갔다.

이때 동탁의 사위로 그의 모사 노릇을 하는 이유(李儒)가

"이제 비록 조서를 받았으나 중간에 모호한 일이 많으니 사람을 보내서 위에 표문을 올리고 보면 명정언순(名正言順)[1]해서 대사를 가히 도모할 수 있을 것입니다"

하고 일러 준다.

---

1) 주장하는 바가 정당하면 말하기도 순편하다는 뜻.

동탁이 크게 기뻐하여 곧 표문을 닦아서 조정에 올리니 그 내용은 대강 다음과 같다.

　가만히 들사오매 천하에 화란과 모역이 끊이지 않음은 모두가 황문(黃門) 상시(常侍) 장양의 무리들이 천상(天常)[2]을 어지럽게 하기 때문이라 하옵니다. 신이 들사오니 물이 끓는 것을 멈추게 하려면 불을 물리는 것만 같지 못하고 종처를 터뜨리는 것이 비록 아프기는 하나 독을 기르는 것보다는 낫다고 하옵니다. 이제 신이 감히 북을 울리며 낙양에 들어가 장양의 무리를 없애려 하옵니다. 그러면 사직이 온전하고 천하가 다행할까 하나이다.

　하진이 표문을 받고 대신들에게 내어 보이니, 시어사(侍御史) 정태(鄭泰)가
"동탁은 승냥이나 이리 같은 무리라 경사로 끌어들였다가는 반드시 사람을 물고 말 것이외다."
하고 간한다.
그러나 하진은
"자네가 그렇게 의심이 많으니 어디 대사를 같이 의논하겠나."
하고 한마디로 물리친다.
　노식이 또한 나서서

---

2) 하늘의 상도(常道), 곧 사람으로서 마땅히 지켜야 할 하늘이 정해 놓은 일정불변의 도리. 여기서는 군신(君臣)·상하(上下)·존비(尊卑)의 도리, 즉 봉건 질서를 가리킨다.

"나도 동탁의 위인을 잘 알고 있습니다. 겉은 선량해 보여도 속마음은 사납기가 짝이 없는 잡니다. 한번 궁정에 들어오는 날에는 반드시 큰 화가 생길 것이니 부디 오지 못하게 막아 뜻하지 않은 변이 일어나지 않게 하십시오."
하고 간하였다.

그러나 하진은 끝내 듣지 않았다. 이것을 보고 정태와 노식은 모두 벼슬을 버리고 가 버렸다. 조정 대신들 가운데 물러가는 사람이 태반이나 되었다.

하진은 사람을 면지(澠池)로 보내서 동탁을 영접하게 하였다. 동탁은 그곳에 군사를 머물러 둔 채 동하지 않았다.

한편 장양의 무리는 외병이 이른 것을 알고 서로 의논하는 말이
"이것은 하진이가 꾸민 일이다. 우리가 먼저 손쓰지 않았다가는 우리 모두 멸문지화를 당하고 말 것이다."
하고, 즉시 도부수(刀斧手) 오십 명을 장락궁(長樂宮) 가덕문(嘉德門)에 매복해 놓은 다음에 그들은 들어가서 하 태후에게 고하였다.
"이번에 대장군께서 조서를 꾸며 외병을 경사로 불러올려 신등을 죽이려고 하시니 마마께서는 신 등을 불쌍히 여기시어 목숨을 살려 줍시오."
이에 태후는
"너희들이 대장군 부중(府中)에 가서 사죄를 드려 보려무나."
하였다.

장양은 다시 청하였다.
"소신의 무리들이 만약 상부(相府)에 갔다가는 신 등의 골육은

가루가 되고 남지 않을 것이오이다. 엎드려 바라옵건대 마마께서 대장군을 궁중으로 불러들이시어 못 하시게 말씀을 내려 주십시오. 그래도 대장군이 듣지 않으신다면 신 등은 차라리 마마 전에서 죽으려 하옵니다."

마침내 태후는 조서를 내려서 하진을 불렀다. 하진이 조서를 받고 즉시로 가려 하니 주부 진림이 간한다.

"태후의 이 조서가 필시 십상시의 농간일 것이니 결단코 가서는 안 됩니다. 가셨다가는 반드시 화를 입으십니다."

그러나 하진은

"태후께서 나를 부르시는데 무슨 화가 있으리라고 그러오."

한다.

원소가 나서서

"이제 우리 계교가 다 새고 일이 이미 드러난 터에, 장군은 오히려 궁중으로 들어가려 하십니까."

라고 한마디 하고, 조조가 또

"들어가시더라도 먼저 십상시를 밖으로 불러내신 다음에 들어가십시오."

하였다. 그러나 하진은 도리어 냉소하며

"그건 갓난애 소견이야. 내가 천하의 권세를 잡고 있는 터에 십상시가 감히 나를 어쩌겠나."

한다. 원소는 다시 말하였다.

"대감께서 기어이 들어가시겠다면 저희가 갑사(甲士)[3]를 거느리

---

3) 갑옷을 입은 군사.

고 호위해서 만일을 방비토록 하겠습니다."

드디어 원소와 조조는 각기 정병 오백을 선발해서 원소의 아우 원술(袁術)에게 주고 통솔하게 하니 원술은 갑옷 입고 투구 쓰고 칼 차고 나서서 갑사들을 청쇄문(靑瑣門) 밖에다 배치해 놓았다.

원소는 조조와 함께 칼 차고 하진을 호송하여 장락궁 앞까지 갔다. 그러나 이때 내시가 나와서 태후의 의지를 전하되

"태후께옵서 특히 대장군만 들어오시게 하고 다른 사람은 함부로 들이지 말라 하시오."

하여서 원소와 조조 이하 어느 누구도 들어가지 못하고 궁문 밖에 그대로 남아 있게 되었다.

하진은 바로 의기양양해서 혼자 안으로 뚜벅뚜벅 걸어 들어갔다. 그러나 그가 막 가덕문을 들어서자 문득 장양과 단규의 무리가 마주 나오더니 좌우로 그를 에워쌌다. 하진이 깜짝 놀라는데 장양이 목소리를 가다듬어 그를 꾸짖었다.

"동 태후께 대체 무슨 죄가 있으시다고 네가 함부로 짐살하며 국모(國母) 상사에 언감생심 병을 빙자하며 나오지도 않았느냐. 네가 본시 돼지 잡고 술 팔던 미천한 몸으로서 다 우리가 천자께 주천해서 영귀(榮貴)하게 된 터에 그 은혜를 갚으려고는 하지 않고 도리어 우리를 해치려고만 든단 말이냐. 네 말이 우리가 모두 탁하다고 그러니 그럼 맑은 놈은 대체 누구냐."

하진은 창황망조해서 도망할 길을 찾았다. 그러나 궁문들은 모두 닫혀 있었고 이때 매복했던 도부수들이 일제히 달려들어 마침내 하진의 몸은 두 동강이 나고 말았다.

후세 사람이 이를 탄식하여 지은 시가 있다.

한실이 기울어져 천수(天數)가 다한 제에
꾀 없는 하진이가 삼공(三公)이 되단 말가.
충신의 간하는 말 들을 줄을 몰랐으니
제 어이 환관들의 칼날을 면해 보리.

장양의 무리는 이렇게 하진을 죽였는데, 이때 원소는 한동안이 지나도록 하진이 나오지 않는 것을 보고 마침내 궁문 밖에서 큰 소리로 불러 보았다.

"장군은 어서 나오셔서 수레에 오르십시오."

장양의 무리는 하진의 수급을 담 너머로 내던지며 거짓 유지를 전하였다.

"하진은 모반한 죄로 이미 주벌(誅罰)을 받았거니와 그 나머지 협종(脅從)한 무리는 모조리 그 죄를 용서하는 터이니 그리들 알고 썩 물러가거라."

이 말을 듣자 원소는 소리를 가다듬어 외쳤다.

"환관의 무리가 대신을 모살했으니 악당을 베려는 사람은 모두 나와서 싸움을 도우라."

하진의 수하 장수 오광(吳匡)이 먼저 청쇄문 밖에다 불을 질렀다. 원술은 군사를 거느리고 궁정 안으로 돌입해서 내시만 보면 노소를 막론하고 닥치는 대로 잡아 죽였다.

원소와 조조도 궁문을 깨뜨리고 안으로 들어갔다. 조충·정광·하운·곽승 네 사람이 이리저리 쫓기다가 필경은 취화루(翠花樓) 앞에서 난도질을 당해 무참하게 죽었다.

궁중에 화염이 충천하였다.

장양·단규·조절·후람 네 사람이 태후와 황제와 진류왕을 겁박해 가지고 대내(大內)로부터 뒷길로 해서 북궁(北宮)으로 달아나려 들었다.

이때 노식이 벼슬은 버렸으나 아직 떠나지 않고 있었는데 궁중에 사변이 일어난 것을 보고 갑옷 입고 창 들고 전각 아래 서 있다가, 문득 단규가 하 태후를 겁박해 가지고 나오는 것을 멀리서 바라보고

"단규 역적 놈이 언감 태후를 겁박하느냐."

하고 큰 소리로 외치니 단규가 놀라서 몸을 돌려 달아났.

태후는 곧 창으로 뛰어나와 노식의 손에 구호를 받았다.

한편 오광이 내정으로 뛰어 들어와 보니 마침 하묘가 또한 칼을 손에 들고 나온다. 오광은 큰 소리로 외쳤다.

"하묘가 공모하고 제 형님을 해쳤으니 저 놈을 죽이자."

여러 사람이 일시에 응하였다.

"형을 모해한 도적놈을 죽입시다."

하묘는 달아나려 하였으나, 군사들은 사면으로 그를 에워싸고 어지러이 칼로 쳐서 가루를 만들어 버렸다.

원소는 다시 군사들을 풀어서 십상시의 가족들은 노소를 가리지 않고 모조리 잡아 죽이게 하였다. 이 통에 수염 없는 자들이 애매하게 걸려들어 많이들 죽었다.

조조는 한편으로 궁중의 불을 끄게 하며 하 태후에게 대사를 권섭(權攝)하도록 청하고 또 군사를 보내서 장양의 무리를 잡게 하며 어린 황제의 거처를 알아보게 하였다.

한편 장양과 단규는 어린 황제와 진류왕을 위협해 끌고서 연기

를 무릅쓰고 불 속을 뚫고 나가 밤도와 북망산으로 달아나는데, 이경 때쯤 해서 뒤에서 함성이 크게 일어나더니 인마가 급히 쫓아오며 앞을 선 하남중부연리(河南中部掾吏) 민공(閔貢)이

"역적 놈은 도망하려 마라."

하고 큰 소리로 외친다.

　장양은 사세가 급한 것을 보고 마침내 강물에 몸을 던져 죽어 버렸다.

　이때 어린 황제와 진류왕은 허실(虛實)을 몰라 감히 소리치지 못하고 강가 풀숲에 엎드려 있었으니, 군사들이 사면으로 흩어져서 찾아보았으나 종내 그들의 종적을 찾을 길이 없었던 것이다. 황제와 왕은 죽은 듯이 엎드려 있었다. 사경[4]이 되어 이슬은 축축하게 내리고 속은 또 비어서 허기를 도저히 참을 수 없는 지경이 되었다. 둘이 서로 부둥켜안고 우는데 혹시 누가 들을새라 겁이 나서 풀숲에 잔뜩 몸을 웅크리고 앉아 크게 울지도 못하였다.

　그러다가 진류왕이

"이곳은 오래 머물러 있을 데가 못 되오니 나가서 살 길을 찾아보기로 하시지요."

하여 두 사람은 옷을 서로 붙잡아 매고 언덕으로 기어 올라갔다.

　사면이 가시덤불이요 캄캄한 가운데 길은 보이지 않아 어떻게 하면 좋을지 모를 때에 문득 난데없는 개똥벌레 수천 마리가 떼 지어 와서 환히 비쳐 주는데 똑 황제 앞으로만 빙빙 돌며 날아다니는 것이었다.

---

4) 새벽 2시.

진류왕이

"이것은 하늘이 우리 형제를 도와주시는 겁니다."
하고 둘이 함께 반딧불이를 따라가니 차츰차츰 길이 나선다.

그대로 걸어가는데 오경[5]이 되니 그제는 다리가 아파 더는 못 걸을 지경이 되었다. 산언덕 아래 풀더미가 있는 것을 보고 황제와 왕은 그 곁으로 가 몸을 뉘었다.

이 풀더미 쌓인 맞은편에 장원(莊院)이 하나 있는데, 그 집 주인은 이날 밤 붉은 해 둘이 집 뒤로 떨어지는 꿈을 꾸었다. 놀라 깨어 옷을 떨쳐입고 밖으로 나가 사면을 두루 살펴보니까 장원 뒤 풀더미 위로 붉은 빛이 뻗쳐 나와 하늘을 찌르고 있었다. 황망히 가 보니 웬 아이 둘이 풀더미 곁에 누워 있었다.

장원 주인은 물었다.

"두 소년은 뉘 집 자제들인고."

황제는 감히 대답을 못 하는데 진류왕이 황제를 가리키며 말하였다.

"이 분은 금상 황제이신데 십상시의 난리를 만나 예까지 피난을 납시었고 나는 아우 진류왕이오."

장원 주인은 소스라쳐 놀라 재배하고 말하였다.

"신은 선조(先祖) 때의 사도 최렬(崔烈)의 아우 최의(崔毅)이온데 십상시의 농간이 자심하기로 이곳에 숨어 사는 터이옵니다."

그는 말을 마치자 즉시 황제를 장원 안으로 맞아들이고 주식을 차려서 지성으로 대접하였다.

---

[5] 새벽 4시.

한편 민공은 사면으로 황제의 종적을 찾다가 단규를 붙잡은 후 물었다.

"천자께서 어디 계시냐."

단규는

"중로에서 잃어 버려 어디로 가셨는지 모릅니다."

하고 말하였다.

민공은 드디어 단규의 목을 베어 수급을 말 목에 달아맨 다음 군사를 풀어 사면으로 찾아보게 하고, 자기는 자기대로 말을 타고 황제를 찾으러 나섰다.

한창 길을 따라 나아가던 중에 우연히 최의의 장원 앞에 이르렀는데, 최의가 말 목에 달아맨 수급을 보고 연유를 물으니 민공이 자세히 이야기하였다. 최의가 급히 민공을 끌고 안으로 들어가 황제를 뵙게 하였다. 임금과 신하는 서로 보고 통곡하였다.

이윽고 민공이 아뢰었다.

"나라에는 하루라도 임금이 아니 계실 수 없는 법이오니 바라옵건대 폐하께서는 곧 환도하시옵소서."

이때 최의의 장상에는 삐쩍 마른 말이 그나마도 단 한 필뿐이어서 민공은 그 말에 안장을 지워 황제를 모시고 민공과 진류왕은 말 한 필을 같이 타고 장원을 떠났다. 일행이 앞으로 나아가기 삼 마장쯤 하여 사도 왕윤(王允), 태위 양표(楊彪), 좌군 교위 순우경(淳于瓊), 우군 교위 조맹(趙萌), 후군 교위 포신(鮑信), 중군 교위 원소의 일행 수백 인마와 마주쳤다.

군신들은 또 한 차례 통곡하였다. 그리고 먼저 사람을 시켜 단규의 수급을 가지고 경사로 가서 호령하게 하고, 좋은 말 두 필을 골라내어 황제와 진류왕을 태운 다음 일행은 황제를 옹위하고 경사로 향하였다.

이에 앞서 낙양성 내의 어린아이들이,

| 제도 제가 아니요 왕도 왕이 아닌데 | 帝非帝 王非王 |
| 천승이라 만기라 북망산으로 달아난다. | 千乘萬騎 走北邙 |

하고 동요를 부르더니 이제 와서 과연 그 노래가 그대로 들어맞은 것이다.

그로부터 거가(車駕)가 몇 리를 채 못 갔을 때이다. 문득 정기(旌旗)가 해를 가리고 티끌이 하늘을 덮으며 한 떼의 인마가 이 편을 바라고 짓쳐 나온다. 백관들이 다 낯빛이 변하고 황제가 또한 크게 놀랄 때 원소가 말을 달려 앞으로 나아가며 물었다.

"오는 자가 누군지 밝혀라."

그러자 저편 수기(繡旗) 아래에서 한 장수가 말을 채쳐 나오며 소리를 가다듬어

"천자는 어디 계시느냐."

하고 되묻는다.

천자는 몸이 떨려 말을 못하는데 이때 진류왕이 말을 앞으로 내며 한 마디 꾸짖었다.

"오는 자가 누군고."

"서량 자사 동탁입니다."

진류왕은 다시 물었다.

"네가 거가를 호위하러 왔는가. 또는 거가를 겁박하러 왔는가."

동탁이 대답하였다.

"소인 삼가 거가를 호위하러 왔소이다."

진류왕은 꾸짖었다.

"이미 거가를 호위하러 왔으면 천자께서 여기 계신데 어찌하여 말에서 내리지 않느뇨."

동탁이 크게 놀라 황망히 말에서 뛰어내려 길가에 배복(拜伏)하였다. 진류왕이 곧 좋은 말로 동탁을 어루만져 위로하는데 처음부터 끝까지 한마디도 말에 실수가 없었다. 동탁은 속으로 못내 놀라워하며 여겨 이때에 이미 폐립(廢立)[6]할 뜻을 품게 되었다.

이날 환궁하여 하 태후와 서로 만나 모두들 통곡하고, 다음에 궁중을 점검해 보니 전국옥새(傳國玉璽)가 간 곳이 없었다.

동탁은 군사를 성 밖에 둔쳐 놓고 매일 철갑마군(鐵甲馬軍)을 거느리고 성내로 들어와서 육가삼시(六街三市)를 횡행하였다. 백성은 불안해서 어찌할 줄을 몰라 하였다. 거기다 동탁은 궁중에 드나들 때에도 털끝만치도 기탄하는 바가 없었다.

후군 교위 포신은 원소를 찾아와

"동탁은 딴 마음을 품고 있는 것이 분명하니 속히 없애 버리도록 합시다."

하고 말하였다.

그러나 원소는

"조정이 이제 새로 정해졌는데 경솔히 동하는 것이 옳지 않을까 보오."

---

6) 황제를 폐하고 새 임금을 세우는 것.

한다.

　포신은 왕윤에게 가서 또 이 말을 하여 보았다. 그러나 왕윤 역시
"서서히 의논해 보기로 합시다."
한다.

　포신은 마침내 자기 수하의 군사들을 거느리고 태산으로 가 버리고 말았다.

　이때 동탁은 하진 형제의 수하 군사들을 모조리 장악해 버린 다음에, 가만히 이유를 보고
"내가 황제를 폐하고 진류왕을 세울까 하는데 어떠냐."
하고 물으니, 이유의 대답이
"지금 조정에 주장하는 이가 없으니까 이때를 타서 일을 결행해야지 만약 늦었다가는 반드시 변이 있사오리다. 내일 온명원(溫明園) 안에다 백관을 모아 놓고 폐립할 일을 발론하시되 만약에 순종하지 않는 자가 있거든 곧 참하십시오. 한 번 위권(威權)을 행하실 때가 바로 오늘이외다."
한다. 그 말을 듣고 동탁은 기뻐하였다.

　그 이튿날이다.

　동탁이 온명원에 연석을 크게 배설하고 만조백관을 다 청하였다. 모든 사람이 다 동탁을 두려워하거니 뉘라서 감히 오지 않으랴.

　동탁은 백관이 다 이르기를 기다려 서서히 온명원 문전에서 말을 내려 칼 차고 자리로 들어갔다.

　술이 서너 순배 돌자 그는 잔을 멈추고 풍악을 그치게 한 다음

소리를 가다듬어

"내 여러분에게 할 말씀이 있으니 조용히들 들으시오."

하고 말을 내었다. 여러 사람이 다 귀를 기울인다.

"천자로 말씀하면 만백성의 주인이라 위의가 없고서야 어찌 종묘사직을 받들 수가 있겠소. 그러한데 금상(今上)은 나약하시어 진류왕의 총명호학하신 것만 못하니 진류왕이야말로 가히 대위(大位)를 이으실 분일까 하오. 그래서 내가 황제를 폐하고 진류왕을 세울까 생각하는데 여러 대감들의 의향은 어떠하오."

모든 사람이 듣고 나자 감히 소리를 내는 이가 없었는데, 문득 좌상의 한 사람이 상을 밀치고 앞으로 나와 연전(筵前)에 서며

"불가 불가로다. 네가 대체 누구이기에 감히 그런 소리를 하느냐. 천자로 말씀하면 선제(先帝)의 적자시고 등극 이래 아직 아무 과실이 없으신데 어찌 함부로 입을 놀려 폐립을 논한단 말이냐. 네가 찬역(簒逆)을 하려고 그러느냐."

하고 큰 소리로 외친다.

동탁이 보니 형주자사(荊州刺史) 정원(丁原)이었다.

동탁이 노해서

"내게 순종하는 자는 살고 거역하는 자는 죽는다."

하고 뇌까리며 허리에 찬 칼을 빼어 막 정원을 치려 하는데, 이때 이유가 문득 보니 정원의 배후에 한 사람이 기우(器宇)가 헌앙(軒昻)하고 위풍이 늠름한데 손에 방천화극(方天畵戟)을 잡고 서서 성난 눈으로 동탁을 노려보고 있는 것이었다.

이유는 급히 앞으로 나와 말하였다.

"오늘 이 술자리에서 무슨 국가 대사를 의논하겠습니까. 내일

도당(都堂)⁷⁾에서 공론하시는 것도 늦지 않사오이다."

여러 사람이 모두들 권해서 정원은 말을 타고 가 버렸다.

동탁이 다시 여러 사람을 향하여

"내가 한 말이 그래 공도(公道)에 맞지 않소."

하고 물으니 노식이 말한다.

"그것은 명공(明公)이 옳지 않소이다. 옛날에 태갑(太甲)⁸⁾이 불명(不明)하매 이윤(伊尹)⁹⁾이 그를 동궁(桐宮)에다 내쳤고 창읍왕(昌邑王)¹⁰⁾이 위에 오른 지 겨우 스무이레 동안에 악한 짓을 한 것이 이십여 가지라 그래서 곽광(霍光)¹¹⁾이 태묘(太廟)에 고하고 그를 폐했던 것이외다. 금상께서는 비록 유충(幼沖)하시나 총명인지(聰明仁智)하시고 또한 터럭만 한 과실도 없으시오. 공으로 말씀하면 외군(外郡)의 자사로서 일찍이 나라 정사에 참여하지 못하셨고 또한 이윤·곽광의 큰 재주가 없으신 터에 어떻게 폐립 같은 큰일을 주장하실 수 있단 말씀이오. 성인도 말씀하시기를 '이윤의 뜻이 있으면 가하거니와(有伊尹之志則可), 이윤의 뜻이 없으면 찬역하는 것이라

---

7) 정사를 의논하는 곳.
8) 중국 은나라 탕임금의 손자. 포학무도하였다.
9) 은나라의 현명한 재상으로 이름은 지(摯). 처음에 신야(莘野)에서 농사를 짓고 있었는데 탕임금이 데려다가 정승을 삼아 걸왕(桀王)을 치고 드디어 제왕이 되었다. 탕임금이 붕어한 뒤 그 손자 태갑이 무도하므로 이윤은 그를 동궁(桐宮)에 내쳤던 것인데 삼 년 만에 태갑이 자기의 죄과를 뉘우쳤으므로 이윤은 그를 다시 박(亳, 탕임금이 도읍한 곳)으로 불러 올렸다.
10) 주 11의 곽광 참조.
11) 한나라 평양(平陽) 사람으로 자는 자맹(子孟). 한나라 제8대 임금 소제(昭帝)가 나이 겨우 여덟 살에 즉위하자 그는 대사마 대장군으로서 선제(先帝)의 유조를 받아 어린 임금을 보좌하였고, 소제가 붕한 뒤에 창읍왕을 영립(迎立)하였는데 음행(淫行)이 많아 폐해 버리고 선제(宣帝)를 세웠다. 곽광이 궁궐에 출입하기 이십여 년 동안 터럭만한 과오도 없었다고 한다.

(無伊尹之志則簒也)'하셨소이다."

동탁이 대로해서 칼을 빼어 들고 앞으로 나와 노식을 죽이려 들었다. 그러나 이때 시중 채옹과 의랑(議郞) 팽백(彭伯)이

"노 상서(尙書)는 해내(海內)에 명망이 높은 분이라 그를 먼저 해하고 보면 천하가 다 송구해하오리다."

하고 간하여 동탁은 칼을 도로 칼집에 꽂았다.

사도 왕윤도 한마디 하였다.

"폐립과 같은 대사를 술자리에서 의논할 것이 아니니 다른 날 다시 말씀하기로 하시지요."

이리하여 백관들은 다 돌아가 버렸다.

동탁이 칼자루를 어루만지며 온명원 문에 서 있으려니까, 한 장수가 쌍지창을 들고 원문(轅門) 밖 큰길을 말을 달려 오가고 있다.

동탁이 이유를 보고

"저게 누구냐."

하고 물으니,

"저 사람은 정원의 의자(義子)로 성은 여(呂)요 이름은 포(布)요 자는 봉선(奉先)이라고 합니다. 주공께서는 잠시 피하도록 하십시오."

한다. 동탁은 곧 온명원 안으로 들어가 몸을 피하였다.

그 이튿날이다. 사람이 보하는데 정원이 군사를 거느리고 성 밖에 와서 싸움을 청한다고 하였다. 동탁은 노해서 군사를 이끌고 이유와 함께 나갔다.

양군이 서로 대하는 마당에 여포가 머리에 속발금관(束髮金冠) 쓰고 몸에 백화전포(百花戰袍) 걸치고 당예개갑(唐猊鎧甲) 입고 허리에 사만보대(獅蠻寶帶) 두르고 손에 쌍지창 들고서 말을 놓아 정건양

을 따라 진전으로 나온다.

정건양은 바로 손을 들어 동탁을 가리키며 크게 꾸짖었다.

"나라가 불행하려니까 내시들이 권세를 희롱해서 백성을 도탄에 빠뜨리더니 이제 또 네가 털끝만 한 공도 없이 언감 폐립을 운위하여 조정을 어지럽히려 드는구나."

동탁이 미처 대꾸도 할 새 없이 여포가 바로 말을 달려 짓쳐 들어왔다. 동탁이 황겁해 달아나자 정건양은 군사를 몰아 뒤를 들이쳤다.

동탁은 크게 패해서 삼십여 리를 물러가 하채하고 곧 무리를 모아 놓고 의논하였다.

"아무래도 여포는 비상한 사람이야. 내가 만약 이 사람만 얻는다면 천하에 두려울 것이 없겠다."

동탁의 말이 떨어지자 장전(帳前)의 한 사람이 나서며

"주공은 아무 염려 마십시오. 제가 여포와 동향이라 잘 압니다마는 그는 용맹하나 꾀가 없고 이로운 것을 보면 곧 의리를 저버리는 사람입니다. 제가 삼촌불란지설(三寸不爛之舌)[12]로 여포를 달래서 항복하게 하면 어떻습니까."

한다.

동탁은 크게 기뻐하며 그 사람을 보니 바로 호분(虎賁) 중랑장 이숙(李肅)이다. 동탁은 한마디 물었다.

"자네가 그래 여포를 어떻게 달래 보겠단 말인가."

이숙이 대답한다.

---

12) 구변(口辯)이 능한 것을 비유해서 하는 말.

"제가 들으니 주공께 명마 한 필이 있는데 이름은 적토(赤兎)라 하루에 능히 천 리를 달린다니, 이 말하고 또 황금과 명주(明珠)를 주어 우선 그 마음을 산 다음 제가 다시 말로 구슬리면 여포가 반드시 정원을 배반하고 주공께로 오리라 믿습니다."

 동탁이 이유에게

 "그렇게 하는 것이 좋을까."

하고 물으니, 이유가

 "주공께서 천하를 취하려 하신다면 말 한 필을 아껴서 무엇 하시겠습니까."

한다. 동탁은 흔연히 적토마를 내어 주고 또 황금 일천 냥과 명주 수십 개와 옥대(玉帶) 한 개를 주었다.

 이숙은 예물을 가지고 여포의 영채를 바라고 가노라니까 문득 길에 매복하고 있던 군사들이 나와서 그를 둘러쌌다

 이숙이 군사들을 보고 말하였다.

 "네 빨리 가서 여 장군께 옛 친구 되는 분이 찾아오셨습니다라고 여쭈어라."

 군사가 들어가서 그대로 고하자 여포가 곧 안으로 불러들였다. 이숙이 여포를 보고

 "아우님은 그간 별고 없으셨나."

하니, 여포가 읍(揖)[13]하고 나서

 "뵌 지가 참 오래요. 그래 지금 어디 계시오."

---

13) 두 손을 모아 경례하는 것.

하고 묻는다.

이숙은 말하였다.

"나는 지금 호분 중랑장의 직함을 띠고 있거니와, 이번에 아우님이 나라를 바로잡으려고 한다는 말을 듣고 너무나 마음에 고마워 말 한 필을 가지고 오는 길이야. 이 말이 하루에 천 리를 가고 물을 건너며 산으로 오르기를 바로 평지 밟듯 하니 이름은 적토마라, 내가 특별히 아우님께 드려 장한 위세를 돕자는 것일세."

여포가 곧 앞으로 끌어오라고 하여 보니, 그 말이 과연 온 몸이 이글이글 타오르는 숯불처럼 벌건데 잡털은 반 오라기도 섞이지 않았고 머리에서 꼬리까지 길이가 일 장이요 굽에서 목까지 높이가 팔 척이며 한 번 머리를 추켜들고 큰 소리로 우니 바로 하늘로 올라가고 바다로 뛰어들듯 기세가 장하였다.

후세 사람이 적토마를 읊은 시가 있다.

    천리마 말굽 아래 몽몽히 이는 티끌
    물 건너고 산을 탈 제 안개가 자욱하다.
    고삐를 끊어 놓고 자갈을 흔드는 양
    화룡(火龍)이 구천에서 내려온 듯하구나.

여포가 이 말을 보고 입이 함박만 해져서 이숙을 향하여

"형님이 이런 명마를 내게 주시니 대체 이 은혜를 어떻게 갚아야 좋을지 모르겠구려."

하고 사례하니, 이숙은

"내가 오직 의기 하나를 위해서 온 것인데 어찌 갚아 주기를 바

라겠나."
하고 말한다.

여포는 술자리를 차리고 그를 대접하였다. 술이 거나하게 취하자 이숙은 불쑥 한마디 하였다.

"내가 아우님 하고는 오래간만에 보네마는 춘부장 어른은 늘 만나 뵙지."

여포가

"형님 술이 취했구려. 선친께서 세상을 버리신 게 언제라고 형님이 만나 뵙는다고 그러우."

이숙은 껄껄 웃고

"아니야. 나는 오늘 정 자사(刺史)를 두고 한 말이야."
하고 대답하였다.

여포가 은근히 마음에 송구해하며

"내가 정건양에게 몸을 붙이고 있는 것이 실상 부득이한 데서 나온 일이오."

하고 말하자 이숙은 곧

"아우님이 하늘을 떠받고 바다를 멍에할 만한 재주를 가지고 있으니 세상에서 누군들 공경하지 않겠나. 부귀공명을 탐낭취물(探囊取物)하듯 할 터에 부득이해서 남의 밑에 있단 말이 웬 말인가."
하였다.

여포가

"내가 주인을 못 만나서 그렇소."
하니, 이숙은 다시 웃고

"옛날에도 '약은 새는 나무를 가려서 보금자리를 치고 어진 신하는 주인을 가려서 섬긴다' 하지 않았나. 사람이 기회를 빨리 보지 못하면 후회해야 소용없느니."
하였다.

여포가 묻는다.

"형님은 조정에 계시니 잘 아시겠소. 대체 누구를 당세의 영웅이라고 보우."

이숙이는 바로 정중하게 대답하였다.

"내가 여러 사람을 다 보아도 동탁만 한 이가 없네. 동탁이란 이는 어진 이를 공경하며 선비들을 예로써 대접하고 또한 상벌이 분명하니 필경은 큰 일을 할 걸세."

그 말을 듣고 여포가 마침내

"내가 그 분을 따르려도 연줄이 없으니 어쩌오."

하자, 곧 이숙은 아무 말 않고 황금 명주와 옥대를 여포 앞에 죽 벌려 놓았다.

여포가 깜짝 놀라

"이게 대체 웬 거요."

하니, 이숙은 좌우를 소리쳐 물리치고 여포에게 말하였다.

"이것들이 다 동공께서 전부터 아우님의 재주를 깊이 흠모하시고 나더러 전하라고 하셔서 내가 가지고 온 거라네. 아까 그 적토마도 동공께서 보내신 거야."

"동공께서 나를 이처럼 생각해 주시니 대체 이 은혜를 어찌 갚아야 옳소."

"나처럼 아무 재주 없는 사람도 오히려 호분 중랑장을 하고 있네그려. 아우님이 만약 동공께로 오기만 한다면 그 영화야 이루 말할 수 있겠나."

"그렇지만 내가 지금 티끌만 한 공도 없으니 진현(進見)하는 예를 무엇으로 한단 말이오."

"공이야 손 한 번 뒤집는 사이에 세울 수 있지만 아우님이 잘하려 들지를 않을 뿐이지."

여포는 한동안 생각에 잠겼다가, 이윽고 다시 입을 열어

"내가 정원을 죽인 다음에 군사를 데리고 동공께로 갈까 하는데 어떻겠소."

하였다. 이숙이 곧

"아우님이 만약 그렇게만 한다면이야 그보다 더 큰 공이 어디 있겠나. 그러나 이 일이 지체해서는 안 될 것이니 속히 결단하도록 하게."

하였다.

여포는 이숙에게 내일 항복하러 가마고 언약하였다. 이숙은 그를 작별하고 돌아갔다.

이날 밤 이경쯤 해서 여포는 손에 칼을 들고 바로 정원의 장중(帳中)으로 들어갔다. 이때 정원은 마침 촛불을 밝혀 놓고 앉아 책을 읽고 있었는데 여포가 들어오는 것을 보고

"우리 아이가 밤에 웬일이냐."

하고 한마디 묻는 것을, 여포가 대뜸

"내 당당한 장부로서 네 아들 노릇이 당하단 말이냐."

하니, 정원이

"봉선이가 어찌해서 마음이 변하였노."

할 때, 여포는 앞으로 선뜻 다가서며 한 칼에 정원의 머리를 베어

들고 즉시 소리를 높여

"정원이가 어질지 못하기로 내가 죽여 버렸으니 나를 따르려는 자는 여기 남고 따르려 않는 자는 갈 데로들 가거라."

하고 외쳤다. 군사들은 흩어져 가는 자가 태반이나 되었다.

이튿날 여포가 정원의 수급을 가지고 이숙을 찾아가니 이숙은 곧 그를 데리고 들어가 동탁에게 보였다. 동탁이 크게 기뻐하여 술자리를 베풀어 그를 대접하며, 먼저 자리에서 내려 절을 하고

"동탁이 이제 장군을 얻었으니 마치 가물에 싹이 단비를 만난 듯하외다."

하니, 여포는 곧 동탁을 붙들어 일으켜 자리에다 앉히고 제가 그 앞에 절을 하며

"대감께서 만약 버리시지 않는다면 제가 대감을 의부(義父)로 뫼시고 싶습니다."

하였다.

동탁은 여포에게 황금 갑옷과 비단 전포를 내리고 이날 심히 즐겁게 술들을 마시고 자리를 파하였다.

이로부터 동탁의 위세는 더욱 커졌다. 그는 스스로 전장군(前將軍)을 맡고 아우 동민(董旻)은 좌장군(左將軍) 호후(鄠侯)를 봉하고 여포는 기도위 중랑장에 도정후(都亭侯)를 봉하였다. 이유는 동탁을 보고 빨리 폐립할 계책을 세우라고 권하였다. 동탁은 마침내 성중에 연석을 배설하고 백관을 한자리에 모으는데 여포를 시켜 갑사 천여 명을 거느리고 좌우로 시위하게 하였다.

이날 태부 원외 이하로 백관이 다 모였다. 술이 두어 순 돌자 동탁은 칼을 어루만지며 말하였다.

"금상께서 암약(闇弱)하시어 종묘를 받드실 수 없기로 내 이제 이윤·곽광의 옛일을 본받아 황제를 폐해서 홍농왕(弘農王)을 삼고 진류왕을 세워 황제를 삼으려 하는 터이니 이에 순종하지 않는 자가 있으면 참하겠소."

모든 신하들이 다 두려워서 감히 말을 내는 사람이 없었는데, 이때 중군교위 원소가 앞으로 썩 나서며 언성을 높여 말하였다.

"금상께서 즉위하신 지 며칠이 안 되고 또 아무 실덕(失德)하신 일이 없는 터에 네가 이제 적자를 폐하고 서자를 세우려고 하니 이게 모반(謀反)이 아니고 무엇이냐."

동탁이 노하여

"천하 일이 다 나 하기에 달렸는데 누가 감히 좇지 않겠다고 하랴. 네가 아마도 내 칼이 잘 들지 않는 줄 아나 보다."

하니, 원소가 역시 칼을 쑥 빼서 손에 들며

"네 칼이 잘 든다지만 내 칼도 미상불 잘 드느니라."

하고 두 사람은 마침내 연석에서 마주 섰다.

정원이 의를 위해 목숨을 잃었는데
원소도 칼날 아래 그 형세가 위태롭다.

필경 원소의 목숨이 어찌 되려는고.

동탁이 임금을 폐하고 진류왕을 세우니
조조가 역적을 죽이려다 보도를 바쳤다

| 4 |

이때 동탁은 원소를 죽이려 하였으나 이유가 나서서

"대사를 아직 정하지 못했는데 함부로 사람을 죽이는 것은 옳지 않습니다."

하고 만류하였다.

원소는 손에 보도를 든 채 백관들에게 하직을 고하고 물러나와 부절(符節)을 동문에 걸어 놓은 다음 말을 달려 기주(冀州)로 떠나 버렸다.

그가 나간 뒤에 동탁이 태부 원외를 보고

"대감의 조카가 심히 무례하건만 내 대감 낯을 보아서 용서해 주었소. 대감은 폐립하는 일을 어찌 생각하시오."

하고 물으니 원외는

"태위의 보시는 바가 지당하외다."

하고 대답하였다.

　동탁이 다시

　"감히 대의를 막는 자가 있다면 군법으로 다스리겠소."

하고 어르니, 모든 사람들이 다 송구해하며

　"모든 일을 대감 하자시는 대로 하오리다."

하고 이구동성으로 대답하였다.

　연석을 파하자 동탁이 시중 주비(周毖)와 교위 오경(伍瓊)을 보고

　"원소가 갔으니 일이 어찌 될까."

하고 물으니, 주비는

　"원소가 노기를 띠고 가 버렸으니 만약에 급히 잡으려 들었다가는 반드시 변이 생기고 말 것입니다. 더욱이 원씨가 사대에 걸쳐서 은혜를 베풀어 그 문객과 이속들이 천하에 널렸으니 만약에 호걸들을 거두고 무리들을 모아 영웅이 이때를 타서 일어난다면 산동 지방은 공의 소유가 아니 되리다. 그러니 용서해 주시고 군수나 한 자리 시켜 주시면 원소가 죄를 면하게 된 것을 기뻐해서 반드시 아무 탈이 없을 것입니다."

하고, 오경도 또한

　"원소는 모사는 잘 하나 결단이 없는 사람이라 염려하실 것이 없습니다. 참말 어디 군수라도 하나 시켜 주시고 민심을 수습하도록 하시는 것이 좋겠습니다."

하고 권해서, 동탁은 마침내 그 말을 좇아 그날로 사람을 보내 원소에게 발해 태수를 제수하였다.

　구월 초하룻날, 동탁은 황제를 청해서 가덕전(嘉德殿)에 오르게

하고 문무백관을 다 모은 다음에 칼을 빼어 손에 잡고 모든 사람을 대하여

"천자가 암약하니 그가 어찌 천하에 임금이 될 수 있으리까. 이제 책문(策文)을 읽어 드릴 테니 들어들 보오."

하고 곧 이유에게 명해서 책문을 읽게 하니 글 뜻은 다음과 같다.

 효령 황제께오서 신하와 백성을 버리시고 황제께오서 대통을 이으시매 천하가 다 우러러 바랐더니 황제의 천자(天資)가 경조(輕佻)하여 위의를 삼가지 못하고 거상에 태만히 하니 그 부덕(不德)함이 이미 드러나 보위를 욕되게 함이 크도다. 황태후 또한 국모 된 위의가 없어 어린 황제를 능히 교회(敎誨)하지 못하고 궁정을 통섭함에 황란하기 그지없고, 영락 태후께오서 갑자기 붕어하시매 천하의 공론이 분분하니 삼강의 도리와 천지의 기강에 궐한 바나 없는가.

 진류왕 협은 성덕(聖德)이 넓으시어 규범이 숙연하시고 거상에 애척(哀戚)하시며 도리에 아닌 것은 말씀하지 않으시니 그 꽃다운 소문은 천하가 다 들어서 아는 바라 가히 홍업(洪業)을 받아서 만세의 대통을 계승하실 분이로다.

 이에 황제를 폐하여 홍농왕(弘農王)을 삼으며 황태후로 하여금 대정(大政)을 봉환(奉還)하게 하고 진류왕을 황제로 받들어 천의(天意)에 응하고 민의(民意)에 순해서 만민의 바라는 바를 위로하려 한다.

이유가 책문을 읽고 나자 동탁은 곧 좌우를 꾸짖어 황제를 전

각 아래로 끌어내리고 새수(璽綬)를 끌어올린 다음 북면(北面)해서 무릎을 꿇고 칭신청명(稱臣聽命)[1]케 하며, 다시 태후를 불러 조복을 벗긴 다음 칙명을 기다리게 하니, 황제와 황태후가 마주 붙들고 통곡하기를 마지않는다.

만조백관이 이를 보고 마음에 애통해하지 않는 이가 없는 중에, 계하의 한 대신이 격분함을 이기지 못해서

"적신(賊臣) 동탁이 감히 하늘을 속이는 짓을 하니 네 이놈, 내 목의 피를 받아 보아라."

하고 큰 소리로 외치며 손에 들고 있던 상홀(象笏)[2]을 휘둘러 동탁을 친다.

동탁이 대로해서 무사를 꾸짖어 잡아 내리게 하니 그는 곧 상서(尙書) 정관(丁管)이었다. 동탁은 그를 끌어내어다 목을 베게 하였는데, 정관은 욕하기를 그치지 아니하고 죽기에 이르도록 신색이 변하지 않았다.

후세 사람이 이를 탄식해서 지은 시가 있다.

    적신 동탁이 폐립을 도모하니
    한 나라 종사를 뉘 있어 돌아볼꼬.
    만조백관이 손을 묶고 말 없을 제
    정 상서 한 사람이 장부 기상을 떨치도다.

동탁은 진류왕을 청해서 전상에 오르게 하고 문무백관이 조하

---

1) 신복(臣服)해서 임금의 분부를 듣는 것.
2) 신하가 조정에 들어갈 때 관복을 입고 오른손에 드는 패를 홀이라 하니, 상홀은 곧 상아(象牙)로 만든 홀이다.

(朝賀)하기를 마치자 하 태후와 홍농왕과 황후 당씨를 영안궁(永安宮)으로 보내서 한양(閒養)하게 하는데, 궁문을 굳게 봉하여 신하들의 출입을 금하여 버리니, 가엾다 어린 황제가 사월에 등극하여 구월에 폐함을 받은 것이다.

동탁이 세운 진류왕 협의 자는 백화(伯和)로서 영제의 중자(中子)이시니 이 분이 곧 헌제(獻帝)라 이때에 나이 아홉 살이다. 연호를 고쳐서 초평(初平)이라 하였다.

동탁이 상국(相國)이 되어, 찬배(贊拜)[3]에 이름 부르지 않고 조회에 들어가 추창(趨蹌)[4]하지 않으며 칼 차고 신을 신은 채 전상에 올라가니 그 위복(威福)이 비할 데 없다.

이유는 동탁에게 명사들을 탁용(擢用)해서 인망을 거두도록 하라고 권하며, 먼저 채옹을 천거하였다. 때에 채옹의 재명(才名)이 천하에 높다. 동탁이 곧 부르게 하였는데 채옹이 오지 않는다. 동탁이 노해서 다시 사람을 보내 채옹더러

"만약 오지 않으면 구족을 멸하리라."

하고 엄포를 놓았더니 채옹이 질겁해서 달려왔다. 동탁은 그를 보고 크게 기뻐하여 한 달 사이에 그의 벼슬을 세 번 옮겨 시중을 삼고 정의가 심히 돈후하였다.

한편 폐위를 당한 어린 황제는 하 태후와 당 비와 더불어 영안궁에 갇혀 있는데, 의복과 음식이 점점 떨어져 가니 단 하루라도 눈물이 마를 사이가 없었다. 하루는 우연히 궁전 뜰에 제비 한 쌍

---

3) 신하가 조현(朝見)할 때 인의(引儀)가 행례(行禮)에 창(唱)을 하는 것.
4) 웃어른 앞을 지날 때 몸을 굽히고 빨리 걷는 것.

이 나는 것을 보고 시 한 편을 지어 읊으니 그 시는 이러하다.

    잔디는 푸른데 제비는 쌍으로 나네.
    낙수(洛水) 강 언덕에 오고 가는 사람이 부럽구나.
    저기 저 구름 아래는 나 있던 궁전이라
    뉘라서 충의를 지켜 내 원한을 풀어 줄꼬.

진작부터 동탁은 몰래 사람을 시켜서 어린 황제의 동정을 살피게 하였다. 그러다 이날 마침내 이 시를 얻어다가 동탁에게 보하니, 동탁은
"원망에서 이 시가 나왔으니 이제는 죽여도 명목이 서게 되었다."
하고, 드디어 이유에게 무사 열 명을 주어 영안궁에 가서 폐제(廢帝)를 죽이고 오라 하였다.

이때 황제는 태후와 당 비와 더불어 마침 누상에 앉아 있었다. 이유가 왔다는 궁녀의 말에 황제가 크게 놀라는데 이유는 들어오자 짐주(鴆酒)를 받들어 황제에게 올렸다.

황제가 어인 까닭을 물으니, 이유는
"봄날이 화창하여 동 상국이 특히 수주(壽酒)를 올리오."
하고 아뢴다.

하 태후가 이 말을 듣고
"그게 수주라면 네가 먼저 먹어 보아라."
하니, 이유는 발끈 노하여
"네가 그래 안 먹겠느냐."
하고, 좌우를 불러 단도와 흰 깁을 앞으로 가져오라 하여

"수주를 먹지 않겠으면 이 두 물건을 받아라."
하고 소리쳤다.

당 비가 무릎을 꿇고 앉아

"첩이 상감마마 대신 술을 마시겠으니 대감은 부디 모자분의 목숨을 살려 주십시오."
하고 애걸하였으나, 이유는

"네가 누구기에 왕을 대신해서 죽겠다는 거냐."
고 한마디로 꾸짖고 술그릇을 들어 하 태후에게 내어 밀며

"네가 먼저 마셔라."
하고 뇌까렸다.

하 태후는 어리석게도 도적을 경사로 끌어들여 오늘날 이 화단을 만들어 낸 하진을 욕하는데, 이유가 다시 어린 황제를 향하여 재촉이 성화같다.

황제는

"어마마마께 작별이나 고하게 하여 주오."
하고 대성통곡하고 노래를 지으니 그 노래는 이러하였다.

  천지가 바뀌니 일월이 뒤집힌다.
  만승(萬乘) 천자가 한낱 번신(藩臣) 된단 말가.
  권신(權臣)이 핍박하니 이 목숨도 다하도다.
  대세는 이미 갔는데 눈물은 무삼 일인고.

당 비가 또한 노래를 지어 이에 화답한다.

황천(皇天)이 무너지니 후토(后土)도 꺼지누나.
몸이 제희(帝姬)되어 명수(命數)도 기구하다.
사생(死生)이 길이 달라 예서 서로 헤어지네.
애끊는 이 심사를 뉘게 다 하소하리.

노래 부르기를 마치자 서로 안고 통곡하니 이유가 다시 호령한다.

"상국께서 희보를 고대하고 계신데 너희가 이렇듯 울고만 앉았으니 행여나 누가 구해 주기를 바라는 꼴이냐."

태후는 큰 소리로 꾸짖었다.

"동탁 역적 놈이 우리 모자를 핍박하니 황천이 결단코 저를 도우시지 않을 게고, 너희 놈들이 역적을 따르니 반드시 멸족을 당하고야 말 게다."

이유는 대로해서 달려들어 곧 태후를 잡아 일으켜 다락 아래로 밀어 내치고, 무사를 호령하여 당 비를 목매어 죽이고 또 짐주를 들이부어 어린 황제를 죽였다. 이유가 돌아가서 동탁에게 보하였다.

동탁은 성 밖에 내어다가 장사지내게 하였다. 이로부터 동탁은 매일 밤 궁에 들어가서 궁녀들을 간음하고 잠은 꼭 용상에서 잤다.

한 번은 동탁이 군사를 거느리고 성 밖으로 나가 양성(陽城) 지방으로 간 일이 있었다. 이때가 마침 오월 명절이라 마을에 당굿이 있어서 온 고을 남녀노소가 새 옷을 입고 삼삼오오 짝을 지어 즐겁게 놀고 있었다.

동탁은 이들이 흥겹게 노는 양을 보니 심사가 틀려 곧 군사들에게 영을 내려 그들을 사면으로 둘러싸고 죽여 버린 다음, 부녀들과 재물을 말끔 약탈해서 수레에 그뜩그뜩 싣고 수레 아래에는 머리 천여 개를 주렁주렁 매어 달고 수백 채 수레의 꼬리를 맞물고 성 내로 돌아왔다. 그리고 동탁은 도적 떼를 쳐서 크게 이기고 돌아오는 길이라고 떠벌리며 사람의 머리들은 성문 아래서 모조리 불에 살라 버리고 부녀와 재물은 군사들에게 나누어 주었다.

월기교위(越騎校尉) 오부(伍孚)의 자는 덕유(德瑜)다. 그는 역신 동탁의 잔인하고 포학한 짓을 보고 마음에 분개하기를 마지않아 매양 조복 속에 얇은 갑옷을 입고 품에는 단도를 감추고서 틈을 엿보아 동탁을 죽이려고 별렀다. 그러다 어느 날 동탁이 조회에 들어올 제 오부는 그를 맞아 전각 아래 이르자 칼을 빼어 들고 바로 동탁을 찔렀다. 그러나 동탁이 기운이 원체 장사여서 두 손으로 그를 밀막고 있는 중에 여포가 좇아 들어와서 오부를 떠다박질러 땅에다 쓰러뜨렸다.

"누가 대체 너를 시켜서 모반하게 했더냐."

동탁이 한마디 묻자 오부는 눈을 부릅뜨고 소리를 가다듬어 꾸짖었다.

"네가 내 임금이 아니요 내가 네 신하가 아니어든 모반이란 말이 어디 당하냐. 네 죄가 하늘에 가득 차서 사람마다 너를 잡아 죽이기를 원하고 있는 터다. 내가 너를 수레로 찢어서[車裂][5] 천하에 사례하지 못하는 것이 한이다, 한이야."

---

5) 고대에 행하던 가장 잔인하고 혹독한 형벌의 하나. 죄인의 사지와 머리를 각각 수레에 붙들어 매고 각 방향에서 끌어서 찢어 죽이는 것.

동탁은 대로해서 그를 끌어내어다가 칼로 그의 살점을 바르고 도려내서 죽이게 하였다. 그러나 오부는 죽기에 이르기까지 욕하고 꾸짖기를 마지않았다.

후세 사람이 시를 지어 그를 칭찬하였다.

> 한말(漢末) 충신으로 오부만 한 이가 또 있으리.
> 충천하는 그 호기(豪氣)가 세상에는 짝이 없네.
> 조정에서 역적을 쳐 그 이름이 높았으니
> 가히 만대에 길이 전해서 대장부라 하리로다.

이 일이 있은 뒤로 동탁은 출입할 때면 매양 갑사들을 시켜 호위하게 하였다.

이때 원소는 발해에서 동탁이 농권(弄權)한다는 말을 듣고 곧 사람에게 밀서를 주어 왕윤을 찾아보게 하니, 그 밀서의 사연은 대강 이러하였다.

역적 동탁이 하늘을 속이고 주상을 폐하니 이는 사람으로 차마 말을 못할 일이거늘 공은 그를 멋대로 날뛰게 버려두고 도무지 모르는 체하시니 이것이 어찌 나라에 보답하고 임금께 충성을 다하려는 신하의 도리겠습니까. 소(紹)는 이제 군사를 초모하고 병졸을 조련하여 왕실을 소청(掃淸)하려 하나 감히 경망되이 행동하지 못하고 있습니다. 공께서 만약 마음이 있으시다면 마땅히 기회를 타서 모사하도록 하시되, 혹 소를 부리실 곳이 있으시다면 즐겨 명을 받들겠습니다.

왕윤은 이 글월을 받은 뒤로 이리저리 궁리해 보았으나 도무지 좋은 방도가 없었다.

그러다 하루는 시반각(侍班閣) 안에 옛 신하들이 모두 모여 있는 것을 보고

"오늘이 이 늙은 것의 생일이니 여러분이 저녁에 내게들 오셔서 박주나마 들어 주셨으면 생광스럽겠소이다."

하니 여러 관원들은 모두

"반드시 가서 축수하겠습니다."

하였다.

이날 저녁 왕윤이 후당에 연석을 배설하고 기다리려니까 공경(公卿)들이 모두 찾아왔다. 술이 두어 순배 돈 후 왕윤은 갑자기 손으로 낯을 가리고 목을 놓아 울었다. 모든 관원들이 깜짝 놀라

"경사로운 사도 생신날 무슨 연고로 이렇듯 애통해하십니까."

하고 물으니 왕윤은 울기를 멈추고 그 말에 대답하였다.

"실상은 오늘이 이 사람 생일이 아니외다. 한 번 여러분을 조용히 청해 회포를 펴 보고 싶어도 혹시나 동탁이 의심할까 저어하며 이렇듯 자탁(藉託)한 것이오. 동탁이 임금을 속이고 권세를 희롱해서 사직이 조석으로 보존키 어려운 형편이라, 생각건대 고황제(高皇帝)께오서 진나라와 초나라를 차례로 멸하시고 천하를 얻으셨는데 오늘날에 이르러 동탁의 손에 망하게 될 줄이야 누가 알았겠소. 그래 내가 우는 게요."

말을 마치고 다시 통곡하니 모든 사람이 따라 우는데, 문득 좌중의 한 사람이 손뼉을 치면서

"만조 공경이 밤낮으로 울기들만 하니 그래 울기만 하면 동탁이 절로 죽을 성싶습니까."

하고 깔깔 웃는다.

왕윤이 눈을 들어 보니 바로 효기교위 조조다. 왕윤은 노하여

"네 조상도 역시 한나라 녹을 먹었는데 이제 너는 나라에 보답할 생각은 하지 않고 도리어 웃고만 있단 말이냐."

하였다.

조조는 정색하고

"내 웃는 것은 다름이 아니라 여러 대감께 동탁이 하나 죽일 계책이 없으신 게 딱해서 웃는 겁니다. 조(操)가 비록 재주는 없으나 바로 동탁의 머리를 베어다가 성문에 높이 걸어 천하에 사례할까 합니다."

하였다.

왕윤은 자리에서 일어나 물었다.

"맹덕은 과연 어떤 고견을 가지셨소."

조조가 말한다.

"제가 근자에 몸을 굽혀서 동탁을 섬기고 있는 것이 실상은 기회를 엿보아 저를 찔러 죽이기 위함인데 동탁이 지금 저를 퍽 신임하는 터이라 가까이 갈 기회가 많습니다. 듣자오매 사도께 칠보도(七寶刀)가 있으시다니 빌려 주시면 제가 곧 가지고 상부(相府)로 들어가서 동탁을 찔러 죽이겠습니다. 제 몸이야 죽는다고 한하겠습니까."

왕윤이 듣고

"맹덕에게 과연 그럴 마음이 있다면 천하에 이만 다행이 없으리다."

하고 친히 술을 따라 조조에게 주니 조조는 술을 뿌려서 맹세를 한다.

왕윤은 곧 보도를 내어다 그에게 주었다. 조조는 칼을 받아 몸에 지니고 술을 마시고 나자 즉시 몸을 일어 모든 관원들에게 하직을 고하고 나갔다. 여러 사람들은 한동안 더 앉아 있다가 각기 헤어져 돌아갔다.

그 이튿날이다.

조조가 보도를 허리에 차고 상부로 가서

"승상께서 어디 계시냐."

하고 물으니, 종인이

"소각(小閣) 안에 계십니다."

하고 일러 준다.

조조가 들어가 보니 동탁은 평상 위에 앉아 있고 여포는 그 곁에가 뫼시고 서 있는데, 동탁이 있다가

"맹덕이 왜 이리 늦었노."

하고 물어서,

"말이 수척해서 빨리 걷질 못한답니다."

하였더니, 동탁이 곧 여포를 돌아보며

"서량(西涼)서 가져온 좋은 말들이 있지 않으냐. 봉선이가 친히 가서 한 필만 골라다가 맹덕에게 주어라."

하여 여포가

"예."
하고 밖으로 나갔다.
 조조가 속으로 '이놈이 이젠 죽었다' 하고 그 즉시 칼을 빼어 찌르려 하였으나 동탁이 힘이 센 것을 생각하고는 감히 경솔하게 동하지를 못하였다.
 그러는 중 동탁은 몸이 비대해서 오래 앉아 있지를 못하고 마침내 평상 위에 누워 버렸다. 그것도 얼굴을 벽 쪽으로 돌리고 모로 누운 것이다.
 조조는 또 속으로 '이제는 이놈이 영락없이 죽었다' 하고 그 자리에서 보도를 쑥 뽑아 손에 들었다. 그러나 그가 막 칼을 들어 찌르려는 판에 뜻밖에도 동탁이 벽에 걸린 채경 속으로 조조가 등 뒤에서 칼을 빼어 드는 꼴을 보고 급히 몸을 돌리며
 "맹덕이 무얼 하노."
하고 묻는다.
 이때 여포가 또한 말을 끌고 이미 소각 밖에 와 있었다.
 조조는 당황하여 곧 칼을 들고 꿇어앉아 아뢰었다.
 "조에게 보도 한 자루가 있기로 은상(恩相)께 바치는 터입니다."
 동탁이 받아서 보니 칼 길이가 한 자 남짓하고 칠보가 찬란히 박혀 있고 칼날이 심히 날카로우니 과연 보도에 틀림없다. 동탁이 여포에게 주어 간수하게 하니 조조는 허리에서 칼집을 끌러 여포에게 주었다.
 동탁이 말을 보자고 조조를 데리고 소각에서 나오자, 조조가
 "어디 한 번 타 보고 싶습니다."
하여서 동탁은 말에 안장을 지워 주게 하였다. 조조는 곧 말을 끌

고 상부에서 나오자 말에 뛰어올라 곧 닫는 말에 채찍질하여 동남편을 바라고 가 버렸다.

여포가 동탁을 대하여

"아까 조조의 거동이 수상쩍지 않았습니까. 꼭 자객질을 하러 온 것 같았습니다. 제가 딴 뜻을 품고 왔다가 일이 여의치 않으니 보도를 바친 것이 아닐까요."

하니, 동탁이

"나도 그런 의심이 든다."

하고 막 이야기들을 하고 있는 중에 마침 이유가 왔다.

동탁이 자초지종을 이야기했더니, 이유가 하는 말이

"조조의 가속은 지금 경사에 없고 저 혼자 사처에서 지내는 터입니다. 이제 사람을 보내서 불러 보아 만약에 제가 의심하지 않고 바로 온다면 칼을 바친 것이요, 제가 만약에 추탁하고 오지 않는다면 자객질을 하려던 것이 분명하니 곧 잡아다 문초하셔야 합니다."

하였다.

동탁이 그 말을 옳게 듣고 즉시로 옥졸 네 명을 보내서 조조를 불러오게 하였더니 한동안이 늘어지게 지나서야 돌아와서

"조조가 제 사처에는 돌아가지 않고 말을 달려 동문으로 나갔사온데 문지기가 물으니까 조조의 말이 '승상의 분부를 받고 긴급 공사로 가는 길이다' 하고 그대로 나는 듯이 말을 달려가더랍니다."

하고 보한다.

이유가

"이 도적놈이 혼쭐이 빠져서 도망을 했으니 자객질을 하러 왔

던 것이 이젠 틀림없습니다."

하니, 동탁이 대로해서

"내가 저를 그렇듯 중히 써 주었건만 제 놈이 도리어 나를 모해하려 들다니."

하였다.

이유가 다시

"이에는 반드시 공모한 자가 있을 것이니 조조 놈을 잡아야만 밝혀질 수 있을 것입니다."

하고 말하여, 동탁은 마침내 조조의 용모파기(容貌爬記)[6]를 내어 각처에 문서를 돌리고 조조를 잡게 하되, 그를 잡아 올리는 자는 천금상(千金賞)에 만호후(萬戶侯)를 봉하고 감추어 두고 내지 않는 자는 같은 죄로써 다스리리라 하였다.

이때 조조는 성 밖으로 도망해 나가자 바로 초군(譙郡)을 향하여 말을 급히 몰았다. 그러나 중모현(中牟縣)을 지나다가 관문을 지키는 군사에게 붙들려 현령(縣令) 앞으로 끌려갔다.

"소인은 난데서 온 장사꾼으로 성은 황보(皇甫)올시다."

하고 조조는 꾸며댔으나, 현령은 조조를 물끄러미 바라보다가 마침내 입을 떼어

"내가 전에 낙양에 올라가서 벼슬자리를 구할 때 너를 본 일이 있어서 정녕 네가 조조인 줄을 다 아는 터에 네가 나를 속이려면 되느냐."

---

6) 죄인을 잡기 위하여 그 사람의 특점을 기록한 것.

하고, 곧 아전에게 분부하여

"이놈을 우선 가두어라. 내일 내 경사로 압령해 상을 청하겠다."
하고, 관을 지키는 군사에게 술잔이나 먹여서 돌려보냈다.

그러나 이날 밤 현령은 심복인을 시켜 남모르게 조조를 옥에서 끌어내어 후원으로 데려다 놓고 은근히 물었다.

"내 듣기에는 승상이 너를 그다지 박하게 대접하진 안 하셨다던데 어째서 일을 저질러 화를 자초하고 말았느냐."

조조는 말하였다.

"연작안지홍곡지(燕雀安知鴻鵠志)[7]리요. 네가 이미 나를 잡았으면 곧 경사로 올려다 상이나 청할 것이지 구태여 여러 말을 물을 게 무엇이냐."

현령은 좌우를 물리친 다음 조조를 보고 말하였다.

"네 나를 우습게보지 마라. 나도 범속한 관리는 아니다. 아직 주인을 만나지 못했을 뿐이지."

조조는 강개한 어조로 말하였다.

"내 조상이 대대로 한나라 녹을 받아 온 터에 내가 만약 나라에 보답할 생각을 안 한다면 금수와 다를 게 무엇이겠소. 내가 그간 몸을 굽혀 동탁을 섬긴 것은 기회를 엿보아 저를 죽여서 나라의 해로움을 덜려고 했던 것인데, 이제 일이 패하고 만 것은 천의(天意)라 할밖에 없소이다."

"맹덕이 이번에 간다면 어디로 가시려요."

"고향으로 돌아가서 교조(矯詔)[8]를 내어 천하 제후들에게 호소

---

7) 연작은 작은 새, 홍곡은 큰 새. 곧, 소인이 어찌 영웅의 큰 뜻을 알겠느냐는 뜻.
8) 황제의 조서(詔書)를 사칭(詐稱)하는 것.

하고 군사를 일으켜 함께 동탁을 치는 것이 내 소원이오."

현령은 그 말을 듣자 곧 그의 결박 지은 것을 손수 끌러 주고 상좌에다 올려 앉힌 다음 재배하고 말하였다.

"공은 참으로 천하의 충의지사(忠義之士)시오."

조조가 또한 절을 하고 그의 성명을 물으니, 현령의 말이

"내 성은 진(陳)이요 이름은 궁(宮)이요 자는 공대(公臺)이외다. 내 노모와 처자가 다 동군(東郡)에 있는데, 이제 공의 충의에 감동하여 벼슬을 버리고 공을 따라 이곳을 떠날까 하오."

한다. 조조는 심히 기뻐하였다.

그 밤으로 진궁은 노자를 수습하여 조조와 함께 옷을 갈아입은 다음 각기 칼 한 자루씩 등에 지고 말에 올라 고향을 바라고 길을 떠났다.

그로부터 사흘째 되는 날 한낮이 기울어서 두 사람은 성고(成皐) 지방에 이르렀는데, 조조가 있다가 채찍을 들어 건너편 숲 속을 가리키며 진궁을 돌아보고

"저 안에 여백사(呂伯奢)란 분이 살고 있는데 그는 바로 가친과 의형제를 모은 분이오. 가서 집안 소식도 알아볼 겸 하룻밤 묵어 가는 것이 어떻겠소."

하였다.

"그거 좋지요."

두 사람이 장원 앞에 이르러 말에서 내려 들어가니 백사가 놀라며

"조정에서 각처로 문서를 돌려 자네를 잡으려 하는 통에 자네 어르신네는 벌써 진류(陳留)로 몸을 피해 가셨다네. 그런데 자네

가 어떻게 예까지 왔나."
하고 묻는다.

조조가 지난 일의 자초지종을 말한 연후에
"만약 진 현령이 아니었다면 저는 벌써 몸이 가루가 되고 말았을 것입니다."
하니, 여백사는 진궁에게 절을 하며
"만약 공이 아니었다면 조씨 집안은 멸문을 당하고 말았을 것이외다. 자, 마음 턱 놓고 앉아 계시오. 그리고 오늘 밤은 내 집에서 묵어가시지요."
하였다.

말을 마치자 그는 몸을 일어 안으로 들어가더니 한참만에야 도로 나와서 진궁을 보고
"내 집에 술이 좋은 게 없어서 서촌(西村)까지 가서 한 병 사 가지고 와야겠소이다."
라고 한마디 하고는 그대로 총총히 나귀를 타고 집을 나섰다.

조조가 진궁과 함께 한동안 앉아서 기다리는데 문득 장원 뒤에서 칼 가는 소리가 들려왔다. 조조가 있다가
"여백사는 나하고 썩 가까운 이는 아닌데, 지금 집에서 나간 게 아무래도 의심스러우니 어디 동정을 좀 살펴봅시다."
하여, 두 사람은 발소리를 죽이고 초당 뒤로 가 보았다.

그러자 누군가
"묶어 놓고 죽이는 것이 어떨고."
하는 소리가 들린다. 그 말을 듣자 조조는 곧
"저것 보우. 만약 우리가 먼저 하수하지 않았다가는 영락없이

잡혀 죽을 게요.”

하고 마침내 진궁과 함께 칼을 빼어 들고 바로 들어가서 남녀를 불문하고 닥치는 대로 베어 그 집 식구 여덟 명을 모조리 죽이고 말았다.

　다시 여기저기 살펴보며 부엌으로 들어가 보니, 돼지 한 마리를 방금 잡으려고 묶어 놓은 것이 있다. 진궁이 이것을 보고

　“맹덕이 의심이 많아 애매한 사람을 죽였구려.”

하고 조조와 함께 급히 그 집에서 나와 말을 타고 떠났다.

　그리고 그들은 두 마장을 미처 못 가서 문득 저편에서 나귀를 타고 집으로 돌아오는 여백사와 만났다. 여백사는 나귀 안장에 술 두 병을 걸어 매고 실과와 채소는 손에 들고 오다가 그들을 보자

　“자네 왜 그냥 가나.”

하고 부른다.

　“죄 지은 사람이 어디 오래 있을 수 있습니까.”

　“내가 집에다 일러서 돼지도 한 마리 잡게 했는데……. 하루 저녁 묵어간들 어떤가. 어서 손님 뫼시고 도로 들어가세.”

　여백사는 간절히 청하였으나 조조는 돌아다도 안 보고 말에 채찍질해서 그 앞을 지나갔다. 그러나 몇 걸음 안 가서 조조는 갑자기 칼을 빼어 들고 돌아서며 여백사를 향하여

　“저기 오는 사람이 누굽니까.”

하고 외치니, 그 말에 여백사가 고개를 돌려 그 편을 바라볼 때 와락 그에게도 달려들어서 칼을 번개같이 휘둘러 여백사를 베어 나귀 아래 거꾸러뜨렸다.

　이를 보고 진궁이 깜짝 놀라

"아까는 모르고나 그랬지만 이제 이게 무슨 짓이오."

하고 물으니, 조조의 말이

"백사가 집에 돌아가서 식구들이 몰살당한 것을 눈으로 보면 어찌 가만있겠소. 만약 동네 군들을 풀어 가지고 뒤를 쫓아오면 우리는 속절없이 화를 당했지 별수 있소."

하였다.

"그래도 알고 죽이는 건 아주 옳지 않은 일이오."

그러나 조조는

"말씀은 그러하나, 나는 그리 생각지 않소. 내가 차라리 천하 사람들을 저버리면 저버렸지 천하 사람들이 나를 저버리게는 두지 않겠소."

하고 말한다. 진궁은 그만 입을 다물고 더 말하지 않았다.

이날 밤 두어 마장을 더 가서 그들은 달빛 아래 객점 문을 두들겼다. 말을 배불리 먹인 뒤에 조조는 먼저 잠들어 버렸는데, 곁에서 진궁은 혼자 생각을 하였다. '나는 조조를 좋은 사람으로만 알아 벼슬까지 버리고 일껏 따라왔더니, 원래 이처럼 마음이 악독한 놈이었구나. 그대로 두었다가는 반드시 후환이 될 것이다.'

그는 마침내 칼을 빼어 들고 조조를 죽이려 들었다.

　　잔인한 사람이 어찌 좋은 선비랴.
　　조조나 동탁이나 원래 같은 인물인 걸.

필경 조조의 목숨이 어찌 될 것인고.

교조(矯詔)를 내니 제후들이 조조에게 응하고
관(關)을 칠 새 세 영웅이 여포와 싸우다

| 5 |

 진궁이 막 칼을 들어 조조를 죽이려고 하다가 갑자기 마음을 돌려 '내가 나라를 위해 저를 따라 예까지 왔다가 이제 내 손으로 죽인다는 것이 의롭지 못한 일이다. 그대로 버려두고 다른 데로 가는 게 옳지' 하고, 칼을 도로 칼집에 꽂은 다음 말에 올라 날이 밝기를 기다리지 않고 혼자서 동군을 바라고 떠나 버렸다.
 조조가 잠에서 깨어 보니 진궁이 보이지 않는다. 그는 곧 속으로 '옳지, 내가 어저께 그런 말을 했더니 이 사람이 마음에 나를 어질지 못한 사람이라 생각해서 그만 저 혼자 가 버린 모양이로다. 그럼 나도 빨리 가야지, 중도에서 오래 지체하고 있을 일이 아니다' 생각하고, 즉시 그곳을 떠나 밤을 도와 진류로 가서 부친을 찾아보고 지난 일을 자세히 이야기하였다.
 그리고 사세가 이에 이르렀으니 가산을 흩어서 의병을 초모하

여 대사를 도모할까 한다고 하니, 그의 부친이 하는 말이

"군자(軍資)가 넉넉지 않고는 성사하기가 어렵다. 이곳에 효렴 위홍(衛弘)이란 이가 있는데 재물을 경하게 알고 의리를 퍽 중히 여기는 사람으로서 집이 또한 거부(巨富)다. 만약 이 사람의 원조를 얻기만 한다면 가히 대사를 도모할 수 있을 것이다."
하였다.

조조는 곧 연석을 배설하고 위홍을 자기 집으로 청해 술을 권하며 간곡하게 말하였다.

"이제 한실에 주장하는 이가 없고 동탁이 제 마음대로 권력을 써서 주상을 기망하고 백성을 해치니 천하가 모두 통분해서 이들을 갈고 있는 터가 아니오니까. 내가 힘을 다해 나라를 바로잡으려고 생각은 하고 있으나 다만 힘이 부족합니다. 나는 공을 충의 지사로 믿고 감히 말씀을 드리는 것이니 부디 도와주십시오."

이 말을 듣고 나자 위홍이 말한다.

"실은 나도 그런 생각을 가진 지가 오랩니다마는 다만 아직까지 영웅을 만나지 못했을 뿐이지요. 이미 맹덕이 그처럼 큰 뜻을 품고 계시다면 내 있는 재물을 다 내어 도와 드리도록 하오리다."

조조는 크게 기뻐하며 우선 교조(矯詔)를 내어 각 도(道)에 보하고 다음에 의병을 초모해 들이는데, 흰 기 하나를 높직이 매달아 놓으니 기폭에 뚜렷이 씌어 있는 글씨는 곧 '충의(忠義)' 두 자다. 그로써 불과 수일간에 응모해 오는 사람이 구름 모이듯 하였다.

하루는 양평(陽平) 위국(衛國) 사람이 찾아왔으니 그의 성은 악(樂)이요 이름은 진(進)이요 자는 문겸(文謙)이요, 또 산양(山陽) 거록(鉅鹿) 사람 하나가 초모에 응해서 오니 그의 성은 이(李)요 이름은 전

(典)이요 자는 만성(曼成)이다. 조조는 그들을 받아서 장전리(張前吏)로 삼았다.

또 하루는 패국(沛國) 초군(譙郡) 사람 하후돈(夏侯惇)이 찾아왔는데 그의 자는 원양(元讓)이니 곧 한 고조의 공신 하후영(夏侯嬰)의 후손이다. 그는 어려서부터 창봉(槍棒)을 익혀 오더니 나이 열네 살 때 스승을 따라 무예를 배우던 중 자기 스승을 후욕(詬辱)하는 자가 있어 그를 죽여 버리고 외방으로 도망했는데, 이번에 조조가 기병(起兵)한다는 소식을 듣고 그의 족제(族弟) 하후연(夏侯淵)과 함께 각기 장정 천여 명을 거느리고 찾아온 것이다. 이 두 사람은 본래 조조의 형제뻘 되는 사람이니 이는 조조의 부친 조숭이 본시 하후씨의 아들로 조씨 집에 양자로 들어간 까닭이다.

그로써 또 며칠이 지나지 않아 조씨 형제 조인(曹仁)·조홍(曹洪)이 각기 군사 천여 명을 영솔하고 찾아왔는데 조인의 자는 자효(子孝)요 조홍의 자는 자렴(子廉)이니, 두 사람이 다 활 잘 쏘고 말 잘 타며 무예에 정통한 장수들이다.

조조는 크게 기뻐하여 촌중에서 연일 군마를 조련하고 위홍은 또 자기 집 재물을 모조리 풀어 의갑(衣甲)과 기번(旗旛)을 마련하니 소문을 듣고 사방에서 양식을 보내오는 사람이 그 수효를 셀 수 없이 많았다.

이때 원소는 조조의 교조를 받자 즉시 휘하 문무를 모아 군사 삼만 명을 거느리고 발해를 떠나 조조와 회맹하러 왔다.

조조는 다시 격문을 지어 각 군에 전하였다. 그 격문은 다음과 같다.

조조의 무리는 삼가 대의(大義)로써 천하에 고하노라. 동탁이 천지를 기망하고 임금을 시해하며 궁금(宮禁)을 문란케 하고 백성을 잔해(殘害)하여 탐학 무도하기 짝이 없으니 그 죄를 어찌 이루 말할 수 있으랴. 우리는 이제 천자의 밀조(密詔)를 받들고 크게 의병을 모아 화하(華夏)를 소청(掃淸)하고 역도들을 초멸(剿滅)하려 하니, 모두 의병을 일으켜서 함께 공분(公憤)을 풀고 왕실을 지지하며 백성을 구하기를 바라노니 격문이 이르는 날에 속속 봉행(奉行)하라.

조조가 격문을 띄운 뒤로 각 진(鎭)의 제후들이 모두 군사를 일으켜 이에 응하니, 제일진은 후장군(後將軍) 남양태수(南陽太守) 원술이요, 제이진은 기주자사(冀州刺史) 한복(韓馥)이요, 제삼진은 예주(豫州)자사 공주(孔伷)요, 제사진은 연주(兗州)자사 유대(劉垈)요, 제오진은 하내군(河內郡)태수 왕광(王匡)이요, 제육진은 진류태수 장막(張邈)이요, 제칠진은 동군(東郡)태수 교모(喬瑁)요, 제팔진은 산양(山陽)태수 원유(袁遺)요, 제구진은 제북상(濟北相) 포신(鮑信)이요, 제십진은 북해(北海)태수 공융(孔融)이요, 제십일진은 광릉(廣陵)태수 장초(張超)요, 제십이진은 서주(徐州)자사 도겸(陶謙)이요, 제십삼진은 서량태수 마등(馬騰)이요, 제십사진은 북평(北平)태수 공손찬(公孫瓚)이요, 제십오진은 상당(上黨)태수 장양(張楊)이요, 제십육진은 오정후(烏程侯) 장사(長沙)태수 손견(孫堅)이요, 제십칠진은 기향후(祁鄕侯) 발해태수 원소다.

여러 곳 군마들이 많고 적은 것이 같지 않아서 혹 삼만 명을 영솔한 사람도 있고 혹 일이만을 영솔한 사람도 있는데 제각기 문관과 무장들을 거느리고 낙양을 바라고 올라왔다.

 이때 북평태수 공손찬이 정병 일만 오천을 거느리고 덕주(德州) 평원현(平原縣)을 지나려니까 저편 뽕나무 숲 속으로부터 말 탄 장수 오륙 명이 황기를 들고 나와서 맞는다. 공손찬이 자세히 보니 다른 사람이 아니라 유현덕이다.
 공손찬이 물었다.
 "아우님이 어떻게 여기 계신가."
 현덕이 대답한다.
 "전일에 형님께서 천거해 주셔서 평원 현령으로 있는데 이번에 형님께서 대군을 거느리시고 이곳을 지나신단 말씀을 듣고 만나 뵈러 나온 길입니다. 성에 들어가 쉬어 가시지요."
 공손찬은 관우와 장비를 가리키며 물었다.
 "이 사람들은 누군가."
 "저와 형제의 의를 맺은 관우와 장비입니다."
 "그럼 바로 아우님과 함께 황건적을 친 사람들이 아닌가."
 "예. 다 이 두 사람의 힘입니다."
 "그래 지금 벼슬들이 무언가."
 "관우는 마궁수(馬弓手)요 장비는 보궁수(步弓手)로 있답니다."
 그 말을 듣자 공손찬은
 "영웅들이 썩네그려."
하며 탄식하기를 마지않다가 곧 말을 이어
 "지금 동탁이 작란(作亂)을 해서 천하의 제후가 모두들 치러 가는 터이니 아우님도 그까짓 벼슬은 버리고 나와 함께 가서 역적을 치고 한실을 받들도록 하는 것이 어떻겠나."

하고 물어, 현덕이

"예, 가겠습니다."

하자, 장비가 있다가

"그때 그 도적놈을 내가 죽이게 내버려두었다면 오늘 이런 일이 없었을 것이 아니오."

하니, 운장은

"일이 이미 이렇게 되었으니 곧 채비를 하고 떠나도록 하자."

하고 말하였다.

이리하여 현덕과 관우·장비가 군사 서넛만 데리고 공손찬을 따라가니, 조조가 나와서 그들을 맞는다. 그 뒤로 여러 제후들이 차례로 모두 이르러 각기 하채(下寨)하니 영채가 이백여 리에 연접하였다.

조조는 곧 소와 말을 잡아 제후들을 모아 놓고 진병(進兵)할 계책을 의논하니 하내군태수 왕광이 말한다.

"이제 우리가 함께 대의를 받드는 터이니 반드시 맹주(盟主)를 세우고 모든 사람이 그 지령을 들은 연후에 진병해야 할 것이오."

조조가 말하였다.

"원 본초(원소)가 사세삼공(四世三公)[1]으로 문하에 이속들이 많고 한나라 명상(名相)의 후예니 우리의 맹주로 삼는 것이 좋겠소."

원소는 재삼 사양하였으나 모든 사람이 다들

"본초가 아니면 아니 되겠소."

---

1) 4대를 두고 삼공 벼슬을 한 집안.

하고 말하여 원소는 마침내 응낙하였다.

그 이튿날이다.

대(臺) 세 층을 쌓고 오방기치(五方旗幟)²⁾를 두루 꽂고 위에다 백모황월(白旄黃鉞)³⁾을 세우고 병부(兵符)와 장인(將印)을 갖춘 뒤 원소에게 대상에 오르기를 청하니 원소는 의관을 정제하고 허리에 칼 차고 강개하게 대 위로 올라가서 분향재배한 다음 하늘에 맹세하였다.

한실이 불행하여 조정의 기강이 문란해지매 적신 동탁이 그 틈을 타서 방자히 구니 화가 지존(至尊)에 미치고 백성은 도탄에 빠졌습니다.

원소의 무리들은 사직이 장차 무너질 것을 저어하여 의병을 규합해서 함께 국난에 나아가려 하옵니다. 이미 저희가 맹세를 함께한 이상에는 마음을 합하고 힘을 합해서 신하된 도리를 다하기로 하되 결단코 두 뜻을 두지 않으려 하옵는바, 만약에 이 맹세를 저버리는 자가 있삽거든 그 목숨을 끊으시고 자손이 없게 하옵소서. 황천후토와 조종(祖宗)의 명령(明靈)이 부디 굽어 살피시기를 바라나이다.

맹세하기를 마치자 원소는 피를 마셨다. 모든 사람들은 그 사색(辭色)이 강개한 것을 보고 다들 울었다.

---

2) 동에는 청기, 서에는 백기, 남에는 홍기, 북에는 흑기, 중앙에는 황기를 세웠다.
3) 백모는 모우(旄牛: 털이 긴 소)의 꼬리를 장대 끝에 매달아 놓은 기, 황월은 도금칠을 한 도끼.

원소가 피를 마시고 나서 대 위에서 내려오자 여러 제후들은 그를 이끌어 장중(帳中)으로 들어가 상좌에 앉힌 다음 각기 작위(爵位)와 연치를 따라 두 줄로 나뉘어 좌정하였다.

조조가 술을 두어 순배 돌린 다음 입을 열어

"오늘 우리가 이미 맹주를 세웠은즉 다들 그의 영을 들어 한가지로 나라를 붙들도록 하되 결단코 강약(强弱)을 가지고 계교(計較)하지는 마십시다."

하고 말하니, 원소가 큰기침을 한 연후에

"내가 비록 재주 없으나 이미 여러분의 추대를 받아 맹주가 되었은즉 공이 있는 자에게는 반드시 상을 내리고 죄가 있는 자에게는 어김없이 벌을 줄 것이오. 나라에는 정한 법도가 있고 군중에는 기율이 있으니 각기 준수해서 법을 범하는 일이 없도록 조심하오."

하고 말하였다.

모든 제후들이 이구동성으로

"무슨 영을 내리시든 다 복종하오리다."

하자, 원소가 영을 내려

"내 아우 원술은 군량과 마초를 총찰해서 각 영채에 수응하되 부족함이 없게 하고, 다시 한 사람을 선봉으로 삼아서 바로 사수관(汜水關)으로 나아가 싸움을 돋우게 하고 나머지 사람들은 각각 요해처를 점거해서 접응(接應)하게 하겠소."

하니, 장사태수 손견이 앞으로 나서며

"내가 선봉이 되고 싶소이다."

하고 자원한다.

"문대(손견의 자)가 극히 용맹하니 가히 이 소임을 감당할 만하오."
하고 원소가 허락해서 손견은 드디어 본부 인마를 거느리고 사수관을 향하여 짓쳐 나갔다.
 관 지키는 장수는 즉시로 유성마(流星馬)[4]를 띄워 낙양으로 올라가서 승상부에 급보를 전하게 하였다.

 이때 동탁은 대권을 제 손아귀에 틀어잡은 뒤로 매일 연석을 베풀고 술 마시는 것으로 일을 삼아 오던 중 문득 이유가 급보를 고하는 문서를 받아 들고 들어와 품한다.
 동탁이 소스라쳐 놀라 급히 모든 장수들을 불러들여 의논하니 온후(溫侯) 여포가 앞으로 썩 나서며
 "부친께서는 아무 염려 마십시오. 관 밖의 제후들을 저는 초개(草芥)같이 보는 터이니 웅병(雄兵)을 거느리고 나가 그 머리를 모조리 베어다가 성문에 걸겠습니다."
한다.
 동탁이 크게 기뻐서
 "내게 봉선이가 있으니 무슨 근심이 또 있으랴."
하였다.
 그 말이 미처 끝나기 전에 여포의 등 뒤에서 한 사람이 나서며 큰 소리로 하는 말이
 "닭을 잡는 데 어찌 소 잡는 칼을 쓰겠습니까. 구태여 온후께서 몸소 가실 것 없이 제가 여러 제후들의 수급을 탐낭취물(探囊取

---

4) 유성은 별똥이니 곧 급하고 빠른 것을 가리키는 말이요, 마는 탐마(探馬)니 곧 말을 탄 정탐이다.

物)⁵⁾하듯 베어다 바치겠습니다."
한다.

　동탁이 바라보니 그 사람의 신장이 구 척이요 호랑이 체구에 이리 허리요 표범의 머리에 잔나비 팔이라 관서(關西) 출신으로 성은 화(華)요 이름은 웅(雄)이다.

　동탁은 듣고 크게 기뻐하여 화웅의 벼슬을 높여 효기교위를 삼고 마보군 오만을 주어 이숙·호진(胡軫)·조잠(趙岑)과 함께 밤도와 사수관으로 나가 적을 맞게 하였다.

　이때 여러 제후들 가운데 제북상 포신은 손견이 선봉이 되어 으뜸가는 공로를 세울 것이 샘이 나서, 몰래 자기 아우 포충(鮑忠)에게 마보군 삼천을 주어 먼저 지름길로 하여 손견에 앞서 바로 관 아래로 가서 싸움을 돋우게 하였다.

　화웅은 철기(鐵騎) 오백을 거느리고 말을 달려 관 아래로 내려오며

"적장은 도망하려 마라."
하고 큰 소리로 외쳤다.

　포충은 급히 도망치려 하였으나 어느 결에 화웅의 칼이 한 번 번뜻 하자 그의 몸은 두 동강이 나서 말 아래로 굴렀다. 수하 장교들로서 사로잡힌 자가 극히 많았다.

　화웅이 사람을 시켜 포충의 수급을 가지고 승상부에 가서 첩보를 올리게 하니 동탁은 화웅의 벼슬을 높여 도독(都督)을 삼았다.

---

5) 주머니를 뒤져 그 속에 든 물건을 꺼낸다는 뜻이니 지극히 손쉬운 일을 말한다.

한편 손견은 네 장수를 거느리고 바로 관 앞으로 나아갔다.

이 네 장수란 누군가. 첫째는 우북평(右北平) 토은(土垠) 사람이니 성은 정(程)이요 이름은 보(普)요 자는 덕모(德謀)라 한 자루 철척사모(鐵脊蛇矛)를 쓰고, 둘째는 성이 황(黃)이요 이름은 개(蓋)요 자는 공복(公覆)이니 영릉(零陵) 사람이라 철편(鐵鞭)을 쓰고, 셋째는 성이 한(韓)이요 이름은 당(當)이요 자는 공의(公義)니 요서(遼西) 영지(令支) 사람이라 한 자루 대도(大刀)를 쓰고, 넷째는 성이 조(祖)요 이름은 무(茂)요 자는 대영(大榮)이니 오군(吳郡) 부춘(富春) 사람이라 쌍도(雙刀)를 쓴다.

손견이 몸에 난은개(爛銀鎧)를 입고 머리에 붉은 두건을 쓰고 허리에 고정도(古錠刀)를 비껴 차고 화종마(花鬃馬) 위에 높이 올라 앞으로 나서서 관 위를 가리키며

"역적의 졸개 놈이 어찌하여 빨리 항복하지 않는고."

하고 크게 꾸짖으니, 화웅의 부장 호진이 군사 오천 명을 거느리고 관에서 싸우러 나온다.

정보는 곧 창을 꼬나 잡고 말을 급히 몰아 바로 호진에게 달려들었다. 두 장수가 서로 싸우기 두어 합이 못 되어 정보가 한 창에 호진의 목을 찌르니 호진이 말 아래 떨어져 죽는다.

손견은 군사를 휘몰아 바로 관문 앞까지 쳐들어갔다. 그러나 관 위로부터 화살과 돌이 비 오듯 해서 손견은 군사를 거두어 양동(梁東)으로 돌아가 둔치고 즉시 사람을 원소에게로 보내서 첩보를 전하게 하는 한편, 또한 원술에게 기별하여 군량을 빨리 보내 달라고 재촉하였다.

이때 어떤 사람이 원술을 보고 이러한 말을 하였다.

"손견은 강동의 맹호(猛虎)이외다. 만약에 낙양을 쳐 깨뜨리고 동탁을 죽이고 본다면 이는 바로 이리를 없애고 그 대신에 범을 앉혀 놓는 격이라 하겠으니 부디 군량을 보내 주지 마십시오. 그러면 저희 군사가 반드시 흩어지고 말 것입니다."

원술은 이 말을 듣고 군량과 마초를 보내 주지 않았다. 이로 말미암아 손견의 군사들이 끼니를 놓게 되니 자연 군중에 혼란이 일었다.

세작(細作)[6]이 이를 탐지하여 관 내에 보하자 이숙은 화웅을 보고 계책을 말하였다.

"오늘밤에 나는 군사를 거느리고 샛길로 해서 관 아래로 내려가 손견의 영채 뒤를 엄습할 터이니 장군은 앞채를 들이치신다면 손견을 사로잡을 수 있을 것입니다."

화웅은 그 계교를 좇아서 군중에 영을 전하여 군사들을 배불리 먹인 다음 밤이 들기를 기다려 가만히 관에서 내려갔다.

이날 밤 달이 밝고 바람은 맑았다. 손견의 영채 앞에 이르렀을 때 밤은 이미 깊었다.

화웅의 군사는 북 치고 고함지르며 그대로 쳐들어갔다. 손견이 황망히 갑옷을 떨쳐 입고 말에 뛰어오르자 마침 달려드는 화웅과 만났다. 두 말이 서로 어우러져 싸우기를 두어 합이 못 되어 영채 뒤로부터 이숙의 군사가 쳐들어오며 곧 불을 지르니 불길이 사뭇 하늘을 찌른다. 손견의 군사들은 살길을 찾아서 어지러이 도망한다.

---

6) 간첩(間諜)과 같음.

손견 수하의 모든 장수들이 제각기 난군 속에서 싸우느라 경황들이 없어 오직 조무 한 사람만이 손견을 따라 포위를 뚫고 달아났다.

그들의 뒤로 화웅이 쫓아왔다.

손견은 달리는 말 위에서 시위에 화살을 먹여 연달아 두 대를 쏘았으나 번번이 화웅은 몸을 틀어 화살을 한 옆으로 흘려 버렸다.

손견은 다시 세 번째 화살을 시위에 먹여 들었다. 그러나 너무 힘을 주었기 때문에 작화궁(鵲畵弓)이 뚝 부러지고 말았다.

손견이 부러진 활을 내버리고 말을 놓아 달아나는데 조무가 있다가

"주공께서 쓰고 계신 붉은 두건이 유표해서 적들이 장군만을 쫓으니 그 두건을 벗어 저를 주십시오."

하여 손견은 곧 상투건을 벗어 조무의 투구와 바꾸어 쓰고는 두 길로 갈라져 달아났다.

화웅의 군사들이 오직 붉은 두건만 바라보고 뒤를 쫓는다. 이리하여 손견은 바로 지름길로 빠져서 위기를 모면할 수 있었던 것이다.

조무는 화웅에게 쫓겨 달아나다가 붉은 두건을 어느 집의 타다 남은 기둥에다 씌워 놓고 자기는 숲 속으로 뛰어들어 몸을 숨기니, 화웅의 군사들은 달 아래 멀리서 붉은 두건을 바라보고는 곧 사면으로 에워쌌다. 그러나 감히 가까이 다가들지는 못하고 한동안 활들만 쏘아대다가 살을 맞고도 끄떡없는 두건을 보고는 그제야 속은 줄 알고 앞으로들 나와 붉은 두건을 기둥에서 떼어 들었다.

이때를 놓치지 않고 조무는 숲 속으로부터 말을 달려 나오는 동시에 쌍도를 휘두르며 화웅에게 달려들었다.

그러나 화웅은 벽력같이 소리를 지르며 조무를 한 칼에 베어 말 아래 떨어뜨리고 한동안 휘몰아치다가 날이 훤히 밝을 녘에야 비로소 군사를 거두어 관으로 올라갔다.

정보, 황개, 한당의 무리들이 모두 찾아와서 손견을 보고 다시 군마를 수습하는데, 조무를 잃은 손견은 마음에 애통해하기를 마지않으며 이 비보를 밤을 도와 사람을 보내서 원소에게 알렸다.

원소는 크게 놀라,

"손문대가 화웅의 손에 패할 줄을 뉘 알았을꼬."

하고 즉시 모든 제후들을 모아 놓고 일을 의논하는데, 다른 사람들이 다 오고 난 다음에야 공손찬이 왔다.

원소는 장중으로 청해 들여 모든 제후가 다들 좌정하고 나자 입을 열어 말하였다.

"전일에 포(鮑) 장군의 계씨가 장령(將令)을 어기고 함부로 싸우러 나갔다가 저도 죽고 군사도 허다히 잃었는데, 이번에 손문대가 또 화웅에게 패해서 우리 군사들의 예기(銳氣)가 그만 꺾이고 말았으니 어떻게 하였으면 좋겠소."

제후들이 모두 묵묵히 앉아 말이 없다. 원소가 눈을 들어 좌중을 둘러보니 공손찬의 배후에 서 있는 세 사람의 상모가 비상한데 다들 입가에 냉소하는 빛을 띠고 있다.

원소는 물었다.

"공손 태수 뒤에 있는 사람이 누구요."

공손찬이 곧 현덕을 앞으로 불러내어

"이 사람은 내 어렸을 때 벗으로 지금 평원령으로 있는 유비요."
하고 말하자, 조조가 있다가
"그럼 바로 황건적을 깨친 유현덕이란 이가 아니오."
하고 묻는다.
"예, 그렇소."
하고 공손찬은 현덕으로 하여 좌중에 인사를 드리게 한 다음 이어서 그의 공로와 출신을 한 차례 자세히 이야기하였다.
 들고 나자 원소는
"기위 제가 한실 종친이라니 우리 자리를 줍시다."
하고 현덕더러 자리에 앉으라고 명한다. 현덕이 한 번 겸사하였더니, 원소는
"내가 그대의 명성이나 작위를 높이 봐서 그러는 게 아니고 한실 종친이라기에 앉으라는 것이오."
하고 말한다. 현덕은 마침내 말석에 가 앉고 관우와 장비는 그의 뒤에 차수(叉手)하고 섰다.
 그러자 탐자가 와서 보하는 말이
"화웅이 철기를 거느리고 관에서 내려왔는데 기다란 장대에다 손 태수의 붉은 두건을 매달아 가지고 바로 영채 앞에 와서 욕설을 퍼부으며 싸움을 청합니다."
한다.
"누가 한 번 나가서 싸울꼬."
 원소가 묻자 원술의 배후로부터 효장(驍將) 유섭(俞涉)이 썩 나서며
"소장이 가겠습니다."

한다. 원소가 기뻐서 곧 유섭을 시켜 말 타고 나가서 싸우게 하였더니 뒤미처 보도가 들어오는데

"유섭이 화웅과 싸웠으나 삼 합이 못 되어 화웅의 손에 죽었습니다."

한다.

모든 사람이 다들 놀랄 때 태수 한복이

"내 상장 반봉(潘鳳)을 내보내면 화웅을 벨 수 있으리다."

한다. 원소가 곧 나가서 싸우라고 영을 내려 반봉은 손에 큰 도끼를 들고 말 타고 나갔다. 그러나 간 지 얼마 안 되어 나는 듯이 보도가 들어오는데

"반봉도 화웅의 손에 또한 죽었소이다."

한다.

모든 사람의 낯빛이 변하고 원소가 또한

"내 상장 안량(顏良)과 문추(文醜)가 여태 오지 않은 게 안타깝구나. 둘 중 한 사람만 여기 있어도 화웅쯤은 두려워할 게 없는데."

하고 괴탄할 때, 그 말이 미처 끝나기 전에 계하로부터 한 사람이 썩 나서며

"소장이 한 번 나가서 화웅의 머리를 베어다가 장하에 바치오리다."

하고 큰 소리로 외친다.

좌중이 눈을 들어 보니, 그 사람은 신장이 구 척이요 수염도 두 자나 되며 봉의 눈, 누에눈썹에 얼굴은 무르익은 대춧빛이요 소리는 큰 쇠북을 울리는 듯, 장전에 늠름히 버티고 섰다.

원소가

"이 사람은 대체 누구요."

하고 묻자 공손찬이 대답하였다.

"유현덕의 아우 관우외다."

"지금 무슨 벼슬에 있소."

"유현덕 수하의 마궁수로 있다오."

그 말을 듣고 장상의 원술이 큰 소리로

"우리 여러 제후들에게 대장이 없다고 업신여기느냐. 한낱 궁수 따위가 어디서 감히 그런 소리를 하느냐. 저놈을 당장 끌어내라."

하고 꾸짖는 것을 조조가 급히 만류하며

"공로(원술의 자)는 역정을 내지 말고 진정하시오. 저 사람이 그처럼 큰 소리를 할 때는 반드시 용략(勇略)이 있을 것이라 시험 삼아 한 번 나가 싸우게 해서 만약 제가 이기지 못하거든 그때 책망하더라도 늦지는 않을 게요."

하였다.

원소가 있다가

"허나 일개 궁수 따위를 내보내 싸우게 한다면 반드시 화웅의 웃음만 사게 될 것이외다."

하였다.

"아니오. 이 사람의 의표(儀表)가 속되지 않으니 그가 궁순 줄을 화웅이 어찌 알겠소."

관공이 한마디 하였다.

"만약 화웅을 베지 못하거든 소장의 머리를 내놓으리다."

조조는 곧 더운 술 한 잔을 가져오라 해서 관공에게 주려 하니,

운장은 손을 들어 멈추고

"술은 아직 두어 두십시오. 소장이 곧 돌아오겠습니다."
하고, 칼 들고 장막 밖으로 나서며 곧 몸을 날려 말에 올랐다.

그가 나간 뒤에 여러 제후들은 관 밖에서 마치 천지가 뒤집히고 산악이 무너지는 듯 북소리가 요란히 일며 함성이 크게 들려오자 모두들 마음에 놀라워서 바야흐로 소식을 알아보려 하는 차에, 문득 말방울 소리가 들리며 운장이 말을 몰아 중군(中軍)으로 들어오더니 손에 든 화웅의 머리를 땅에 내던지는데, 그때까지 따라 놓은 술이 아직 식지 않았다.

후세 사람이 시를 지어 그를 칭찬하였다.

> 원문(轅門)에 화고(畫鼓)는 둥둥둥 울리는데
> 건곤을 진정하는 제일공(第一功)을 세우도다.
> 술잔을 멈추어 놓고 관운장은 칼 들고 나가
> 술이 아직 따뜻할 때 화웅의 목을 베었구나.

누구보다 조조가 크게 기뻐하는데 현덕의 등 뒤로부터 장비가 뛰어나오며

"우리 형님이 화웅을 베었으니 바로 이때를 타서 관을 깨치고 들어가 동탁을 사로잡지 않고 다시 어느 때를 기다리겠소."
하고 큰 소리로 외치니 원술이 대로해서

"우리 대신들도 오히려 겸사하는 터에 일개 현령 수하의 무명 소졸이 어디라고 감히 잘난 체 뽐내느냐. 이놈들을 모두 장막 밖으로 몰아내라."

하고 소리를 가다듬어 꾸짖는다.

조조가 있다가

"공을 세운 사람에겐 상을 내릴 뿐 귀천을 따질 게 무어요."
하고 한마디 하였더니, 원술이 더욱 화를 내며

"이처럼 공들이 일개 현령만 중히 안다면 나는 곧 물러가겠소."
하여, 조조는

"어떻게 말 한마디로 해서 대사를 그르칠 법이 있단 말씀이오."
하고 즉시 공손찬에게 현덕과 관우·장비를 데리고 영채로 돌아가라고 일렀다.

이날 모든 사람이 다 물러간 뒤에, 조조는 남모르게 사람을 시켜 술과 고기를 보내서 세 사람을 위로하여 주었다.

한편 화웅의 수하 패군이 관에 보하자 이숙은 황망히 고급문서(告急文書)를 닦아서 동탁에게 올렸다. 동탁이 급히 이유와 여포 등을 모아 놓고 의논하니 이유의 말이

"이제 상장 화웅이 죽고 적의 형세는 심히 큰데, 원소는 적의 맹주로 되어 있고 그 삼촌 원외는 조정의 태부(太傅)로 있으니 만약에 저희가 이응외합(裏應外合)[7]한다면 큰일이 아닙니까. 원외부터 먼저 없애 버리고 승상께서 몸소 대군을 통령하시고 나가서서 적을 초멸토록 하심이 옳으까 보이다."
하였다.

동탁은 그의 말을 옳게 여겨 즉시 이각과 곽사를 불러 군사 오백을 거느리고 가서 태부 원외의 집을 에워싸고 노소를 불문하고

---

7) 안에 있는 사람이 바깥사람과 내통·연락하는 것, 곧 안팎이 서로 호응하는 것.

모조리 잡아 죽이고, 먼저 원외의 수급을 가지고 사수관으로 나가 호령하게 한 다음 드디어 군사 이십만을 일으켜 두 길로 나누어서 나아가니, 이각과 곽사는 군사 오만을 거느리고 사수관으로 가서 지키기로 하되 나가서 싸우지는 말라 하고, 동탁이 자기는 몸소 십오만 명을 통령하여 이유, 여포, 번조(樊稠), 장제(張濟)의 무리와 함께 나가서 호로관(虎牢關)을 지키기로 하였다.

호로관은 낙양에서 상거가 오십 리다. 군마가 관에 당도하자 동탁은 여포를 시켜 삼만 대군을 거느리고 관 밖으로 나가 대채(大寨)를 세우고 적을 막게 하고 자기는 관상에 군사를 둔쳤다.

유성마가 이 소식을 탐지해 나는 듯이 원소 대채에 보하여 왔다. 원소가 여러 사람을 모아 의논하니 조조가 말한다.

"동탁이 군사를 호로관에 둔치고 우리 제후들의 중로를 끊고 있으니 아무래도 군사 절반을 내어 치도록 하는 것이 좋겠소."

원소는 곧 왕광, 교모, 포신, 원유, 공융, 장양, 도겸, 공손찬의 팔로 제후를 시켜 군사를 거느리고 호로관으로 가서 싸우게 하고 조조는 따로 군사를 이끌고 왕래구응(往來救應)하게 하였다.

팔로 제후가 영을 받고 각기 기병하는데 하내군태수 왕광이 맨 먼저 군사를 거느리고 나아갔다. 여포가 철기 삼천을 영솔하고 말을 달려 나와서 맞는다.

왕광이 군마를 지휘하여 진세(陣勢)를 벌린 다음에 말 타고 문기(門旗) 아래 나와 바라보니, 여포가 진 앞에 나와 서는데 머리에는 삼차속발자금관(三叉束髮紫金冠)을 쓰고 몸에는 서천홍금백화전포(西川紅錦百花戰袍)를 걸치고 속에 수면탄두련환개(獸面吞頭連環鎧)를 입고 허리에는 늑갑령롱사만대(勒甲玲瓏獅蠻帶)를 띠고 어깨에 궁전

(弓箭) 메고 손에 화극(畵戟) 들고 적토마 위에 높이 앉았으니 과연 인중여포(人中呂布)요 마중적토(馬中赤兎)라.

왕광이 머리를 돌려

"뉘 한 번 나가서 싸울꼬."

라고 묻자 뒤로부터 한 장수가 창을 꼬나 잡고 말을 달려 나간다. 왕광이 보니 하내 명장 방열(方悅)이다.

두 말은 곧 어우러져 싸웠다. 그러나 오 합이 다 못해서 여포가 한 창에 방열을 찔러 말 아래 거꾸러뜨리고 화극을 다시 꼬나 잡자 말을 몰아 짓쳐 들어오니 왕광의 군사가 크게 패해서 사면으로 흩어져 달아난다.

여포가 동충서돌(東衝西突)하기를 마치 무인지경에 든 듯하는데 이때 마침 교모와 원유의 양로군이 닥쳐 들어서 왕광을 구하니 그제야 여포도 말머리를 돌려 돌아간다. 삼로 제후는 각기 군마를 손상하고 삼십 리를 물러가서 하채하였다.

그 뒤에 오로 군마가 모두 이르렀다. 한곳에 모여 의논들을 하는데 다들 여포가 영웅이라 대적할 사람이 없다고 걱정들을 하는 중에 군사가 들어오더니

"여포가 와서 싸움을 청합니다."

하고 보한다.

팔로 제후가 일제히 말에 올라 군사를 여덟 대로 나누어서 높은 언덕 위에 벌려 놓고 멀리 바라보니 여포의 군마가 수기(繡旗)를 바람에 휘날리며 이쪽 진을 향해서 짓쳐들어오고 있다.

상당태수 장양의 수하 장수 목순(穆順)이 창 들고 말을 달려 나갔으나 여포의 화극이 한 번 번뜻하자 말 아래 떨어져 죽었다.

모든 사람이 크게 놀랄 때 북해태수 공융 수하의 무안국(武安國)이 철퇴를 손에 들고 나는 듯이 말을 달려 나갔다. 여포가 화극을 휘두르며 마주 나와서 싸워 십여 합에 이르자 한 창에 무안국의 손목을 끊어 놓으니 무안국이 철퇴를 땅에 버리고 도망해 들어온다. 팔로 군사들이 일제히 내달아 무안국을 구하니 여포가 그제야 물러갔다.

모든 제후들이 영채로 돌아가서 의논하는 자리에 조조가
"여포가 영용하기 짝이 없으니 십팔로 제후가 다 같이 모여서 좋은 계책을 의논해야만 하겠소. 만약에 여포만 사로잡고 본다면 동탁이 죽이기는 어렵지 않으리다."
하여 한창 의논들을 하고 있는 중 여포가 다시 군사를 거느리고 와서 싸움을 돋우는 통에 팔로 제후가 일제히 말 타고 나갔다.

공손찬이 창을 휘두르며 몸소 나가 여포와 싸우는데 두어 합이 못 되어 패해서 달아나니 여포가 곧 적토마를 몰아 그 뒤를 쫓아온다. 본래 그 말은 하루에 천 리를 가는 터이라 그 닫는 형세가 마치 바람과 같다. 어느 결에 쫓아 들어오며 여포가 화극을 번쩍 들어 곧 공손찬의 등 한복판을 바라고 내지르려 할 때 곁으로부터 한 장수가 고리눈 부릅뜨고 범의 나룻 거스르며 장팔사모 꼬나 잡고 나는 듯이 말을 몰아 나오며
"성 셋 가진 종놈아. 꼼짝 말고 게 섰거라. 연인(燕人) 장비가 예 있다."
하고 벽력같이 호통 치니 여포가 그를 보자 공손찬을 버려두고 바로 장비에게로 달려든다.

장비는 정신을 가다듬어 여포와 어우러져 싸웠다. 그러나 연달

아 오십여 합을 싸우되 승부가 나지를 않는다.

관운장이 이를 보자 팔십이 근의 청룡언월도를 들고 춤추듯 달려 나가 장비와 함께 여포를 끼고 쳤다. 세 필 말이 고무래 정(丁)자로 어우러져서 싸우는데 삼십 합에 이르러도 두 사람이 여포를 쓰러뜨리지 못한다.

이것을 보고 유현덕이 쌍고검을 갈라 쥐고 황종마 급히 몰아 옆구리로 뛰어들어 싸움을 도왔다. 세 사람이 여포를 둘러싸고 등잔을 돌리듯이 한데 어우러져 싸우니 팔로 군사들이 모두 넋을 잃고 바라본다.

여포가 마침내 배겨 내지를 못하고 화극을 번개같이 들어서 짐짓 현덕의 면상을 찌를 듯이 하니 현덕이 놀라서 급히 몸을 틀어 피하니 여포는 그 틈을 타서 화극을 거꾸로 끌며 말을 몰아 달아났다.

세 사람이 이것을 그대로 버려둘 리가 왜 있으랴. 그대로 말을 놓아 그 뒤를 쫓으니 팔로 군사들이 또한 일제히 내달아 몰아치는데 함성이 그대로 천지를 진동한다.

여포의 군사들은 저마다 앞을 다투어 관을 바라고 도망하고 현덕과 관우 장비는 그대로 그 뒤를 쫓았다.

옛사람이 글을 지어 현덕·관우·장비 세 사람이 여포와 싸운 사적을 노래한 것이 있다.

　　　　한나라 기수(氣數)가 환제·영제 대에 와서
　　　　승천욱일(昇天旭日) 장한 기세 서산락일(西山落日) 된단 말인가.
　　　　간신 동탁이 어린 임금 폐하고서
　　　　진류왕을 올려 세워 권세를 희롱한다.

조조가 대의 위해 천하에 격문을 띄우니
제후들이 떨쳐나서 군사들을 일으킬 제
'천하를 바로잡아 태평을 누려 보자'
원소로 맹주 삼고 하늘에 맹세했네.

영용할사 온후 여포 천하에 짝이 없어
뛰어난 그 재주가 사해를 덮는구나.
용의 비늘 번쩍번쩍 호화로운 연환개에
머리에 쓴 속발금관 꿩의 꼬리가 맵시난다.

몸에 걸친 백화전포(百花戰袍) 서천홍금(西川紅錦)이 눈부신데
허리에 띤 사만대(獅蠻帶)는 오색이 영롱하다.
농마가 한 번 뛰니 바람이 일어나고
화극을 휘두르매 서릿발이 서는구나.

관 앞에 나와 호통 치니 뉘라서 감히 마주 나서랴.
간담이 서늘하여 제후들 서로 볼 제
이때 연인 장익덕이 벽력같이 소리치며
장팔사모 손에 들고 말을 몰아 내달으니

곤추선 범의 나룻 금줄을 번득이고
부릅뜬 고리눈에 번갯불이 일어난다.
여포와 서로 싸워 승패를 못 가리니
진전의 관운장이 어이 보고만 있을쏘냐.

팔십이 근 청룡도에 찬 기운이 어려 있고
화사하다 앵무 전포 호접이 날아들 듯

그가 한 번 이르는 곳에 귀신도 몸을 떨리.
봉안(鳳眼)을 부릅뜨고 여포를 끼고 칠 제

효웅(梟雄) 유현덕이 쌍고검 갈라 쥐고
위엄을 가다듬어 용맹을 뽐내누나.
세 사람이 둘러싸고 한동안을 몰아치니
삼반병기(三般兵器) 급한 형세 막아 내기 정 바쁘다.

함성은 진동하여 천지가 뒤집히고
살기는 가득 차서 하늘에 닿았구나.
여포가 세궁력진(勢窮力盡) 달아날 길을 찾아
멀리 관상(關上) 바라보며 말을 몰아 돌아갈 제

방천화극 긴 창대를 거꾸로 손에 잡고
금박한 오색 채기(彩旗) 어지러이 흩날리며
적토마 날 살려라 죽기로써 말을 몰아
여포는 몸을 피해 호로관으로 올라간다.

  세 사람이 여포의 뒤를 쫓아 바로 관 아래 이르러 쳐다보니 관 위에 청라산개(靑羅傘蓋)[8]가 서풍에 너펄거리고 있다.
  장비는
  "저게 필시 동탁일 것이다. 여포를 쫓는다고 신통할 게 무어 있나. 동탁 이놈을 잡아 참초제근(斬草除根)하는 게 제일이지."
하고 큰 소리로 외치며 말을 몰아 관으로 올라가서 바로 동탁을

---

[8] 푸른 비단으로 만든 산개. 산개는 귀인이 받는 일산(日傘).

잡으려 서두른다.

   도적을 잡으려면 적괴(賊魁)부터 잡아라.
   기이한 공적은 기이한 사람을 기다린다.

승부가 어찌 될 것인고.

금궐에 불을 질러 동탁은 행흉(行凶)하고
옥새를 감추어 손견은 맹세를 저버렸다

| 6 |

이때 장비가 말을 몰아 바로 관 아래까지 짓쳐 들어갔으나 관 위로부터 화살과 돌이 비 오듯 해서 더 나아가지 못하고 돌아왔다.

팔로 제후는 현덕과 관우·장비를 청해다가 그 공로를 하례하는 한편으로 사람을 원소의 영채로 보내서 승전한 소식을 전하게 하였다. 첩보를 받고 원소는 드디어 손견에게 격문을 띄워 곧 군사를 거느리고 나아가게 하였다.

손견은 정보와 황개를 거느리고 원술의 영채를 찾아와서 그와 서로 보자 노기를 띠고 선 채로 막대로 땅을 그으며 따진다.

"동탁은 본래 나하고 아무 원수진 일이 없건만 이제 내가 몸소 시석(矢石)을 무릅쓰고 여기 와 죽기로 싸우는 것은 위로는 나라를 위해서 도적을 치자는 것이고 아래로는 장군 가문의 사사로운 원수를 갚아 드리자는 것이 아니오. 그런데 장군은 도리어 남의 참소하는 말만 듣고 양초(糧草)를 보내 주지 않아 그만 내게 참패를 안겨 주고 말았으니, 천하에 이런 법이 어디 있소."

원술은 마음에 황직해서 아무 대꾸도 못하고 있다가 마침내 그 때 참소한 사람의 목을 베어 오게 하여

"장군 술이 한때 생각이 깊지 못하여 그랬으니 부디 용서해 주시오."

하고 손견에게 죄를 사례하였다.

그러자 홀연 사람이 와서 손견에게 보하기를

"사수관에서 한 장수가 말 타고 본채로 와서 장군을 뵙겠다고 합니다."

한다.

손견이 원술을 하직하고 본채로 돌아와서 그를 찾아온 사람을 불러 보니 그는 곧 동탁이 아끼는 장수 이각이었다.

"네가 여기는 무엇 하러 왔느냐."

손견이 물으니까 이각의 말이

"승상께서 공경하시는 분은 오직 장군 한 분이십니다. 그래 승상께서 장군의 자제를 당신 따님의 배필로 정해 놓으시고 저더러 가서 장군께 말씀을 드리라고 분부가 계셔서 이처럼 뵈러 온 것입니다."

한다.

듣고 나자 손견은 대로해서 꾸짖었다.

"동탁이 역천무도(逆天無道)하여 왕실을 뒤엎어 놓으니 내 장차 그 구족(九族)[1]을 멸해서 천하에 사례하려 하는 터에 어찌 역적 놈과 사돈을 맺을 법이 있단 말이냐. 내 너를 참하지 않을 테니 이

길로 돌아가서 빨리 관을 바쳐 항복하도록 해라. 만약에 지체하다가는 뼈가 가루가 될 테니 알아서 하라고 전해라."

이각이가 그만 무안을 당하고 도망치듯 돌아가서 동탁을 보고 손견의 그렇듯 무례함을 말하니 동탁은 크게 노해 이유를 불러서 묻는다.

이유가 말한다.

"온후가 이번에 패하여 군사들이 더는 싸울 마음이 없으니 곧 낙양으로 돌아가 천자를 모시고 장안으로 도읍을 옮겨, 동요(童謠)에 응하도록 하시는 것이 좋을까 봅니다. 근자에 아이들이 거리에서

   서에도 한(漢)나라　　西頭一個漢
   동에도 한나라　　　東頭一個漢
   장안으로 들어가야　鹿走入長安
   비로소 무사하리　　方可無斯難

이런 노래들을 부르고 있는데 제가 그 뜻을 요량해 보건대 '서에도 한나라'란 곧 고조께서 서도(西都) 장안에 도읍하셔서 십이 대를 전해 내려오신 것에 응하고 '동에도 한나라'란 바로 광무제께서 동도(東都) 낙양에 도읍하셔서 오늘까지 역시 열두 대를 전해 내려오신 것에 응합니다. 이제 천운(天運)이 돌아왔으니 승상께서 도읍을 옮기시어 장안으로 다시 돌아가시면 아무 근심이 없으실까 합니다."

---

1) 고조부, 증조부, 조부, 아비, 자기, 아들, 손자, 증손, 현손의 구대 직계 친속.

동탁이 듣고 크게 기뻐하여

"네가 일러 주지 않았다면 내가 도무지 모를 뻔했구나."

하고 즉시 퇴군령을 내려 여포와 더불어 부랴부랴 낙양으로 돌아갔다.

동탁은 문무백관을 조당에 모아 놓고 천도할 일을 의논한다.

동탁이 말하였다.

"한나라가 낙양에 도읍한 뒤로 이백여 년에 기수(氣數)가 이미 쇠하였는데 내가 보매 왕성한 기운이 실상은 장안에 있기로 내 이제 거가(車駕)를 뫼시고 서행(西幸)²⁾하려 하니 제공은 각자 떠날 채비들을 하도록 하오."

사도 양표가 있다가 말한다.

"관중(關中)³⁾은 다 깨어져 보잘 것이 없소이다. 이제 까닭 없이 종묘와 황릉을 버리고 그곳으로 떠난다면 백성이 크게 놀랄 것입니다. 천하가 동(動)하기는 지극히 쉬워도 안정되기는 지극히 어려운 법이니 승상은 깊이 살피십시오."

동탁이 노하여

"대감이 국가 대계를 막으려오."

하는데, 태위 황완(黃琬)이 또한 하는 말이

"양 사도의 말씀이 옳소이다. 옛날에 왕망(王莽)⁴⁾이 찬역하여

---

2) 황제가 서쪽으로 거둥하는 것.
3) 지금의 섬서성. 동은 함곡관(函谷關), 남은 무관(武關), 서는 산관(散關), 북은 소관(蕭關)의 네 관 사이에 있는 지역이라 관중이라고 한다.
4) 한나라 효원(孝元) 황후의 조카로서 자는 거군(巨君). 평제 때 대사마가 되어 정사를 잡고 안한공(安漢公)을 봉했는데, 경제를 시살(弑殺)하고 자영(子嬰)을 세워 제가 섭정하며 스스로 가황제(假皇帝)라 일컫다가 뒤이어 찬립(簒立)하여 국호를 신(薪)이라 하였다. 광무제가 그 형 백승(伯升)과 군사를 일으켜서 치니 왕망은 패해

경시(更始)⁵⁾ 연간 적미(赤眉)⁶⁾ 난리에 장안이 홈빡 불에 타서 잿더미가 되어 버렸고 겸하여 백성이 다들 이산해 버려서 백에 한둘이 남아 있지 않은 형편인데 이제 궁실을 버리고 황무지로 가려 하시니 이는 온당한 조치가 아니외다."
하였다.

그래도 동탁이

"관동(關東)⁷⁾ 지방에 도적들이 일어나서 천하가 어지러운데, 장안으로 말하면 효산(崤山)과 함곡관(函谷關)의 천험(天險)이 있으며 또한 농우(隴右)가 가까워서 목재와 석재며 벽돌과 기와 따위를 쉽사리 변통할 수 있으니 궁실을 영조(營造)하는 데 한 달이 못 걸릴 것이오. 대감네들은 다시 이러니저러니 말들을 마오."
하는 것을 사도 순상(荀爽)이 또 나서서

"승상께서 만약에 천도하신다면 백성이 소동을 일으켜 편안치 않사오리다."
하고 간하니, 동탁은 마침내 대로하여

"내가 천하를 위해서 하는 일에 그까짓 백성 놈들을 생각하고 있겠느냐."
하고, 그날로 양표·황완·순상 등의 관직을 삭탈해서 서민을 만들어 버렸다.

마침내 죽음을 받았다. 임금의 자리에 있기 십오 년이었다.
5) 전한 말의 연호. 즉, 왕망이 찬립하자 천하의 군사들이 일어나서 유성공(劉聖公)을 세워 천자를 삼고 연호를 경시라 하였다(서기 23~25년).
6) 전한 말년에 왕망이 찬립하자 양야(琅琊) 번숭(樊崇)이 거(莒) 땅에서 군사를 일으켰는데 왕망의 군사와 구별하기 위해서 눈썹을 빨갛게 물들였으므로 적미라고 불렀다.
7) 함곡관의 동쪽 지역을 말한다. 지금의 하남(河南)과 산동(山東) 등지.

동탁이 밖으로 나와 수레에 오르는데 웬 사람 둘이 수레를 향해 읍례(揖禮)를 한다. 자세히 보니 곧 상서 주비와 성문 교위 오경이었다. 동탁이

"무슨 일이냐."

하고 물으니까, 주비가 있다가

"이제 승상께서 장안으로 천도하려 하신단 소문을 듣고 한 말씀 드리러 온 길입니다."

한다.

동탁은 더럭 역정을 내며

"내가 애초에 너희 두 놈의 말을 듣고 원소를 등용했던 것인데 이제 원소가 모반을 하니 너희 놈들도 다 한패로다."

하고 곧 무사를 꾸짖어 두 사람을 성문 밖으로 끌어내어 목을 베게 한 다음, 마침내 영을 내려 천도하기로 하되 내일로 기한을 정하고 곧들 떠날 준비를 서둘게 하였다.

이때 이유가 있다가

"지금 전량(錢糧)이 부족한데 낙양에 부잣집들이 매우 많으니 다 적몰(籍沒)해 들이도록 하십시오. 이것들이 모두 원소의 무리들의 문하니 그 종족을 모조리 죽이고 가산을 몰수한다면 필시 누거만이 될 것입니다."

한다.

동탁은 곧 철기 오천을 내어 낙양성 내의 부자들을 모조리 잡아들이게 하니, 모두 수천 호가 된다. 그는 그들의 머리 위에다 '반신적당(反臣賊黨)'이라고 크게 쓴 기들을 꽂게 하고 모조리 성 밖에 내어다가 목을 자르게 한 다음 그들의 가산을 다 몰수해 버렸다.

그리고 이각·곽사를 시켜서 낙양 백성 수백만 명을 강제로 몰고 장안으로 가는데, 대(隊)를 나누어 백성 한 대에 군사 한 대씩을 붙여 앞에서 팔을 잡아끌고 뒤에서 등을 떠미니 대열에서 떨어져 상하고 죽는 사람이 수도 없이 많았다.

또한 이각과 곽사는 군사들을 함부로 놓아서 남의 처자들을 겁탈하고 양식과 재물을 마구 빼앗아도 그대로 두니 이로 말미암아 백성의 울부짖는 소리가 천지에 찼고, 조금이라도 걸음을 더디 걷는 사람이 있으면 뒤에서 삼천 명 군사가 성화같이 재촉하며 손에 뽑아 든 칼을 휘둘러 노상에서 그대로 쳐 죽이곤 하였다.

동탁은 낙양을 떠날 때 각 문에 일시에 불을 질러 민가들을 다 불살라 버리고 또 궁궐과 종묘에도 불을 놓았다. 이로 말미암아 남궁(南宮)과 북궁(北宮)에 화염이 상접하고 장락궁(長樂宮)[8] 뜰이 다 초토화하였다.

그는 또 여포를 보내 선황(先皇)과 후비(后妃)들의 능침(陵寢)을 파헤쳐 그 안의 금은보배를 다 취하였는데, 수하의 군사들이 이를 보고 관민(官民)들의 무덤도 거의 다 파헤쳐 놓고 말았던 것이다.

이리하여 동탁은 금주단필(金珠緞疋)이며 온갖 값진 물화를 수천 수레에 그득그득 싣고는 천자와 후비들을 겁박하여 전후로 옹위하고 마침내 장안을 바라고 떠나 버렸다.

한편 동탁의 수하 장수 조잠은 동탁이 이미 낙양을 버리고 떠난 것을 알자 즉시 사수관을 들어 항복하고 말았다. 이리하여 손

---

8) 본래 장안에 있던 한나라 궁전 이름인데, 여기서는 낙양에 있는 궁전을 가리킨다.

견은 군사를 휘몰아 관으로 먼저 들어가고, 현덕과 관우·장비도 호로관으로 쳐들어가니 여러 제후들도 각기 군사들을 이끌고 관내로 들어왔다.

이때 손견이 말을 달려 낙양을 바라고 들어가며 멀리 바라보니 화염은 하늘을 찌르고 검은 연기는 땅을 덮었는데 이삼백 리 어간에 닭 우는 소리와 개 짖는 소리를 못 듣겠고 밥 짓는 인가의 연기를 볼 수 없었다.

손견은 우선 군사를 풀어 불부터 잡게 한 다음 여러 제후들을 맞아 빈 터에 군사들을 둔치게 하였다.

이때 조조가 맹주 원소를 보고 말하였다.

"이제 역적 놈 동탁이 서도로 향해 떠났으니 우리가 바로 승세해서 저놈들의 뒤를 엄습해야 할 판인데 본초가 이렇듯 군사를 끼고 앉아 움직이려 않는 것은 어인 까닭이오."

원소는 그 말에 대답하여

"군마가 다 함께 지쳤으니 지금 동하는 것이 이롭지 않을 듯해서 그러오."

한다.

조조는 다시 여러 제후들을 돌아보고 말하였다.

"동탁이 역적 놈이 궁궐을 모조리 불사르고 천자를 겁박하여 함부로 도읍을 옮기매 천하가 크게 진동하여 백성이 모두 돌아갈 바를 알지 못하니 이는 하늘이 바야흐로 동탁을 멸하시는 때라, 한 번 싸워 천하가 바로잡힐 터인데 제공은 무엇을 주저하여 군사를 내려 안 하시오."

그러나 모든 제후가 다들

"경망되이 동하는 것이 옳지 않을까 보오."
한다.

조조는 대로하여

"정말 변변치 못한 것들 하고는 같이 일을 못하겠군."
하고 드디어 자기 혼자서 군사 만여 명을 거느리고, 하후돈, 하후연, 조인, 조홍, 이전, 악진의 무리를 재촉하여 밤도와 동탁의 뒤를 쫓았다.

한편 동탁이 낙양을 떠나 형양(滎陽) 지방에 이르니 태수 서영(徐榮)이가 나와서 영접한다.

이유는 동탁을 보고 말하였다.

"승상께서 낙양을 버리고 오셨으니 마땅히 추병(追兵)을 방비하셔야 합니다. 서영에게 형양성 밖 산기슭에 군사를 매복해 놓고 만약에 추병이 있거든 지나가게 내버려 두었다가, 우리가 안에서 쳐내거든 그 뒤를 끊고 엄살(掩殺)하라고 이르십시오. 그러면 뒤에 오는 놈들이 감히 다시는 우리 뒤를 쫓지 못할 것입니다."

동탁은 그의 계책을 좇아서 서영에게 계교대로 분부하고 또 여포를 시켜서 정병을 거느리고 뒤를 막게 하였다.

여포가 군사를 거느리고 뒤처져 가노라니 낮때가 한참 지나 홀연 등 뒤로 함성이 일며 한 떼의 군사가 쫓아온다. 말을 멈추고 돌아보니, 나부끼는 깃발이 조조임이 분명하다.

여포는

"이유 말이 빈틈없이 들어맞는구나."
하며 한 번 껄껄 웃고 군마를 쫙 벌려 세웠다.

조조가 말을 앞으로 내며

"역적 놈이 천자를 겁박해 모시고 백성을 몰아 어디로 가려는 것이냐."

하고 큰 소리로 외치니, 여포가

"주인을 배반한 종놈이 무슨 개소리냐."

하고 마주 나서서 욕질을 한다.

하후돈이 창을 꼬나 잡고 말을 몰아 바로 여포에게 달려들었다. 그러나 두어 합이 못 되어 이각이가 한 떼 군사를 거느리고 좌편으로부터 쳐들어와서 조조는 급히 하후연을 시켜 그쪽을 막게 하는데, 우편으로부터 함성이 또 일어나며 곽사가 군사를 거느리고 짓쳐 들어온다. 조조는 급히 조인을 시켜 그쪽을 막아 싸우게 하였다.

그러나 삼로 군마가 모두 형세가 커서 당해 낼 수 없는 중에 하후돈이 여포와 싸우다가 끝내 배겨 내지 못하고 말을 달려 진으로 돌아오니 여포가 곧 철기를 휘몰아서 덮쳐든다. 조조는 크게 패하여 군사를 돌려 형양을 바라고 달아났다.

어느 황량한 산기슭 아래 당도하니 때는 이경쯤이나 되었을까 달이 낮처럼 밝았다. 조조가 그제야 남은 군사들을 겨우 모아 놓고 바야흐로 솥을 걸고 밥을 지으려는 판인데 문득 사면으로부터 함성이 크게 일며 서영의 복병이 일시에 내달았다.

조조는 황망히 말을 채쳐 혈로를 뚫고 도망하다가 서영과 맞닥뜨렸다. 조조가 소스라쳐 놀라 곧 몸을 돌려 달아나는데 서영이 그를 향해 활을 쏘니 화살이 조조의 어깻죽지에 들어맞았다.

조조는 화살을 낀 채 그대로 도망하여 어느 산모퉁이를 지나는데, 이때 군사 두 놈이 풀숲에 숨어 있다가 조조의 말이 오는 것을 보고 일시에 내달으니 조조의 말이 창을 맞고 쓰러지고 조조도 말에서 거꾸로 떨어졌다. 두 군사가 달려들어 조조를 막 잡으려는데 홀연 한 장수가 비호같이 말을 달려 와 좌우로 칼을 휘둘러 두 명 보졸을 단번에 쳐 죽이고 말에서 뛰어내려 조조를 붙들어 일으키켜 앉힌다. 조조가 보니 조홍이었다.

"나는 예서 죽을 테니 너는 어서 가거라."

"그런 말씀 마시고 어서 말에 오르십시오. 저는 걸어가겠습니다."

"적병이 뒤를 쫓아오면 어쩔 작정으로 그러느냐."

"천하에 조홍은 없어도 그만이지만 공이 아니 계시고는 아니 됩니다."

조홍의 말에 조조가

"내가 만약 여기서 살아난다면 이는 오직 네 덕분이다."

하고 마침내 말에 오르니, 조홍은 갑옷을 훌떡 벗어 버린 다음 칼을 끌고 말 뒤를 따라 줄달음질을 쳤다.

쉬지 않고 달려서 밤이 사경이 넘었을 때 한 곳에 이르니, 앞에는 큰 강이 가로놓여 길을 막고 뒤로는 함성이 점점 가까워 온다. 조조가

"인젠 그만이로구나."

하는 것을 조홍은 재빨리 말에서 끌어내려 그의 전포와 갑옷을 다 벗겨 버린 다음 등에 후려쳐 업고는 헤엄쳐 물을 건넜다.

그들이 가까스로 건너편 언덕에 닿았을 때 추병이 이미 강가에 이르러 강 건너에 대고 활을 마구 쏜다. 두 사람은 물에 젖은 채

로 들고뛰었다.

 날이 훤히 밝을 무렵에 삼십여 리를 더 가서 어느 조그만 언덕 아래서 잠시 다리를 쉬는데 난데없는 함성이 일어나며 한 떼 인마가 쫓아 들어왔다. 서영이 상류로 해서 강물을 건너 쫓아온 것이다.

 조조가 당황해서 어찌할 바를 모를 때 문득 하후돈과 하후연이 십여 기를 거느리고 나는 듯이 달려오며

 "서영이 놈아. 우리 주공을 상하지 마라."
하고 큰 소리로 외친다.

 서영은 곧 하후돈을 향해서 말을 몰아 나아간다. 하후돈은 즉시 창을 꼬나 잡고 그를 맞아 서로 어우러져 싸우기 사오 합에 서영을 한 창에 찔러 말 아래 거꾸러뜨리고 남은 군사들을 물리쳐 버렸다.

 뒤미처 조인, 이전, 악진의 무리들이 각기 군사를 데리고 그곳까지 찾아와서 조조를 보고는 모두 일희일비(一喜一悲)하였다.

 패하고 남은 군사들을 모두 모아 보니 겨우 오백여 명이다. 조조는 그들을 거느리고 하내(河內)로 돌아갔다. 동탁의 군사가 장안으로 간 것은 말할 나위도 없는 일이다.

 이때 여러 제후들은 영채를 나누어 낙양에 둔치고 있었다.

 손견은 궁중에 남은 불을 다 끄고 군사를 성 내에 둔친 다음 건장전(建章殿) 터에 장막을 쳤다. 그리고 군사들을 시켜 궁전의 깨어진 기왓장들을 말끔히 치우게 하고 동탁이 파헤친 능침들을 모조리 덮게 하였다.

손견은 다시 태묘(太廟) 자리에 전각(殿閣) 삼 칸을 짓고 여러 제후들을 청하여 역대 제왕들의 신위를 모신 다음 태뢰(太牢)⁹⁾를 차려서 제를 지냈다.

 제를 지내고 나자 다들 흩어져 돌아가고 손견도 자기 영채로 돌아왔는데, 이날 밤은 달도 밝고 별도 총총하였다.

 손견이 칼을 안고 한데 앉아서 하늘을 우러러 천문을 보니, 자미원(紫微垣)¹⁰⁾ 안에 흰 기운이 자욱하였다.

 손견이 한숨지으며

 "제성(帝星)이 밝지를 못해서 적신(賊臣)이 나라를 어지럽게 하니, 만민은 도탄에 빠지고 서울은 한 줌 재로 변해 텅 비고 말았구나."

하고 말을 마치자 저도 모르게 눈물이 줄을 지어 흘러내리는데, 이때 군사 하나가 곁에 있다가 손가락을 들어 한편을 가리키며

 "전각 남쪽에 있는 우물 속에서 오색 광채가 뻗쳐 나옵니다."

하고 말한다.

 손견은 군사들을 불러서 횃불을 밝히고 우물을 치게 하였다.

 치고 보니 한 부인의 시체가 나오는데 우물에 빠져 죽은 지 오랜 모양이건만, 시신이 조금도 상하지 않았고 궁녀 복색에 목에는 금낭(錦囊) 한 개가 걸려 있었다.

 주머니를 끌러 보니 안에는 주홍칠을 한 작은 상자가 금사슬로 친친 감겨 있고, 그 상자를 열고 보니 안에는 옥새 하나가 들어

---

9) 제사에 쓰는 소, 양, 돼지의 총칭.
10) 북두성(北斗星) 북쪽에 있는 성좌의 이름. 도가에서 천제(天帝)의 좌위(座位)라고 일컫는다.

있는데 방원(方圓)이 사 촌(寸)이요 위에는 오룡(五龍)이 서로 얽혀 있는 모양이 새겨 있고 한 모서리가 일그러진 것을 황금으로 때웠으며 아래에는 '수명어천기수영창(受命於天旣壽永昌)'의 여덟 글자가 전자(篆字)로 씌어 있었다.

  손견이 옥새를 얻고 곧 정보를 불러서 물어 보니, 그가 하는 말이 "이것은 바로 전국새(傳國璽)[11]올시다. 이 옥의 내력으로 말하면 옛날에 변화(卞和)[12]가 형산(荊山) 아래서 웬 돌 위에 봉황이 깃들여 있는 것을 보고 그 돌을 실어다가 초문왕(楚文王)에게 바쳤더니 왕이 그 돌을 깨뜨리고 얻은 것이 바로 이 옥이요, 진(秦)나라 이십육 년에 옥공(玉工)을 시켜서 이 새(璽)를 만들고 이사(李斯)[13]가 그 위에다 전자로 이 여덟 자를 쓴 것입니다. 그 뒤 이십팔 년에 시황(始皇)[14]이 순수(巡狩)[15]하여 동정호(洞庭湖)를 건너다가 풍랑을 만

---

11) 진나라 육새(六璽)의 하나. 진시황이 이사(李斯)에게 명해 판 제위상전(帝位相傳)의 옥새.
12) 주 시대 초나라 사람. 일찍이 초나라 산중에서 옥박(玉璞)을 얻어 여왕(厲王)에게 바쳤더니 돌을 가지고 속인다 하여 왕은 그의 왼발을 잘랐다. 무왕(武王) 때 다시 바쳤더니 또 속인다 하고 그의 오른발을 잘랐다. 문왕(文王)이 즉위하자 그가 옥박을 안고 우니 왕이 옥인(玉人)을 시켜 그 옥박을 다듬게 해서 과연 명옥(名玉)을 얻고 이름을 화씨지벽(和氏之璧)이라 하였다고 한다.
13) 본래 초나라 상채(上蔡) 사람으로 순경(荀卿)에게 제왕술(帝王術)을 배우고 진나라로 가서 시황제를 도와 천하를 통일하게 한 공신. 뒤에 이세(二世) 때 조고(趙高)의 모함으로 참형(斬刑)을 받았다.
14) 주나라 말년에 육국을 병합하고 천하를 통일한 소위 진시황. 봉건(封建)을 폐하고 삼십육 군(郡)을 설치하며 만리장성을 쌓고 아방궁(阿房宮)을 짓고 인민을 우매하게 만들기 위하여 천하의 서적을 다 거두어 불사르며 선비들을 산 채로 구덩이에 파묻어 죽이고 불로장생하기 위하여 서복(徐福)에게 동남동녀(童男童女) 삼백 명을 주어 삼신산(三神山)으로 불사약(不死藥)을 구하러 보냈는데 제위(帝位)에 있은 지 11년에 사구(沙邱)에서 죽었다.
15) 천자가 지방을 순시(巡視)하는 것.

나 배가 곧 뒤집힐 판이라, 이 옥새를 급히 호수에 던지니 풍랑이 곧 그쳤고, 삼십육 년에 이르러 시황이 또 순수하여 화음현(華陰縣)에 당도하자 웬 사람이 나서서 길을 막고 옥새를 종자에게 주며 '이것을 갖다가 조룡(祖龍)[16]에게 돌려주어라' 한마디 하고는 가뭇없이 사라지니 이리하여 이 옥새가 다시 진나라로 돌아왔던 것인데 그 이듬해 시황이 붕(崩)했습니다. 뒤에 자영(子嬰)[17]이 이 옥새를 들어 한 고조에게 바쳤고 다시 그 뒤에 왕망이 찬역하매 효원(孝元) 황태후가 이 옥새로 왕심(王尋)과 소헌(蘇獻)을 때려서 한 모서리가 깨어진 것을 금으로 때웠는데 광무제가 의양(宜陽)에서 이것을 얻어 대대로 전해서 오늘에 이른 것입니다. 근자에 들으매 십상시 난리 때 어린 황제가 북망산에 나갔다 환궁해 보니 이 옥새가 없어졌더라고 하던데 이제 하늘이 주공께 내리시니 이는 반드시 제위에 오르실 조짐인가 합니다. 이곳에 오래 계실 것이 아니라 속히 강동으로 돌아가셔서 따로 대사를 도모하시는 것이 좋을까 보이다."

하였다.

 듣고 나자 손견은

"자네 말이 바로 내 뜻과 같으이. 내일 곧 병을 칭탁하고 돌아가도록 하겠네."

하였다.

---

16) 진시황을 말함. 조(祖)는 시(始)요, 용(龍)은 제왕(帝王)을 가리켜 하는 말이니 곧 시황의 은어다.
17) 진시황의 태자 부소(扶蘇)의 아들. 조고(趙高)가 이세(二世)를 죽이고 자영을 세웠으나, 위에 있은 지 46일에 한 패공의 군사가 패상(灞上)에 이르자 자영이 소거백마(素車白馬)로 나가서 항복하였는데 뒤에 항적에게 잡혀 죽었다.

이렇듯 의논을 정하고 그는 가만히 군사들을 단속해서 이 일을 누설하지 못하게 하였다.

그러나 뉘 알았으랴. 군사들 가운데 원소와 동향 사람 하나가 있어 이것으로 출신할 계제를 삼아 보려 마음먹고 그 밤으로 가만히 영채를 빠져나가 원소에게로 가서 보하니 원소는 그에게 상을 후히 내리고 군중에 숨겨 두었다.

그 이튿날 손견은 원소를 찾아가서

"내가 몸에 병이 있어서 장사로 돌아갈까 하고, 특히 공에게 하직을 고하러 왔소이다."

하고 말하였다.

원소가 입가에 웃음을 띠며 말하였다.

"내 대강 짐작하거니와 공의 병이란 것이 전국새로 해서 생긴 병이 아니오."

손견이 깜짝 놀라 낯빛이 변하였다.

"그게 웬 말씀이오."

원소가 말한다.

"이제 우리가 군사를 일으켜 도적을 치기는 나라를 위하여 해로움을 덜기 위함이오. 옥새로 말하면 조정의 보배니 공이 이미 얻었으면 여러 사람에게 말을 하고 맹주한테 맡겨 두었다가 동탁을 주멸(誅滅)한 다음 다시 조정에 바치도록 하는 것이 떳떳한 일일 텐데, 이제 몰래 숨겨 떠나려 하니 대체 무엇을 하려는 게요."

"옥새가 어떻게 내게 있다고 그러시오."

"그럼 건장전 우물 속에서 나온 물건은 대체 무엇이오."

"난 그런 것은 도무지 안 가졌는데 왜 이렇게 심히 구시는지 까닭을 모르겠소그려."

"어서 빨리 내놓으시오. 공연한 화를 당하지 말고."

손견은 하늘을 손으로 가리키며 맹세까지 하였다.

"과연 내가 그 보배를 얻었으면서도 숨기고 있다면 반드시 옳게 종신 못하고 칼과 화살 아래 죽고 말 것이오."

이것을 보고 모든 제후들이

"문대가 저렇듯 맹세까지 할 제는 필시 가지고 있지 않은 것 같소."

하고 말들을 하는데, 원소는 숨겨 두었던 군사를 불러내서

"우물 칠 때 이 사람이 없었습디까."

하고 물었다.

손견이 대로해서 곧 차고 있던 칼을 빼어 그 군사를 죽이려고 하니 원소가 또한 칼을 빼어 들며 외쳤다.

"네가 이 사람을 죽이는 것은 바로 나를 업신여기는 게다."

이때 원소 배후의 안량과 문추가 또한 칼을 빼어 들었다.

여러 제후들은 일제히 앞으로 나서서 두 사람을 뜯어말렸다. 손견은 그 길로 말에 오르자 마침내 수하 군사들을 수습하여 낙양을 떠나 버렸다.

원소는 대로해서 곧 편지 한 장을 써서 심복인을 주고 밤을 도와 형주로 가서 자사 유표(劉表)에게 전하여 손견의 돌아가는 길을 막고 옥새를 빼앗게 하였다.

그 이튿날 사람이 보하되 동탁의 뒤를 쫓아갔던 조조가 형양에서 싸우다가 크게 패하여 돌아왔다고 한다. 원소는 사람을 보내서 조조를 자기 영채로 청해 여러 제후들과 함께 술을 권하며 위

로하였다.

서로 술을 마시는 중에 조조는 한숨을 지으면서 말하였다.

"내가 당초에 대의를 일으켜 나라를 위해 도적을 치려 하자 여러분은 다행히도 모두 이에 응해 주셨소. 내 처음 생각에 본초더러는 하내의 무리들을 거느리고 맹진(孟津)으로 나가 달라 하고, 산조(酸棗)의 여러 장수더러는 성고(成皐)를 굳게 지키며 오창(敖倉)을 점거하고 환원(轘轅)과 대곡(大谷)을 막아서 요해처(要害處)를 누르게 하고, 다시 공로(公路)더러는 남양 군사를 거느리고 단현(丹縣)과 석현(析縣)에 주둔하여 무관(武關)으로 들어가 삼보(三輔)[18]를 떨치게 하고 싶었소. 이리하여 모두들 방비를 굳게 해서 오직 지키며 나가 싸우지 말고 더욱 의병(疑兵)을 삼아 한 번 천하의 형세를 보이고 보면 가히 날을 기약하여 도적을 깨치고 그 자리에서 곧 천하를 바로잡을 수 있었던 것인데 이제 여러분이 끝끝내 의심하고 나아가지 않아서 마침내 대사를 크게 그르치고 말았으니 내 은근히 이를 부끄럽게 생각하는 터이오."

원소의 무리는 그 말에 다들 대답할 말이 없었다.

연석이 파하자 조조는 원소의 무리가 제각기 딴 마음들을 품고 있어 도저히 일을 이루지 못하리라 여겨 군사를 거느리고 양주로 가 버렸다.

공손찬도 현덕과 관우·장비를 보고

"원소는 아무 일도 못하네. 오래 있다가는 반드시 변이 생기고 말 것이니 우리도 그만 돌아가세."

---

18) 경조(京兆)와 풍익(馮翊)과 부풍(扶風)을 한조(漢朝)에서 삼보라 불렀다.

하고 곧 영채를 빼어 북으로 떠났다.

　평원까지 가서 공손찬은 현덕으로 평원상을 삼아 다스리게 하고 자기는 북평으로 돌아가서 군비(軍備)에 더욱 힘을 썼다.

　이때 연주태수 유대는 동군태수 교모더러 군량을 꾸어 달라고 청했는데 교모는 이리저리 미루고 주지 않았다. 유대는 곧 군사를 거느리고 교모의 본채로 쳐들어가서 교모를 죽이고 그 수하 군사를 모조리 항복받아 버렸다.

　원소는 여러 사람이 뿔뿔이 다 흩어져 가는 것을 보자 자기도 곧 군사를 거느리고 낙양을 떠나 관동으로 가 버렸다. 이로써 십칠로 제후들이 하늘에 지은 맹세도 다 부질없는 것이 되고 말았다.

　본래 형주자사 유표의 자는 경승(景升)이니 산양(山陽) 고평(高平) 사람이다. 그는 한실 종친으로 어릴 때부터 남과 사귀기를 좋아하여 명사 일곱 명과 벗하고 지내니 당시 세상에서 '강하팔준(江夏八俊)'이라 불렀다. 그 일곱 사람이란 곧 여남(汝南) 진상(陳翔, 자는 仲麟), 동군(同郡) 범방(范滂, 자는 孟博), 노국(魯國) 공욱(孔昱, 자는 世元), 발해 범강(范康, 자는 仲眞), 산양 단부(檀敷, 자는 文友), 동군 장검(張儉, 자는 元節), 남양 잠질(岑晊, 자는 公孝)이다. 유표는 이 일곱 사람과 벗하고 지내며, 연평(延平) 사람 괴량(蒯良)·괴월(蒯越)과 양양(襄陽) 사람 채모(蔡瑁)로 고을 공사를 돕게 하였다.

　이때 유표는 원소의 글월을 보고, 즉시 괴월과 채모에게 영을 내려 군사 일만을 거느리고 나가서 손견의 돌아갈 길을 끊게 하였다. 손견의 군사가 이르자 괴월은 진을 벌이고 말 타고 앞으로 나섰다.

손견은 물었다.

"괴 영도(英度, 괴월을 말함)는 어찌하여 군사를 끌고 나와 내 돌아갈 길을 막소."

괴월이 말한다.

"네 한나라 신하로서 어찌하여 옥새는 몰래 가지고 가는 거냐. 빨리 내놓아라. 그러면 곱게 돌려보내 주겠다."

손견이 대로해서 황개에게 명하여 나가 싸우게 하니 채모가 칼을 춤추며 나와서 맞는다. 둘이 어우러져 싸우기 두어 합에 황개가 철편을 휘둘러 채모를 쳐서 바로 호심경(護心鏡)[19]을 맞추었다.

채모가 그만 말을 돌려 달아난다. 손견이 승세해서 그 뒤를 몰아치며 지경 안으로 들어서는데 산 뒤로부터 징소리 북소리가 일제히 울리더니 유표가 친히 군사를 거느리고 나왔다.

손견이 마상에서 예를 베풀고

"경승(景升)은 어찌하여 원소의 편지를 믿고 이웃 간에 핍박이 이리 심하오."

하고 한마디 하니, 유표가

"네가 전국새를 감추고 있으니 장차 모반하려고 그러느냐."

라며 꾸짖는다.

"내가 만약에 그런 것을 가지고 있다면 칼과 화살을 맞고 죽을 것이오."

하고 손견은 맹세를 하는데, 유표가

"네가 만약 나를 믿게 하려거든 네 군중의 행리들을 내 마음대

---

19) 갑옷의 가슴 쪽에 호신용으로 붙이던 구리 조각.

로 뒤져 보게 해라."

하고 말을 해서 손견은 노하였다.

"네가 대체 무슨 힘을 믿고 감히 나를 업수이 보느냐."

하고 손견이 바로 싸우려 드니 유표가 곧 군사를 끌고 달아난다. 손견은 말을 놓아 그 뒤를 쫓았다.

그러자 양편 산 뒤로부터 복병이 일시에 내닫고 등 뒤로서는 또한 채모와 괴월이 군사를 휘몰고 와서 앞뒤로 싸고 치니 손견은 겹겹의 포위 속에 들어 버렸다.

옥새는 가지고 있댔자 쓸데도 없는 것을
우습다 그로 해서 군사를 동하게 되단 말가.

필경 손견이 어떻게 위기를 벗어나려는고.

원소는 반하(磐河)에서 공손찬과 싸우고
손견은 강을 건너 유표를 치다

| 7 |

이때 손견은 유표군의 포위 속에 들어 있다가 다행히 정보, 황개, 한당 등 세 장수의 구원을 받아 겨우 벗어날 수 있었다. 그러나 군사는 태반이나 잃고 간신히 혈로를 뚫고 강동으로 돌아갔는데, 이 일로 해서 손견은 유표와 원수지간이 되었다.

한편 원소는 하내에 군사를 둔치고 있었는데 매양 양초가 달려서 기주목(冀州牧) 한복(韓馥)이 보내 주는 양식을 군용(軍用)에 보태고 있었다.
 그러자 모사 봉기(逢紀)가 원소를 보고
 "대장부가 천하를 종횡할 터에 언제 남이 보내 주는 양식을 기다리며 먹고 싸우겠습니까. 기주는 전량(錢糧)이 극히 많은 곳인데 장군은 왜 여기를 수중에 넣으려 하지 않습니까."

하고 말하여, 원소가

"좋은 계책이 없는 걸 어쩌오."

하니, 봉기의 말이

"가만히 사람을 시켜 공손찬에게 글을 보내시고 군사를 내어 기주를 취하라고 하시되, 우리도 협공을 하겠다 하시면 찬은 반드시 군사를 일으킬 것입니다. 한복은 꾀가 없는 자라 필연 장군께 고을 일을 보아 줍시사고 청할 것이니, 이때 응수하시면 쉽사리 기주를 얻으실 수 있을 것입니다."

한다. 원소는 크게 기뻐 곧 공손찬에게 글을 띄웠다.

공손찬이 글을 받아 보니 함께 기주를 치고 그 땅을 똑같이 나누자는 사연이라 크게 기뻐하여 그날로 군사를 일으켰는데, 원소는 이때 사람을 시켜 이 일을 한복에게 가만히 알려 주게 하였다.

한복이 황망히 순심(荀諶)과 신평(辛評) 두 모사를 모아 놓고 의논하니 순심이 하는 말이

"공손찬이 연(燕)·대(代)[1]의 무리를 거느리고 짓쳐 들어오니 그 예봉을 당할 수 없는 데다 겸하여 유비와 관우·장비가 돕고 있으니 무슨 수로 막아 보겠습니까. 이제 원 본초로 말하면 지용이 출중하고 그 수하에 명장들이 극히 많으니 장군께서 그를 청해 함께 고을 일을 보아 달라고 하시면 필시 장군을 후히 대접할 것이라 공손찬을 근심하실 것이 없겠습니다."

하였다.

한복이 곧 별가(別駕) 관순(關純)을 보내 원소를 청해 오게 하니

---

1) 연(燕)은 지금의 하북성(河北省)이고, 대(代)는 대현(代縣)으로 지금의 산서성(山西省) 북부 지방이다.

장사(長史) 경무(耿武)가 간하였다.

"원소는 그 형세가 고단하고 궁하기 짝이 없어 우리 처분만 바라고 있으니 비유해 말하자면 갓난애가 어미 품에 안겨 있는 형편이라 젖줄만 떼고 보면 그 자리에 굶어 죽고 말 터인데 고을 일을 맡기시겠다니 그게 당한 말씀입니까. 이야말로 범을 끌어다가 양 떼 속에 몰아넣는 격이외다."

그러나 한복은 듣지 않았다.

"나는 본래 원씨의 옛 이속인 데다 재능도 또한 본초만 못하오. 옛말에도 어진 이를 가려서 사양들을 했다고 하였으니 제공은 구태여 막으려 마오."

한복이 끝끝내 자신을 말을 듣지 않는 것을 보고 경무는 밖으로 나와

"기주도 이제는 그만이로구나."

하고 하늘을 우러러 탄식하였다.

이로 해서 벼슬을 버리고 떠나는 자가 삼십여 명이나 되었는데, 경무와 관순은 성 밖에 숨어서 원소가 오기를 기다렸다.

그 후 수일이 지나 원소가 군사를 거느리고 이르렀다.

경무와 관순은 칼을 빼어 들고 내달아 원소를 찌르려 하였다. 그러나 원소의 장수 안량이 그 자리에서 경무를 베고 문추가 관순을 찍어 죽였다.

원소는 기주에 들어가자 한복으로 분위장군(奮威將軍)을 삼고, 자기 수하의 모사 전풍(田豊), 저수(沮受), 허유(許攸), 봉기 등에게 고을 일을 나누어 맡아 보게 하여 한복의 권한을 모조리 빼앗고 말았다.

한복은 후회하기를 마지않았으나 이제 와서는 소용없는 일이었다. 그는 드디어 처자도 버려둔 채 필마로 성을 나가 진류태수 장막에게로 가 버렸다.

이때 공손찬은 원소가 이미 기주를 빼앗은 것을 알자 곧 자기 아우 공손월(公孫越)을 원소에게로 보내서 언약한 대로 땅을 나누자고 하였더니, 원소가
"백씨께서 몸소 오셨으면 좋겠네. 내 의논할 일이 있으니."
한다.
공손월이 그대로 돌아오는데, 오십 리를 미처 다 못 왔을 때 길가에서 한 떼의 군마가 뛰어나오더니
"나는 동 승상 댁 장수다."
하고 외치면서 어지러이 활을 쏘아 공손월을 죽이고 말았다.
따라갔던 사람이 도망해 돌아와서 이를 보하자, 공손찬은 대로하여
"원소가 나를 꾀어 군사를 일으켜 한복을 치게 해 놓고 그 틈을 타서 농간을 부려 가지고 기주를 제 수중에 넣었으며, 이제 또 동탁의 군사라 사칭하고 내 아우를 쏘아 죽였으니 이 원한을 어찌 아니 갚겠느냐."
하고 수하의 군사들을 모조리 일으켜 기주를 바라고 쳐들어 왔다.
공손찬의 군사가 이른 것을 알자 원소도 군사를 거느리고 나아가, 양편 군사가 반하에서 만났다. 반하를 사이에 두고 원소의 군사는 다리 동편에 진을 치고 공손찬의 군사는 다리 서편에 진을 쳤다.

공손찬이 다리 위에 말을 세우고

"이 의리부동한 놈아. 네 어찌 감히 나를 파느냐."

하고 큰 소리로 외치니, 원소가 또한 말을 채찍질해서 다리 가로 나와 공손찬을 손가락으로 가리키며

"한복은 재주가 없어 기주를 내게 물려준 건데 그것이 너와 무슨 상관이 있다고 그러느냐."

하고 뇌까린다.

공손찬이 다시 소리를 가다듬어

"전일에 너를 그래도 충의지사라 해서 맹주를 삼았더니 이제 하는 짓을 보매 심보는 시랑 같고 행실은 개 같은 놈이로다. 그러고 무슨 면목으로 세상에 서려고 한단 말이냐."

하고 꾸짖으니, 원소가 천둥같이 노해서

"저놈을 뉘 나가서 사로잡을꼬."

하자, 말이 미처 끝나기도 전에 문추가 말을 채치며 창을 꼬나 잡고 다리로 치달아 오른다.

공손찬이 다리 가에서 문추와 싸우는데 십여 합이 못 되어 공손찬은 당해 내지 못하고 말머리를 돌려 달아났다. 문추가 승세해서 그 뒤를 쫓는다. 공손찬은 진중으로 도망해 들어갔다.

문추가 나는 듯이 말을 달려 중군(中軍)으로 뛰어들며 좌충우돌할 때 공손찬 수하의 장수 네 명이 일제히 그에게로 달려들어 싸웠으니 문추가 그중 한 장수를 한 창에 찔러 말 아래 떨어뜨리자 나머지 세 장수는 모두 도망해 버렸다.

문추는 바로 공손찬의 뒤를 쫓아서 진 뒤로 나갔다. 공손찬은 산골짜기를 바라고 달아났다. 문추가 말을 달려 쫓아오며 호통

을 친다.

"빨리 말에서 내려 항복을 드려라."

공손찬은 활과 화살이 다 떨어지고 투구마저 벗겨져 산발을 한 채 말을 급히 몰아 산언덕으로 올라가는데, 탄 말이 앞굽을 꿇고 쓰러지자 그는 그만 언덕 아래로 굴러 떨어지고 말았다. 문추가 창을 다시 꼬나 잡으며 바로 앞으로 달려들어 그를 한 창에 찌르려 할 때 홀연 언덕 좌편에서 한 소년 장군이 창을 들고 나는 듯이 달려와 바로 문추에게로 대들었다.

이 틈에 공손찬이 허둥지둥 언덕 위로 기어 올라가서 그 소년을 자세히 살펴보니 신장이 팔 척에 눈이 부리부리 크고 눈썹이 숱하며 얼굴이 크고 두 턱이 졌는데 위풍이 늠름하다.

그 장수가 문추와 대판으로 싸워서 오륙십 합에 이르도록 승부가 나지 않았을 때 공손찬 수하의 구원군이 달려오니 문추는 그만 말머리를 돌려 달아나 버렸다. 그 소년은 구태여 그 뒤를 쫓으려 안 했다.

공손찬은 황망히 언덕 아래로 내려와서 그 소년의 성명을 물었다. 소년은 흠신(欠身)2)하고

"저는 상산(常山) 진정(眞定) 사람으로서 성은 조(趙)요 이름은 운(雲)이요 자는 자룡(子龍)입니다. 본래 원소 수하에 있었는데 원소에게 충군구민(忠君救民)하는 마음이 없기로 이번에 그를 버리고 장군 휘하에 몸을 두려고 오던 차에 뜻밖에도 여기서 뵈옵게 되었습니다."

---

2) 경의를 표하기 위하여 몸을 굽히는 것.

하고 대답한다. 공손찬은 크게 기뻐하며 그를 데리고 영채로 돌아와서 군사를 정돈하였다.

그 이튿날 공손찬이 군마를 좌우 양대로 나누어 우익(羽翼)의 형세를 만드니 말 오천여 필 가운데 태반이 백마였다. 전에 공손찬이 강족(羌族)[3]과 싸울 때 모조리 백마만 골라서 선봉을 삼고 '백마장군(白馬將軍)'이라 칭하였는데 강족은 백마만 보면 달아났다. 이로 말미암아 그의 군중에 백마가 특히 많은 것이다.

이때 원소는 안량·문추로 선봉을 삼아 각기 궁노수(弓弩手) 일천을 거느리고 역시 좌우 양대로 나누어 좌대는 공손찬의 우군을 쏘고 우대는 공손찬의 좌군을 쏘게 하며, 다시 국의(麴義)로 궁수(弓手) 팔백과 보병 일만 오천을 진중에 배치하게 하였다. 그리고 원소 자기는 마보군 수만 명을 거느리고 뒤에서 접응하기로 하였다.

공손찬이 조운을 처음 얻고 그 마음을 알 수 없어서 그에게는 따로 군사를 주어 뒤에 남아 있게 하고 대장 엄강(嚴綱)으로 선봉을 삼았다. 그리고 공손찬 자기는 중군을 영솔하여 말 타고 다리 위로 나아가 말 앞에 큰 홍권금선(紅圈金線)의 수자기(帥字旗)[4]를 세워 놓고 진시(辰時)[5]로부터 사시(巳時)[6]에 이르기까지 북을 울리며 싸움을 청하였다.

그러나 원소의 군사는 나오지 않았다. 국의가 궁수들에게 영을

---

3) 서융(西戎) 종족.
4) '帥'자를 쓴 기. 원수기(元帥旗).
5) 지금의 아침 8시경.
6) 지금의 아침 10시경.

내려 모두들 차전패(遮箭牌) 아래 엎드려 있다가 포성이 들리는 대로 활을 쏘라고 일러두었던 것이다.

　엄경이 군사를 휘몰아 일시에 북을 치고 고함지르며 국의의 진중으로 짓쳐 들어갔다. 그러나 국의의 군사는 모두 땅에가 납죽 엎드린 채 동하지 않다가 적병이 바로 코앞까지 쳐들어오자, 그때 일성포향(一聲砲響)과 함께 팔백 궁노수가 일시에 활들을 내쏘았다.

　엄강이 급히 군사를 뒤로 물리려 할 때 국의가 칼을 춤추며 번개같이 말을 달려 나와 한 칼에 그를 베어 말 아래 떨어뜨렸다.

　공손찬의 군사가 여지없이 패하는데 이것을 보고 공손찬의 좌우 양군이 곧 내달아 구응(救應)하려 하였으나 안량·문추가 궁노수들을 지휘해서 어지러이 활들을 쏘는 통에 모두 나오지 못하였다.

　원소의 군사들은 승세해서 일시에 나아가 바로 다리 가까지 쳐들어갔다. 국의가 칼을 들어 먼저 기를 잡고 섰는 장수부터 벤 다음에 수자기를 찍어 쓰러뜨렸다.

　공손찬은 수자기가 두 동강이 나서 넘어가는 것을 보고 곧 말머리를 돌려 다리에서 내려가자 그대로 도망쳤다.

　국의는 군사를 휘몰아 그 뒤를 들이쳐서 후군에까지 이르렀다.

　이때 후군에 남아 있던 조운이 창을 꼬나 잡고 말을 몰아 나오며 바로 국의에게로 달려들었다. 서로 싸우기 두어 합이 못 되어 조운은 한 창에 국의를 찔러 말 아래 거꾸러뜨리고, 필마단창(匹馬單槍)으로 나는 듯 원소 군중에 뛰어들어 좌충우돌하기를 마치 무인지경에 들 듯하였다. 이 기세를 타서 공손찬이 군사를 돌이켜 휘몰아치니 원소의 군사는 크게 패하고 말았다.

이보다 앞서 원소가 탐마(探馬)를 시켜 알아보게 하였더니 돌아와서 보하는 말이 국의가 장수를 베고 기를 뺏고 패병의 뒤를 몰아치고 있는 판이라 한다. 이로 인해 그는 마음을 턱 놓고 전풍과 함께 장하(帳下)의 창 가진 군사 수백 명과 활 가진 군사 수십 기만 거느리고는 말 타고 나와서 바라보며

"공손찬은 참으로 무능한 자로구먼."

하고 한바탕 껄껄 웃고 있는 판에 홀연 맞은편으로부터 조운이 말을 몰아 짓쳐 들어왔다.

궁전수(弓箭手)들이 급히 활을 들어 쏘려고 할 때 조운이 번개같이 달려들며 연달아 사오 명을 찔러 거꾸러뜨리니 모든 군사들이 일시에 뺑소니들을 친다. 뒤에서는 또 공손찬의 군사가 한데 뭉쳐 몰려들어 오고 있었다.

전풍이 당황해서 원소를 보고

"우선 저 빈 집 담 안으로라도 들어가 피하십쇼."

하고 권하자, 원소는 머리에 쓴 투구를 땅에 벗어 던지며 큰 소리로 외쳤다.

"대장부가 임진대적(臨陣對敵)해서 싸우다 죽으면 죽는 게지 담 안에 들어가 살기를 구한단 말이냐."

이 말에 고무되어 모든 군사들이 한마음으로 나서서 죽기로 싸우니 조운이 좌충우돌하나 능히 뚫고 들어가지 못할 때 원소의 대대(大隊) 인마가 몰려들어 오고 안량이 또한 군사를 거느리고 당도하여 양로군(兩路軍)이 힘을 합해서 몰아친다.

조운은 공손찬을 보호해서 적의 포위를 뚫고 다리께로 물러나

는데 원소가 대병을 휘몰아 다시 뒤를 쫓아서 다리 건너까지 오니 물에 떨어져 죽는 자가 수없이 많았다.

　원소가 승세하여 앞을 서서 쫓아가는 중에 오 리를 미처 못 가 문득 산 뒤로부터 함성이 크게 일어나며 한 떼 인마가 내달으니 앞을 선 세 명 대장은 곧 유현덕, 관운장, 장비다. 원래 그들은 평원에 있다가 공손찬이 원소와 싸운다는 말을 듣고 특히 싸움을 도우러 온 것이었다.

　이때 세 장수가 세 가지 병장기를 가지고 번개같이 말을 몰아서 바로 원소를 바라고 달려드니 원소가 혼이 허공에 떠서 손에 들었던 보도를 다 땅에 떨어뜨리고 황망히 말을 달려 도망한다. 여러 장수들이 죽기로써 그를 구하여 다리를 건너가고, 공손찬도 군사를 거두어 본채로 돌아갔다.

　현덕과 관우·장비가 문후(問候)하고 나자, 공손찬은

　"만약에 현덕이 멀리서 와 구해 주지 않았더라면 내 큰 낭패를 볼 뻔하였네."

하고, 조운과 서로 만나 보게 하였다.

　현덕은 심히 그를 공경하고 사랑해서 한 번 보자 벌써 놓고 싶지 않은 마음을 가졌다.

　한편 원소는 싸움에 한 번 패하자 성을 굳게 지키고 나오려 안 했다. 이리하여 양군이 상지(相持)한 채 월여를 지나는 사이에 자연 소문이 나 동탁도 이 일을 알게 되었다.

　이유가 동탁을 보고

　"원소와 공손찬은 역시 당대 호걸들인데 지금 반하에서 서로 싸우고 있다 하니 천자의 조서를 빌려 사람을 보내서 화해를 붙여 주시는 것이 좋겠습니다. 그러면 두 사람이 필시 감격해서 태사께 순종할 것입니다."

하고 말하여, 동탁은

"그리하자."

하고 이튿날로 곧 태부 마일제(馬日磾)와 태복 조기(趙岐)를 시켜 조서를 받들고 내려가게 하였다.

두 사람이 하북(河北)에 이르자 원소는 백 리 밖에 나와 재배하고 조서를 받았다. 이튿날 두 사람이 공손찬의 영채로 가서 선유(宣諭)하니, 공손찬은 사자를 시켜 원소에게 글월을 보내고 마침내 두 사람은 화해하였다. 마일제와 조기는 장안으로 돌아가 복명하였다.

공손찬이 그날로 회군하며 조정에 표문을 올려서 유현덕을 평원상으로 천거하였다.

현덕이 조운과 작별할 때 손을 잡고 눈물을 뿌려 차마 떨어지지를 못하니 조운이 한숨지으며

"제가 전일에 그릇 공손찬을 영웅으로만 알았더니 이제 그 소행을 보매 필경 원소와 똑같은 사람입니다그려."

한다.

현덕은

"공은 아직 몸을 굽혀 섬기도록 하오. 우리가 또 서로 만날 날이 있으리다."

하고 눈물을 뿌려 그와 작별하였다.

이때 원술은 남양에서 원소가 새로이 기주를 얻었다는 말을 듣

고 곧 사람을 보내 말 천 필을 달라고 하였다. 그러나 원소가 이에 응하지 않자 원술은 노하였다. 이로 말미암아 형제간에 불화하게 되었는데, 원술이 또 형주로 사람을 보내 유표에게 군량 이십만 곡(斛)을 꾸어 달라고 하였더니 유표가 또한 듣지를 않아 원술이 한을 품고 가만히 손견에게 글을 보내서 유표를 치게 하니, 그 글의 대강은 다음과 같았다.

　　전자에 유표가 공의 돌아갈 길을 끊었던 것은 곧 우리 형 본초가 시킨 일이외다. 이제 본초가 또 유표와 짜고 강동을 엄습하려고 하니 공은 속히 군사를 일으켜서 유표를 치시면 나는 또 공을 위해 본초를 칠 것이니 두 원수를 다 갚을 수 있을 것이외다. 공은 형주를 취하고 나는 기주를 취하는 것이니 부디 일을 그르치지 마소서.

　손견이 이 글월을 보자
　"전날 내가 강동으로 돌아올 때 유표가 길을 막고 치던 일을 생각하면 정말 괘씸하기 짝이 없다. 이 기회에 원수를 갚지 않고 다시 어느 때를 기다리랴."
하고 장하의 정보, 황개, 한당의 무리를 모아 놓고 의논하니 정보가 있다가
　"원술은 교사(狡詐)가 많으니까 그 말을 준신(準信)하셔서는 아니 됩니다."
하고 말한다.
　그러나 손견은

"나는 내 손으로 원수를 갚으려는 걸세. 누가 원술의 도움을 바랄세 말이지."
하고 즉시 황개를 먼저 강변으로 내보내서 전선을 안배하여 군기와 양초를 많이 싣고 큰 배에는 전마(戰馬)를 실어 날짜를 잡아 군사를 일으키게 하였다.

강동에 와 있던 세작이 이 일을 탐지해 가지고 유표에게 보하자 유표는 크게 놀랐다. 곧 문관과 무장들을 모아 놓고 공론에 들어가자 괴량이 있다가

"그다지 염려하실 것은 없을까 봅니다. 황조(黃祖)로 강하(江夏) 군사를 거느려 전부(前部)가 되게 하시고 주공께서는 형양(荊襄)의 무리를 영솔하시고 뒤를 대도록 하십시오. 그리하면 손견이가 제 무슨 수로 강을 건너 용무(用武)[7]해 보겠습니까."
한다. 유표는 그러이 여겨 황조를 시켜 준비하게 하고, 뒤따라 곧 대군을 일으켰다.

본래 손견은 아들 사형제를 두었으니 다 오(吳) 부인 소생이라 큰 아들의 이름은 책(策)이니 자는 백부(伯符)요, 둘째 아들의 이름은 권(權)이니 자는 중모(仲謀)요, 셋째 아들의 이름은 익(翊)이니 자는 숙필(叔弼)이며, 넷째 아들의 이름은 광(匡)이니 자는 계좌(季佐)다.

오 부인의 동생이 바로 손견의 둘째 부인이 되어 또한 일남 일녀를 낳았으니 아들의 이름은 랑(朗)으로 자는 조안(早安)이요, 딸의 이름은 인(仁)이다. 손견이 또 유(俞)씨에게서 아들 하나를 양자

---

7) 무력(武力)을 쓰는 것.

해 들였으니 이름은 소(韶)요 자는 공례(公禮)다.

손견에게 또 아우 하나가 있어 이름은 정(靜)이요 자는 유대(幼臺)다. 손견이 유표를 치러 떠나려 할 때 손정은 조카들을 거느리고 나와서 말 앞에 늘어세우고 형에게 절을 하며

"이제 동탁이 권세를 마음대로 하고 천자는 나약하시어 천하가 크게 어지러우매 군웅이 할거하고 있는 형편입니다. 우리 강동이 이 즈음에 좀 편안해졌사온데 이제 한 조그마한 원한으로 해서 대병을 일으키시는 것이 사리에 옳지 않을까 하오니 형님께서는 다시 한 번 생각해 보십시오."

하고 간하였다.

그러나 손견이

"너는 여러 말 마라. 내가 장차 천하를 종횡하려는 터에 원수가 있으면 어찌 갚지 않을 법이 있겠느냐."

하고 듣지 않으니, 맏아들 손책이 앞으로 나서며 말한다.

"아버님께서 기어이 가시겠으면 소자가 뫼시고 갈까 하옵니다."

손견은 이를 허락하여 마침내 손책과 함께 배에 올라 번성(樊城)으로 향하였다.

이때 황조는 궁노수를 강변에 매복해 놓고 있다가 전선(戰船)들이 강가에 와 닿는 것을 보자 일시에 활을 쏘게 하니 화살이 빗발치듯 한다.

손견은 군중에 영을 내리되, 행여 경망되이 동하지 말고 모두들 배 안에 엎드려서 배를 내였다 물렸다만 하며 적을 유인하라 하였다.

이러기를 사흘을 하여, 그새 배를 수십 차례나 강가에다 갖다

대곤 하니 황조의 군사들은 적의 배가 강안에 접근할 때마다 그저 활을 쏘아대기만 하니 마침내 화살이 동이 나고 말았다.

손견은 군사들을 시켜 배에 꽂힌 화살들을 모조리 뽑아 보니 약 십여만 개나 된다. 손견은 즉시 순풍에 돛 달고 일제히 강 언덕을 바라고 나가며 군사로 하여금 어지러이 활을 쏘게 하였다. 황조의 군사는 그대로 영채를 버리고 달아난다.

손견의 군사가 강 언덕으로 뛰어오르자 정보와 황개가 두 길로 군사를 나누어 황조의 영채를 향하여 쳐들어가고 배후로부터 한당이 대군을 휘몰고 나아가 삼면으로 끼고 치니, 황조는 대패해서 번성을 버리고 도망하여 등성(鄧城)으로 들어가 버렸다.

손견은 황개를 남겨 두어 전선들을 지키게 한 다음, 친히 군사를 거느리고 적의 뒤를 쫓았다.

황조가 군사를 거느리고 성에서 나와 들에 진을 친다. 손견이 또한 진세를 벌려 놓고 문기(門旗) 아래 말을 내니, 손책이 갑옷 입고 투구 쓰고 창 들고 나서서 부친 곁에 말을 세웠다.

황조는 두 장수를 거느리고 진전으로 나왔다. 한 사람은 강하의 장호(張虎)요 또 한 사람은 양양의 진생(陳生)이다.

황조가 채찍을 들어

"강동의 좀도적놈이 어딜 감히 한실 종친의 지경을 와서 범하는고."

라고 크게 꾸짖으며 즉시 장호를 내보내서 싸움을 돋우게 한다. 손견의 진중에서 한당이 내달아 이를 맞았다.

두 장수가 어우러져 싸우기 삼십여 합에 이르렀을 때, 진생은 장호의 기력이 점점 쇠함을 보고 말을 달려 나와 싸움을 도왔다.

이때 손책이 바라보고 즉시 손에 쥐고 있던 창을 걸어 놓고 활에 화살을 먹여 들자 바로 진생의 얼굴을 겨누어 깍짓손을 떼었다. 시위 소리 울리는 곳에 진생이 화살을 맞고 말에서 뚝 떨어진다.

진생이 땅에 떨어지는 것을 보고 장호가 깜짝 놀라 미처 손을 놀릴 사이도 없이 한당의 칼이 그의 정수리에 떨어지며 머리가 두 쪽 나 버렸다.

정보는 말을 급히 몰아 곧장 적진으로 내달으며 황조를 잡으러 들었다. 황조가 황급하여 투구를 벗어 버리고 말에서 뛰어내리며 곧 보군들 틈에 섞여 도망한다.

손견은 패주하는 적의 뒤를 몰아쳤다. 그리고 바로 한수(漢水)에 이르자 황개에게 영을 내려 전선을 내여 한강에 갖다 대라고 하였다.

한편 황조는 패군을 수습해 양양성으로 돌아가 유표를 보자

"손견의 형세가 원체 커서 도저히 당해 낼 수 없습니다."

하고 말하니, 유표는 괴량을 청하여 계교를 물었다.

괴량이

"이제 황조가 크게 패해서 군사들에게 싸울 마음이 없으니 다만 방비를 엄히 해서 그 예봉을 피하도록 하고, 다시 사람을 가만히 원소에게 보내 구원을 청하기로 하면 손견의 포위가 절로 풀릴 것입니다."

하는데, 채모가 앞으로 나선다.

"자유(子柔, 괴량의 자)의 말씀은 참으로 좋한 계교외다. 적병은 성 아래 와 있고 적장은 해자에 이르렀는데 어찌 손을 묶고 앉아 죽기를 기다리겠습니까? 제가 비록 재주는 없으나 군사를 거느

리고 성에서 나가 적과 한 번 겨뤄 보겠습니다."

유표는 마침내 이를 허락하였다.

채모는 군사 만여 명을 거느리고 양양성 밖으로 나가서 현산(峴山)에 진을 쳤다.

손견은 군사를 휘몰아 승승장구해 들어왔다.

채모가 진전에 말을 내자 손견이

"저 사람은 바로 유표의 후처 오라비다. 누가 나가 저를 사로잡을꼬."

하니 정보가 곧 철척모를 꼬나 잡고 말을 달려 나가 채 모를 취한다. 사 오 합이 못 되어 채모가 패하여 달아난다.

손견은 대군을 휘몰아 그 뒤를 엄살(掩殺)하였다. 적은 대패해서 시체가 들에 쫙 깔렸다.

채모가 도망하여 양양성으로 들어가자 괴량은 그가 좋은 계책을 무시하고 함부로 나가 마침내 크게 패하고 말았으니 군법에 의해 마땅히 참해야 한다고 주장하였다. 그러나 유표는 이때 채모의 누이 채 부인에게 갓 장가를 든 뒤여서 그에게 형벌을 가하지 않았다.

한편 손견은 군사를 나누어 양양성을 사면으로 에워싸고 치기 닷새째 되는 날 낮때쯤 해서 난데없는 광풍이 일더니 중군에 세워 둔 수자기를 뚝 꺾어 놓는다.

한당이 이를 보고

"아무래도 길한 조짐이 아니니 회군하시는 것이 좋을까 보이다."

하고 손견에게 권하였다.

그러나 손견은

"그간 내가 여러 차례 싸움에 번번이 이겨 이제 양양성을 함몰하는 일이 조석에 달려 있는 터에 그까짓 깃대 하나 바람에 부러졌다고 어찌 졸지에 군사를 파해 버린단 말인가."
하며 한당의 말을 들으려 하지 않고 더욱 급히 성을 몰아쳤다.

이때 양양성 중에서는 괴량이 유표를 보고

"제가 간밤에 천문을 살펴보니 장성(將星)[8] 하나가 땅에 떨어지려 하는데 그 분야(分野)[9]를 헤아려 보매 바로 손견에게 맞혔습디다. 주공께서는 속히 원소에게 글을 보내 구원을 청하도록 하십시오."
하고 권하였다.

유표가 그 말을 좇아 편지를 써 놓고

"뉘 감히 에움을 뚫고 나가 보려는고."
하고 물으니 그 말이 떨어지자 바로 장수 여공(呂公)이가 나서서

"소장이 가겠습니다."
하고 자원한다.

괴량은 여공에게 자세히 계책을 일러 준다.

"자네가 가겠다고 하니 그러면 내 계교를 자세히 듣게. 이제 내 자네에게 군마 오백을 줄 것이니 활 잘 쏘는 자들을 앞세워 적진을 뚫고 나가 바로 현산(峴山)으로 달려가게. 그러면 저희가 반드시 군사를 몰아 뒤를 쫓을 것이니, 자네는 군사를 나누어 백 명은 산 위에 올라가 돌을 많이 준비해 놓게 하고, 또 백 명은 궁노(弓弩)를 가지고 숲 속에 매복하고 있게 한 다음 추병이 이르거든 곧장 달아나지 말고 이리저리 돌아 복병이 있는 데까지 유인해 가

---

[8] 북두칠성의 둘째 별. 소위 살별(殺伐)을 맡았다고 한다.
[9] 별의 위치로 지면의 구역을 획분하는 것.

지고 일시에 시석(矢石)을 퍼붓도록 하게. 그래 만약 이기면 지체 없이 연주호포(連珠號礮)를 놓아 우리에게 알리게. 곧 성에서 나가 접응할 것이니 만약에 추병이 없거든 호포를 놀 것 없이 바로 가게. 그리고 오늘밤은 달이 썩 밝지는 않을 것이니 황혼녘에 바로 성을 나가는 것이 좋을까 보이."

여공은 계책을 받고 물러나와 곧 군마를 수습하였다. 그리고 황혼이 되기를 기다려 그는 가만히 동문을 열고 성을 빠져나갔다.

이때 손견은 장중에 있다가 문득 난데없는 함성이 들려와 급히 말에 올라 수하에 삼십여 기(騎)를 거느리고 영채 밖으로 나와 두루 살피는데, 군사가 보하는 말이

"한 떼 인마가 성에서 짓쳐 나와 현산을 바라고 달려갔소이다." 한다.

손견은 장수들을 모으려 하지 않고 급히 뒤를 쫓았다. 이때 이미 여공은 산 속 나무가 빽빽이 들어선 곳 위아래로 군사들을 매복시켜 놓았다.

손견의 말이 여느 말보다 빨라서 손견이 앞서서 달려가며 보니 앞에 가는 군사가 멀지 않다. 손견이 큰 소리로

"이놈들 게 섰거라."

하고 외치자 여공은 즉시 말머리를 돌려 손견에게로 달려든다. 그러나 단지 한 합을 어울러 보았을 뿐으로 여공은 다시 도망해서 산 속으로 들어가 버렸다.

손견은 곧 뒤를 쫓아 산길로 들어섰다. 그러나 여공의 종적을 찾을 길이 없다. 손견이 바야흐로 산 위를 바라고 올라가려 할 때, 홀연 바라 소리가 크게 울리더니 산 위에서 돌들이 쏟아져 내

려오고 숲 속으로부터는 화살이 빗발치듯 하였다.

 이리하여 손견은 전신에 돌과 화살을 맞고 뇌장(腦漿)이 모두 흘러나와 사람과 말이 다 현산 속에서 죽으니, 때에 그의 나이 겨우 서른일곱이었다.

 여공은 손견 수하의 삼십 기를 뼁 둘러싸고 모조리 벤 다음 곧 연주호포를 놓았다.

 양양성 안에서 호포 소리를 듣고 황조·괴월·채모가 각기 군사들을 거느리고 내달았으니, 강동 군사들은 그만 큰 혼란에 빠지고 말았다.

 이때 황개는 아닌 밤중에 함성이 하늘을 진동해 일어나는 것을 보고 즉시 수군을 영솔하고 달려오다가 바로 황조와 마주쳐서 서로 싸우기 두 합이 못 되어 그는 황조를 생금해 버렸다.

 한편 정보는 손책을 보호하여 빠져나갈 길을 급히 찾는 중에 여공과 만났다. 정보는 바로 말을 놓아 그에게로 달려들자 불과 두어 합이 못 되어 여공을 한 창에 찔러 말 아래 거꾸러뜨렸다.

 양편 군사가 한바탕 크게 싸우다가 날이 훤히 밝을 무렵에야 각기 군사를 거두었다.

 유표의 군사는 성으로 들어가 버리고 손책은 한수로 돌아갔는데, 한수까지 가서야 손책은 비로소 자기 부친이 난전(亂箭)에 맞아 죽고 그 시수(屍首)가 이미 유표 군사의 손으로 들것에 담겨 양양성 내로 들어갔다는 것을 알고 그만 목을 놓아 통곡하였다. 군사들도 모두 땅을 치며 울었다.

 손책이

 "아버님의 시체가 적의 수중에 들어 계시니 어찌 이대로 돌아간단 말이오"

하고 말하여, 황개가

"우리는 황조를 여기 사로잡았으니 아무고 사람 하나를 양양성 중에 들여보내 유표와 강화(講和)한 다음에 황조와 바꾸어 주공의 시수를 모셔 내오도록 합시다."

하고 말하는데, 그의 말이 미처 떨어지기 전에 군리(軍吏)로 있는 환계(桓階)라는 사람이

"제가 유표와 안면이 있는 터이니 사명을 띠고 한 번 성에 들어가 볼까 합니다."

하고 자원해 나선다. 손책은 이를 허락하였다.

환계가 양양성에 들어가서 유표를 만나보고 손책의 뜻을 전하니, 유표는 듣고 나자 즉시로

"문대의 시수는 내가 이미 관을 써서 정중히 성 내에 모셔 놓은 터이니 속히 황조를 돌려보내 주오. 그리고 두 집에서 다 각기 군사를 파하고 다시는 서로 침범하지 않도록 합시다."

하였다.

환계가 절하여 사례하고 막 떠나려고 하는데 뜻밖에 계하에서 괴량이 나서면서

"그건 안 됩니다, 아니 됩니다. 제 말씀대로만 하시면 강동의 군사들이 단 한 명도 살아서는 돌아가지 못하게 될 것이니, 먼저 환계의 목을 베신 다음 곧 계교를 쓰도록 하십시오."

한다.

적의 뒤를 쫓다가 손견이 목숨을 잃었는데

강화하러 와서 환계가 재앙을 또 만났구나.

환계의 목숨이 어찌나 되려는고.

교묘할사 왕 사도의 연환계(連環計)[1]야
동탁을 봉의정에서 호통 치게 만드는구나

| 8 |

이때 괴량이 유표를 보고

"이제 손견은 이미 죽었고 그의 아들들은 아직 어리니 저희들의 형세가 이렇듯 허한 틈을 타 우리가 바로 군사를 몰아 나간다면 한 번 북 쳐서 가히 강동을 얻을 것입니다. 그러나 이제 만약 손견의 시체를 돌려보내고 군사를 파해 버려 마침내 그 기력을 기르게 두어 두신다면 이는 실로 우리 형주의 큰 화근이외다."

하니, 유표는

"그러나 황조가 적의 영중에 있으니 어찌 차마 모른 체한단 말인가."

한다.

"한낱 꾀 없는 황조를 버리고 그 대신 강동을 취하는 것이 무에

---

[1] 계략 가운데서 짜낸 계략. 서로 연관을 가진 교묘한 계략.

불가합니까."

하고 괴량은 다시 권했으나, 유표는 종시

"아니야. 나와 황조는 피차에 마음을 허락하고 있는 사인데 한낱 이로움을 좇아 보고도 모른 체한다는 것은 의롭지 못한 일일세."

하고 드디어 손견의 시체와 황조를 맞바꾸기로 상약한 다음 환계를 돌려보냈다.

이리하여 유표는 황조를 찾아오고, 손책은 부친의 영구를 영접하여 싸움을 파하고 강동으로 돌아가서 부친을 곡아(曲阿)에 장사지냈다.

상사를 무사히 치르고 나자 손책은 군사를 거느리고 강도(江都)에 자리를 잡고 앉아 널리 현사(賢士)와 준걸(俊傑)들을 구해들이며 예를 극진히 해서 그들을 대접하니 사방의 호걸들이 점차로 모여들었다. 그러나 이 이야기는 더 안 하기로 한다.

이때 동탁은 장안에 있어 손견이 이미 죽었다는 소문을 듣자

"내 심복지환(心腹之患)을 하나 던 셈이로군."

하고 좌우를 돌아보며

"그 아들이 지금 나이가 몇 살이더냐."

하고 물으니, 누가 있다가

"열일곱 살이라나 보이다."

하고 대답한다.

"아직은 젖내 나는 애로구먼……."

동탁은 다시는 마음에 두지 않고 이로부터 더욱 교만해져서 저를 '상부(尙父)'[2]라 부르게 하며 출입할 때면 외람되게도 천자의

의장(儀仗)을 썼다.

그는 제 아우 동민을 봉해서 좌장군 호후를 삼고 조카 동황(董璜)은 시중을 삼아 금군(禁軍)을 총령하게 하며 저의 동씨 종족은 노소를 막론하고 모두 열후(列侯)에 봉하였다.

그리고 장안성에서 이백오십 리 떨어진 곳에 민부(民夫) 이십오만 명을 풀어 미오(郿塢)³⁾를 쌓게 하니 그 성곽의 높이와 두께가 장안성과 똑같다. 그 안에 궁실과 창고를 지어 이십 년 양식을 쌓아 놓고 민간의 소년과 미녀(美女) 팔백 명을 뽑아 들여 그 안에 두고 또한 황금 채단과 진귀한 주옥 따위를 창고마다 쌓아 두고 그의 일가권속을 다 그 안에서 살게 하였다.

동탁이 미오에 있으며 장안을 왕래하는데 혹 보름에 한 번 돌아가기도 하고 한 달에 한 번 돌아가기도 하니, 재상들이 그때마다 횡문(橫門)⁴⁾ 밖까지 나와 배웅하며 동탁이 또한 길가에 장막을 치고 그들과 술잔을 나누었던 것이다.

하루는 동탁이 횡문을 나서니 백관들이 모두 나와서 전송을 한다. 동탁이 연석을 베풀어 그들과 술잔을 나눌 때 마침 북지(北地)에서 항복받은 군졸 수백 명을 압령해 왔다.

동탁은 즉시 군사들에게 명하여 그들을 앞으로 끌어 오라고 하여, 혹 수족도 끊게 하고 혹 눈알도 빼게 하고 혹 혀도 자르게 하

---

2) 중국 고대의 주 무왕(武王)이 여망(呂望. 강태공)을 높여서 '상부'라 불렀다. 여기서 동탁은 제 자신을 여망에게 견준 것이다.
3) 중국 섬서성 미현(郿縣) 북쪽에 있다. 동한 초평(初平) 연간에 동탁이 쌓은 성. 성벽의 높이가 칠 장이며 두께는 장안과 같았다. 여기에 이십 년 먹을 양식을 쌓아 두었다고 한다.
4) 한나라 때 장안의 한 성문.

며 또 더러는 큰 가마에다 넣고 삶아 죽이게까지 하였다.

이리하여 그들의 울부짖는 소리가 하늘을 진동하니 그 자리에 있던 모든 관원들이 다들 몸을 떨며 손에 잡았던 수저를 저도 모르는 결에 땅에 떨어뜨리는데 오직 동탁만은 먹고 마시며 웃고 지껄이기를 태연하게 한다.

또 하루는 동탁이 백관들을 도당에 크게 모아 모든 관원들이 양편으로 쭉 늘어앉아서 술을 마시는데 술이 서너 순쯤이나 돌았을 때였다.

문득 여포가 뚜벅뚜벅 걸어 들어오더니 동탁의 귀에 대고 무엇인가 속삭이는데, 몇 마디 하지 않아서 동탁은 픽 웃으며

"원래 그랬구나."

하고 그 즉시 여포에게 명해서 그 자리에 참석한 사공(司空) 장온(張溫)을 당하(堂下)로 잡아 내리게 하였다.

좌중의 모든 사람들이 다 아연실색하는데 그로부터 얼마 지나지 않아서 시종이 붉은 소반에 장온의 머리를 담아 가지고 들어와서 동탁에게 바친다.

백관들이 너무나 송구하여 모두 혼이 몸에 붙지를 않는데 동탁은 또 웃으면서

"여러분은 그다지 놀라실 게 없소. 장온이 원술과 결탁하고서 나를 모해하려 했던 건데, 원술이 놈이 장온한테 편지를 보낸다는 것이 일이 묘하게 되느라 그 편지가 어떻게 내 아이 봉선의 손에 떨어져 탄로가 나 그래 참해 버린 것이오. 공들이야 아무 관련 없는 일이니 놀라실 것들 없소."

한다.

여러 사람들은
"예, 예."
하고 다들 흩어져 돌아갔다.

사도 왕윤은 자기 부중으로 돌아오자, 이날 연석에서 있었던 일을 생각하고 마음이 불안하여 견딜 수 없었다.

밤이 이슥하여 달이 밝으매 왕윤이 홀로 지팡이를 끌고 후원으로 들어가 다미화(茶蘼花)[5] 곁에 서서 하늘을 우러러보며 하염없이 눈물을 흘리고 있으려니까 문득 누군지 모란정(牧丹亭) 가에서 연해 한숨짓는 소리가 들려온다.

왕윤이 괴이하게 생각하여 발자취를 죽이고 가만히 가서 엿보니 그는 곧 부중의 가기(歌伎) 초선(貂蟬)이었다. 본래 이 여자는 어려서부터 부중으로 뽑혀 들어와서 춤과 노래를 배웠는데 이때 그 나이 바야흐로 열여섯이라 용모와 재주가 다 남에 뛰어나서 왕윤이 바로 자기 친딸처럼 사랑해 오는 터이다.

이때 왕윤이 한동안 그를 바라보고 있다가
"네 대체 무슨 사정(私情)이 있어 그러느냐."
하고 한마디 꾸짖으니, 초선은 그를 보자 깜짝 놀라 곧 그 자리에 무릎을 꿇고 앉으며
"어찌 천첩에게 감히 사정이 있사오리까."
하고 아뢴다.
"네가 만약 아무 사정이 없다면 어찌하여 이렇듯 깊은 밤에 여

---

[5] 장미과의 낙엽 관목.

기 혼자 나와서 한숨을 쉬고 있더란 말이냐."

왕윤이 다시 물으니, 초선은

"허면 대감께서 천첩이 가슴속에 품고 있는 진정의 말을 들어 주시겠습니까."

한다.

왕윤이 즉시

"네 조금도 기이지 말고 바른 대로 아뢰어라."

하고 분부하니, 초선은 마침내 다소곳이 한 무릎을 세우고 앉아 가만히 아뢰었다.

"대감마님께서 첩을 이만치나 키워 주시며 가무를 가르쳐 주셨고 또한 친자식같이 사랑해 주시니 첩이 비록 분골쇄신하더라도 그 태산 같은 은혜를 어찌 만분의 일이나마 보답할 수 있사오리까. 첩이 근자에 대감마님을 뵈오매 미간에 수심이 가득 차 계시니 반드시 나라에 큰일이 있기 때문이리라 속으로 짐작은 하오나 감히 여쭈어 보지 못하옵던 차에, 오늘 저녁에는 더욱이 대감마님께서 불안하여하시는 것을 뵈옵고 첩이 혼자 여기 나와서 한탄하옵다가 뜻밖에도 이 꼴을 대감마님께 뵈게 되었습니다. 만약에 첩 같은 천한 것이라도 쓰실 곳이 있어 대감마님의 근심을 조금이나마 덜 수 있다면 첩은 진정 만 번 죽사와도 사양하지 아니 하겠나이다."

그의 말을 다 듣고 나자 왕윤은 문득 짚고 있던 지팡이를 들어 땅을 치며 말하였다.

"이 한천하(漢天下)가 실상은 네 수중에 들어 있을 줄이야 어느 누가 생각이나 했겠느냐. 나를 따라오너라. 우리 화각(畵閣)으로 가자."

초선은 왕윤을 따라 화각으로 들어갔다. 왕윤은 즉시 그 안에 있던 시첩(侍妾)들을 모조리 밖으로 물리치고 초선에게 자리를 주어 앉힌 다음 돌연 머리를 땅에 대고 초선에게 절을 하였다.

초선이가 깜짝 놀라 자리에서 내려 땅에 엎드리며

"대감마님께서 이것이 대체 어인 일이십니까."

하니, 왕윤이

"초선아, 너는 부디 이 한나라 생령(生靈)들을 불쌍히 여겨다오."

라고 한마디 하고는 곧바로 두 눈에서 눈물이 샘솟듯 한다.

초선이 다시 한 번

"천첩이 아까도 대감마님께 말씀을 올렸습니다마는 무슨 분부든 내려만 주시면 만 번 죽사와도 사양하지 않겠사오리다."

하고 아뢰자, 왕윤은 무릎을 꿇고 앉아서

"지금 백성은 도탄에 빠져 있고 임금과 신하들은 다 같이 조석을 보존하지 못할 지경에 있으니 네가 아니고는 도저히 이를 구할 사람이 없구나. 역적 놈 동탁이 장차 찬탈할 뜻을 품고 있건마는 조정의 문무백관이 모두 속수무책인 형편이다. 그런데 이 동탁이 놈에게 의자(義子)가 하나 있으니 성은 여요 이름은 포라 효용하기가 세상에 짝이 없는데 내가 보기에는 이 두 자가 모두 호색하는 무리라, 이제 내가 연환계(連環計)를 써서 먼저 너를 여포에게 내주기로 허락해 놓고는 동탁이 놈에게 바칠 것이니 네가 그 사이에서 수단을 부려 저희들 부자 사이에 이간을 붙여 놓고 여포의 손을 빌려 동탁이 놈을 죽여 없애도록 해다오. 이리해서 천하의 크나큰 화근을 덜어 버리고 사직을 다시 붙들어 일으키며 강산을 다시 세운다면 이는 모두 네 힘이다. 그러하니 네 의향은 어떠하냐."

하였다.

"첩은 이미 대감마님께 만 번 죽사와도 사양하지 않겠다고 말씀을 올렸습니다. 첩을 부디 동탁에게 내주십시오. 그러면 그 뒷일은 첩이 다 알아서 하오리다."

"이 일이 만약 누설이라도 되는 날에는 내 집안은 멸문을 당하고 마는 게다."

왕윤이 하는 말에, 초선은

"대감마님은 부디 아무 염려 마십시오. 첩이 만약 대의에 보답하지 못한다면 결단코 그 자리에 죽사옵지 구차스럽게 살려고 안 하겠습니다."

하고 맹세를 굳게 한다. 왕윤은 다시 초선에게 절을 하여 사례하였다.

바로 그 이튿날이다. 왕윤은 자기 집에 비장해 두었던 명주(明珠) 몇 꾸러미를 장인(匠人)에게 내어 주고 금관(金冠) 하나를 얌전히 꾸미게 한 다음, 사람을 시켜 가만히 여포에게 보내 주었다. 여포는 뜻밖의 선물을 받고 마음에 크게 기뻐 친히 왕 사도 댁으로 치사를 하러 왔다.

이때 왕윤은 미리 술과 안주를 준비해 놓고 있다가 여포가 찾아오자 몸소 문 밖에 나가 영접하고 그를 후당으로 인도해 들여 상좌에 올려 앉혔다.

여포가 놀라서

貂嬋　　초선

殄滅國賊　나라의 적들을 모두 없애니
不辱主命　주군의 명에 욕되지 않네
漢室簪纓　한나라 벼슬아치들
不及婦人　여인네만도 못하구나

"저로 말씀하면 승상 수하의 일개 장수에 불과하고 사도께서는 조정의 대신이시온데 어찌 저만 한 사람을 이렇듯 공경하시니 도리어 송구스럽습니다그려."

하고 겸사하는 것을, 왕윤이

"지금 천하에 영웅이라 할 만한 이가 별로 없고 오직 장군 한 분이 계실 뿐이라, 이 사람이 장군의 관작을 공경하는 것이 아니요 실로 장군의 높으신 재주를 공경하여 이러는 것이외다."

하고 추어 주니 여포가 기뻐하기를 마지않는다.

왕윤은 은근히 그에게 술을 권하며 연방 동 태사(太師)와 여포의 덕을 입에 침이 마르도록 칭송하였다. 여포는 입이 함박만큼 벌어져 크게 웃으며 연거푸 술잔을 기울였다.

얼마 있다가 왕윤은 좌우를 물리치고 오직 시첩 몇 명만 자리에 남겨 두어 술시중을 들게 하였다.

그러다 술이 반감에 이르러 왕윤은 문득

"아가더러 좀 나오래라."

하고 분부하였다. 이윽고 두 청의(靑衣) 여동(女童)이 단장을 곱게 한 초선을 이끌어 나온다.

여포가 놀라서

"대체 누굽니까."

하고 묻자, 왕윤은

"이 사람의 딸 초선이외다. 장군과 우리가 한집안이나 다를 바 없기로 불러서 장군을 뵈옵게 하는 것이외다."

하고 즉시 초선에게

"애야, 이 어른이 바로 당대의 영웅 여 장군이시다. 네 장군께 술잔을 올려라."

분부하니, 초선이가 잔에 술을 부어 여포에게 권하는데 벌써 두 사람 사이에 눈빛이 오고 간다.

여포는 한 번 초선을 대하자 이미 그 마음이 황홀하여 초선의 잔을 받으며 그에게 앉기를 청하니, 초선은 짐짓 몸을 일어 안으로 들어갈 듯한다. 이를 보고 왕윤은 짐짓 취한 체하며

"아가, 너 어서 장군께 약주를 더 권해 드려라. 우리는 한집안 처럼 지내는 형편이니."
하고 말하였다.

초선은 그제야 왕윤의 곁에 가 앉았다. 여포는 오직 뚫어져라고 초선이 얼굴만 바라본다.

다시 두어 잔 술을 마시고 나자 왕윤은 손을 들어 초선을 가리키며 여포를 향하여

"내가 이 아이가 미거한 자식이기는 하나 장군이 버리지 않으신다면 장군께 첩으로 드릴까 하는데 장군의 의향은 어떠시오."
하고 물으니 불감청고소원이라, 여포는 그 소리에 놀란 듯 자리에서 일어나

"그렇게만 해 주신다면 제가 어떡해서든 이 은혜를 꼭 보답하겠습니다."
하고 깊이 사례한다.

왕윤이
"내 일간 길일을 택해 부중으로 보내 드리리다."
하니 여포는 마음에 기쁘기 측량없어 연해 초선에게로 눈을 준다. 초선이도 또한 여포에게 은근한 추파로 정을 보낸다.

그로부터 조금 있다가 술자리를 파하게 되었는데, 왕윤이 넌지시

"밤도 늦어 원래는 장군을 내게서 묵어가시게 할까도 생각했으나 혹시 태사께서 괴이쩍게 여기실까 보아 그만두는 게요."

하니, 여포는 그에게 재삼 사례하고 돌아갔다.

그로부터 수일이 지난 어느 날이다.

왕윤은 조당에서 동탁을 만났는데 이때 마침 여포가 곁에 없었다. 왕윤은 이 기회를 타서 땅에 엎드려 동탁에게 절을 하고

"소생이 태사 대감을 제 집으로 하루 모셨으면 하옵는데 태사께서는 왕림해 주시겠습니까."

하고 물었다.

그 말에 동탁이

"사도께서 모처럼 부르시니 내 가리다."

하고 선선히 허락한다.

왕윤은 사례하고 집으로 돌아오자 즉시 전청(前廳) 한가운데 좌석을 차리고 바닥에는 비단을 깔고 안팎에 사면 장막을 둘러쳤다.

이튿날 낮에 과연 동탁이 찾아왔다. 왕윤은 조복을 갖추어 입고 밖으로 나가 동탁에게 재배를 드리고 정중히 영접하였다.

동탁이 수레에서 내려서자 좌위에 창 가진 갑사 백여 명이 전후좌우로 그를 옹위하고 당중(堂中)으로 들어가서 두 줄로 양편에 늘어선다.

왕윤이 다시 한 번 당하에서 재배를 드리자 동탁은 좌위에 명하여 그를 당상으로 부축해 올리게 하고 자기 곁에다 자리를 주었다.

왕윤은 재삼 사양하다 앉으며 공손히 아뢰기를

"태사대감의 성덕이 실로 높고 또 높으시어 비록 이윤(李尹) 주공(周公)6)이라 할지라도 미치지 못할까 하나이다."
하니 동탁이 크게 기뻐한다.

이윽고 잔치가 벌어져 서로 술 마시며 즐길 적에 왕윤은 극진히 공경하는 예로 동탁을 대하였다.

어느덧 날이 저물고 술이 거나하게들 취하자 왕윤이 동탁을 후당으로 청해 들이니 동탁이 갑사를 소리쳐 물리친다. 왕윤은 두 손으로 잔을 받들어 동탁에게 올리며

"소생이 어려서부터 천문을 배워서 대강 짐작하옵는바, 지난밤에 천상(天象)을 살펴보매 한나라의 기수가 이미 다했습더이다. 이제 태사께서 그 크신 공덕을 천하에 떨치시니 만약에 순(舜)임금7)이 요(堯)임금8)을 받고 우(禹)임금9)이 순임금의 뒤를 이으시듯 하신다면 바로 하늘의 마음과 사람의 뜻에 맞을까 보오이다."
하니, 동탁이

"내가 어찌 감히 그러기를 바라겠소."
한다.

---

6) 중국 고대의 명상(名相). 주 문왕(文王)의 아들이요 무왕(武王)의 아우니 이름은 단(旦)이다. 무왕이 돌아간 뒤 어린 성왕(成王)을 보좌하여 천하를 잘 다스렸다.
7) 제순(帝舜) 유우씨(有虞氏). 중국 태곳적 성군(聖君)으로서 당요(唐堯)와 병칭(竝稱)되는 사람. 요(堯)의 선위(禪位)를 받아 천하를 다스리고 뒤에 위를 하우(夏禹)에게 물려주었다.
8) 제요(帝堯) 도당씨(陶唐氏). 중국 상고에 있어 최고의 이상적 제왕. 위를 순(瞬)에게 물려주었다.
9) 하우씨(夏禹氏). 중국 고대 하조(夏朝)의 개조(開祖). 성은 사(姒). 이름은 우(禹). 치수(治水)에 큰 공로가 있어 순(舜)의 선위를 받아 천하를 다스렸다.

왕윤이 다시

"예부터 '도(道) 있는 이가 도 없는 이를 치고 덕(德)이 없는 이가 덕이 있는 이에게 사양한다' 하고 일렀으니 어찌 그를 과분한 일이라 하오리까."

하니, 동탁이 웃으며

"만약 천명(天命)이 과연 내게로 돌아온다 하면 그때 사도는 마땅히 원훈(元勳)이 되시리다."

한다. 왕윤은 다시 절하여 동탁에게 사례하였다.

그는 후당 안에 화촉을 밝혀 놓고 한동안 계집종들만 남겨 두어 술시중을 들고 음식을 드리게 하다가 문득 입을 열어

"교방(敎坊)10)의 풍류는 늘 듣는 것인즉 마침 집에 기악(伎樂)이 있어 한 번 들어 보시게 할까 보오이다."

하니, 동탁이 곧

"거 참 좋은 생각이오."

한다.

왕윤이 윗간에 주렴(珠簾)을 들이게 하니 이윽고 생황 소리 유량하게 이는 가운데 주렴 너머 너울너울 춤을 추는 아름다운 초선의 자태가 그림처럼 아름답다.

그를 칭찬해서 지은 가사가 있다.

　　소양궁(昭陽宮)11) 옛 주인 조비연(趙飛燕)의 후신인가

---

10) 중국 당대(唐代)에 설치된 음악 가무를 맡아 보던 마을이다. 중국 삼국 시대에는 교방이란 명칭이 없었는데 작자가 그냥 차용한 것이다.
11) 후궁의 이름.

손바닥에 올려놓으면 그 위에서도 춤을 추리.
봄날 동정(洞庭) 호수 위로 너울너울 나는 듯
양주곡(梁州曲) 맞추어 춤추고 나자 사뿐 걸어 나오는 양
봄바람에 하늘거리는 한 떨기 명화(名花)런가.
향기 그윽한 화당 안에 봄 뜻이 가득하다

原是昭陽宮裏人
驚鴻宛轉掌中身
只疑飛過洞庭春
按徹梁州蓮步穩
好花風裊一枝新
畵堂香煖不勝春

또한 이런 시도 있다.

잦은 머리 빠른 장단 제비 날기 바쁘구나.
한 조각 가는 구름이 화당에 머물렀네.
그린 듯 검은 눈썹 나그네는 한숨짓고
달같이 환한 얼굴 고인(故人)의 간장이 녹았거니
일소천금(一笑千金) 그 자태를 유전(榆錢)으로 어이 사며
백보(百寶)로 꾸민 단장 유대(柳帶)는 해서 무엇 하리.
춤 한 마당 추고 나자 주렴 너머로 눈을 주며
초 양왕이 누구신가 엿보는 그의 심사

紅牙催迫燕飛忙
一片行雲到畵堂
眉黛促成游子恨

瞼容初斷故人腸
　　楡錢不買千金笑
　　柳帶何須百寶粧
　　舞罷隔簾偸目送
　　不知誰是楚襄王

　춤을 다 추고 나자 동탁이 가까이 오라고 분부해서 초선은 주렴 안으로 들어와 공손히 재배하였다.
　동탁이 보니 초선이의 용모가 심히 아름답다.
　"누구요."
하고 물어서, 왕윤이
　"가기(歌伎) 초선이외다."
하고 대답하니, 동탁이 다시
　"소리도 할 줄 아는가."
하고 묻는다.
　왕윤은 곧 초선에게 분부해서 단판(檀板)에 맞추어 나직이 한마디 부르게 하였다.
　그 정경을 그려 보면 다음과 같다고나 할까.

　　한 점 앵두 같은 붉은 입술 방싯 열어
　　하얀 잇속 드러내고 양춘가(陽春歌)를 부르나니
　　정향나무 꽃봉오리 칼날 같은 혀끝으로
　　간사한 난신(亂臣)일랑 한 번 베어 보자꾸나.

　　一點櫻桃啓絳脣

兩行碎玉噴陽春
丁香舌吐衛鋼劍
要斬姦邪亂國臣

동탁이 칭찬하기를 마지않는다. 왕윤은 초선이더러 잔을 드리라고 분부하였다. 동탁이 술잔을 손에 받아들며
"몇 살이냐."
하고 물으니, 초선이
"천첩의 나이 바야흐로 이팔이로소이다."
하니, 동탁이 빙그레 웃으며
"참으로 신선 가운데 사람이로고."
한다.
왕윤은 동탁의 마음이 이미 초선에게 사로잡힌 것을 알자, 자리에서 일어나 그를 보고 한마디 하였다.
"소생은 이 계집을 삼가 태사께 바칠까 하옵는데 대감께서는 쾌히 용납해 주실는지요."
동탁이 여공불급하게
"원 그렇게 하시면 내가 그 은혜를 무엇으로 갚소."
한다.
"천만의 말씀이십니다. 이 계집이 태사대감만 뫼시게 된다면 제게 그런 복이 어디 있사오리까."
왕윤의 말에 동탁은 재삼 칭사하여 마지않는다.
그 길로 왕윤은 수레를 준비하게 하여 먼저 초선을 태워 승상부중으로 보냈다. 이를 보고 동탁 또한 자리에서 일어나며 저도

그만 돌아가겠노라 하직을 고한다. 왕윤은 말을 타고 친히 동탁을 상부까지 배웅하였다.

　왕윤이 동탁을 작별하고 집으로 돌아오는데 길을 반쯤이나 왔을까 하여 문득 등 뒤에서 두 줄 홍등(紅燈)이 길을 환히 비치는 가운데 여포가 화극을 손에 들고 말을 달려오는 것이 아닌가. 여포는 왕윤을 노상에서 만나자 말을 뚝 세우고 한 손으로 왕윤의 옷깃을 움켜쥐며

　"사도는 이미 초선을 내게 주마고 언약해 놓고 이제 다시 태사에게 바치니 사람을 놀려도 분수가 있지, 이럴 데가 어디 있소."
하고 소리를 가다듬어 따지려 든다.

　왕윤은 손을 들어 급히 그의 말을 막고 조용히 한마디 하였다.
　"예서 이야기할 거리가 못 되니 장군은 내 집으로 좀 가십시다."
　여포는 분을 참지 못해 씩씩거리며 왕윤을 따라 함께 집으로 갔다. 두 사람은 말에서 내려 후당으로 들어가 손과 주인이 자리를 나누어 앉은 다음, 왕윤이 비로소 입을 열어
　"대체 장군은 어찌해 이 사람을 탓하시오."
하고 물으니, 여포는
　"누가 와서 일러 주는데 대감이 초선을 수레에 태워 승상 부중으로 들여보냈다고 합디다그려. 이게 대체 어찌된 일인지 어디 사도 말 좀 들어 봅시다."
하고 되묻는다.

　왕윤은 조용히 말하였다.
　"그것은 장군이 일의 자초지종을 모르고 하시는 말씀이오. 실은 어제 조당에서 태사대감이 이 사람을 보시고 '내가 좀 할 말

이 있어서 내일 사도를 댁으로 찾아뵙겠소' 하시길래 내 집에 돌아와 태사를 뫼시려고 약간의 주식을 준비했던 게요. 그런데 태사께서 약주를 몇 잔 드시더니 문득 하시는 말씀이 '내 들으매 대감이 따님 하나를 두어 이름은 초선이라고 한다는데 대감이 이미 영애를 우리 아이 봉선에게 주마고 말씀이 있으셨답디다그려. 그래 혼인을 아주 완정도 시킬 겸 영애를 한 번 보자고 왔소' 하십디다. 그래 이 사람이 감히 거역 못하고 초선을 불러내어 시아버님 되실 분께 문안드리게 했소그려. 그랬더니 태사 말씀이 '오늘 날이 마침 좋으니 내 아주 영애를 데리고 가 봉선과 짝을 지워 주겠소' 하시는구려. 장군도 좀 생각해 보우. 태사대감께서 친히 나셔서 하시는 일인데 그래 뉘 분부라고 이 사람이 감히 거역한단 말씀이오."

듣고 나자 여포가,

"제가 그만 잘못 알고 그랬으니 사도께서는 부디 용서해 주십시오. 내일 제가 다시 죄를 청하러 찾아뵙겠습니다."

하고 사죄하는데 왕윤이

"내 아이가 쓰던 경대며, 향합(香盒) 따위도 있고 한데, 그애가 이제 장군 부중으로 들어가는 대로 곧 보내 드리도록 하오리다."

하니 여포는 그에게 깊이 사례하고 돌아갔다.

그 이튿날 여포가 부중에서 기다리고 있는데 종시 아무런 소식이 없다. 마침내 당중으로 들어가 동탁의 시첩들을 보고 물어 보니, 시첩의 대답이

"간밤에 태사대감께서 새 사람과 동침하셨는데 아직 기침 안

하셨답니다."
한다.

여포는 대로하여 잠깐 어찌할 바를 모르다가 가만히 동탁의 침방 뒤로 돌아가 동정을 살폈다.

이때 초선은 자리에서 일어나 창 앞에 가 앉아 머리를 빗고 있다가 무심히 창밖으로 눈을 주니 못 가운데 사람의 그림자가 어른거리는데 허우대가 극히 장대하고 머리에는 속발관을 쓰고 있다. 살짝 곁눈질을 해 보니 바로 여포다.

초선은 곧 미간을 찡그려 수심에 싸여 있는 태를 지으며 또 비단 수건을 들어 몇 번인가 눈물을 씻는 시늉을 하여 보인다. 여포는 한동안 이 모양을 바라보다가 밖으로 나와 버렸다.

얼마 뒤에 여포가 다시 들어가 보니 동탁이 어느 틈에 일어나 중당에 나와 있다. 그는 여포를 보자

"밖에 무슨 일이나 없느냐."

하고 묻는다. 여포는

"별일 없습니다."

하고 그의 곁에 가 뫼시고 섰다.

이윽고 동탁이 조반상을 받았는데 여포가 곁눈으로 가만히 살펴보니 수렴 안에서 여인 하나가 왔다 갔다 하며 흘깃흘깃 밖을 엿보다가 마침내 얼굴을 반쯤 내밀고 눈으로 정을 보낸다.

여포는 그것이 바로 초선임을 알고 혼백이 다 허공에 떴다.

동탁이 여포의 이런 꼴을 보고는 마음속에 은근히 의혹이 들어

"봉선이는 별일 없거든 그만 물러가거라."

하고 분부하니 여포는 가슴에 앙앙(怏怏)한 생각을 품고 밖으로 나

와 버렸다.

한 번 초선이를 데려온 뒤로 동탁은 그만 색에 혹해서 월여를 일을 보러 나오지 않았다.

그러다 동탁이 우연히 병이 나서 자리에 눕게 되었는데 초선은 뜬눈으로 밤을 새워 가며 있는 정성을 다해서 병구완을 하였다. 이것을 보고 동탁은 더욱 마음에 기특하게 여겼던 것이다.

하루는 여포가 병문안을 하러 들어오니 이때 마침 동탁은 잠이 들어 있는데 동탁이 누워 있는 침상 뒤에 초선이 반신을 드러내어 여포를 바라보고 손으로 저의 가슴을 가리키고 다시 그 손으로 동탁을 가리키며 말없이 눈물만 흘리고 서 있다.

여포의 간장이 그대로 스러지는 것만 같은데, 동탁이 막 잠에서 깨어 몽롱한 중에 무심히 보니 여포가 꼼짝 않고 서서 침상 뒤를 뚫어져라 보고 있다. 몸을 돌려 살펴보니 바로 초선이가 침상 뒤에 서 있는 것이다.

동탁은 대로하여

"네가 감히 내 애희(愛姬)를 희롱하느냐."

하고 여포를 꾸짖으며 곧 좌우를 불러서 그를 밖으로 몰아내게 하고 다시는 당중으로 들어오지 못하게 하라고 분부하였다.

여포는 가슴에 크나큰 한을 품고 돌아가다가 마침 문을 들어서는 이유를 만나 그에게 그 이야기를 하였다.

이유는 그 말을 듣자 그 길로 동탁을 들어가 보고

"태사께서 장차 천하를 취하려 하시면서 어찌하여 조그만 과실을 가지고 온후를 그리 책하십니까. 만약에 그의 마음이 한 번 변하고 보면 대사는 틀리고 마오리다."

하고 말하였다.

"그럼 이제 어떻게 했으면 좋겠느냐."

동탁이 물으니 이유는

"내일 아침 온후를 불러들이셔서 금백(金帛)을 내리시고 좋은 말씀으로 그 마음을 위로해 주시면 자연 무사하오리다."
하고 대답하였다.

동탁은 그의 말을 좇아 그 이튿날 사람을 보내 여포를 당중으로 불러들인 후

"어제는 내가 병중에 심신이 황홀해서 하치않은 일을 가지고 네게 말을 좀 심하게 했나 본데 행여나 네 어찌 알지 마라."
하고 그를 위로한 다음, 금 열 근과 비단 스무 필을 그에게 내렸다.

여포는 그에게 사례하고 돌아갔다. 그러나 그의 몸은 동탁의 좌위에 있으나 실상 그의 마음은 한결같이 초선에게 매어 있었던 것이다.

동탁은 병이 다 낫자 국사를 의논하러 입조하였다. 여포는 화극을 들고 그를 따라 함께 궐내로 들어갔으나, 동탁이 헌제와 함께 이야기를 시작하자 그 틈을 타서 그 자리를 빠져나와 화극을 들고 몰래 내문(內門)을 나서서 말을 몰아 바로 상부로 갔다.

말을 부문(府門) 앞에 매어 놓고 여포는 손에 화극을 들고 후당으로 들어가서 초선을 찾아보았다. 초선은 그를 보고

"장군께선 먼저 후원 봉의정(鳳儀亭)에 가서 기다리고 계셔요."
하였다.

여포는 화극을 들고 바로 후원으로 들어가 봉의정 아래 굽은 난간에 기대서서 초선이 오기만 기다렸다.

한동안이 지나서야 초선이가 꽃나무 사이를 지나 버들가지를 헤치며 앞으로 나오는데, 그 아리따운 자태가 바로 월궁선자(月宮仙子)다.

여포 곁으로 오자 초선은 울면서

"제가 비록 왕사도의 친딸은 아니지만 댁 대감께서 기출(己出)같이 알아주시는 터입니다. 한 번 장군을 만나 뵙고 백년 고락을 함께하기로 언약을 맺은 뒤로 저는 평생소원이 이루어졌다고 기뻐했더니 태사께서 옳지 않은 생각을 잡수시고 제 몸을 더럽히실 줄이야 누가 생각이나 했겠습니까. 제가 그 당장에 죽어 버리지 못한 것이 분합니다마는 장군을 한 번 뵙고 작별 말씀이나 드려 보자는 마음에서 오늘까지 욕을 참고 살아 온 것입니다. 이제 다행히 장군을 만나 뵈었으니 제 원은 풀었습니다. 이 몸은 이미 더럽힌 터이라 다시 영웅을 섬길 수 없으니 장군 앞에서 차라리 목숨을 끊어 제 뜻이나 알려 드리겠나이다."

하였다.

말을 마치자 초선은 손으로 난간을 휘어잡고 바로 연못을 향하여 뛰어들려고 하였다.

여포는 황망히 달려들어 그를 껴안았다. 그리고 저도 눈물을 흘리며

"내가 네 마음을 안 지는 오래다. 다만 너와 한자리에서 이야기를 해 볼 기회가 없었던 것이 한이었을 뿐이지."

하며 울먹였다.

초선은 여포로부터 몸을 빼치려 앙탈을 부리며

"제가 이생에서는 장군의 아내가 될 수 없으니 저생에나 기약

을 둘까 봐요."

하며 눈물을 흘리니, 여포가 결연히

"아니다. 내가 이생에서 너를 내 아내로 삼지 못한다면 영웅이 아니리라."

하니,

"제가 지금 날을 해처럼 보내고 있으니 장군께서는 어여삐 여기시고 하루빨리 구해 주셔요."

하고 초선이 애원하는데, 여포는

"내가 지금 몰래 빠져나온 길이라 늙은 도적놈이 혹시 의심이나 하면 아니 되겠으니 그만 가 보아야겠구나."

하고 그 자리를 떠나려 한다.

초선은 그의 옷자락을 부여잡고

"장군께서 이처럼 늙은 도적놈을 두려워하시니 제 몸이 햇빛을 볼 날은 영영 없겠군요."

하니, 여포는 잠깐 발길을 멈추고 서서

"내 차차 좋을 도리를 생각해 보마."

라고 한마디 하고 다시 화극을 들고 나가려 한다.

초선은 그를 보고

"제가 규중에 깊이 들어앉아서 장군의 고명하신 함자를 우레처럼 듣고 당세 영웅은 오직 한 분뿐이라고만 믿었는데, 오늘날 도리어 이렇듯 남의 절제를 받고 계실 줄이야 누가 생각이나 했겠어요."

하였다.

말을 마친 초선은 그대로 눈물이 비 오듯 한다.

여포는 마음에 참괴해서 얼굴이 왈칵 붉었다. 그는 다시 화극을 곁에 세워 놓고 몸을 돌이켜 초선을 품에 끌어안으며 연해 좋은 말로 그를 위로하였다.

두 사람은 서로 부둥켜안고 차마 떨어지지를 못하였다.

이때 동탁은 전상(殿上)에서 문득 뒤를 돌아보고 여포가 그 자리에 없는 것을 알자 마음에 의혹이 들어 총총히 헌제에게 하직을 고한 다음 수레를 타고 집으로 돌아왔다.

여포의 말이 부문 앞에 매어 있는 것을 보고 문리(門吏)에게 급히 물으니, 문리의 말이

"온후께서 후당으로 들어가셨소이다."

한다.

동탁은 곧 좌우를 물리치고 여포를 찾으러 바로 후당으로 들어갔다. 그러나 여포는 어디에도 보이지 않는다.

그는 이번에는 초선을 불러 보았다. 그러나 초선이 역시 보이지 않았다. 동탁이 시첩에게 급히 물어 보니, 시첩의 말이

"초선은 후원에서 꽃을 보고 있답니다."

하고 일러 준다.

그는 곧 후원으로 찾아 들어갔다. 그리고 동탁은 여포가 화극을 한 옆에 세워 놓고 초선과 봉의정 아래서 이야기하고 있는 것을 보았다.

동탁이 노해서 소리를 한 번 지르니 여포는 동탁이 온 것을 보고 깜짝 놀라 몸을 홱 돌려 뺑소니를 쳤다. 동탁은 그의 화극을 집어 들고 여포를 겨누며 뒤를 쫓았다. 그러나 여포의 걸음이 원체 재서 동탁은 비둔한 몸으로 따라갈 수 없었다. 그는 여포를 향

해서 화극을 던졌다. 그러나 여포는 날아오는 화극을 손으로 탁 쳐서 땅에 떨어뜨리고 그대로 달아난다. 동탁이 화극을 집어 들고 다시 보았을 때 여포는 이미 멀리 간 뒤였다.

동탁이 그대로 여포의 뒤를 쫓아 후원 문을 뛰어나가려는데 웬 사람 하나가 밖에서 마주 뛰어 들어오다가 바로 그의 가슴을 들이받아 동탁은 그만 땅바닥에 나자빠지고 말았다.

　　노기(怒氣)는 하늘을 찔러 천 길이나 높았는데
　　살찐 몸이 땅에 자빠져 한 무더기는 실하구나.

그는 대체 어떤 사람인고.

왕 사도를 도와 여포는 역적을 죽이고
가후의 말을 듣고 이각은 장안을 범하다

| 9 |

그때 동탁을 부딪쳐 쓰러뜨린 사람은 바로 이유였다. 이유가 황급히 동탁을 부축해 일으켜 함께 서원(書院) 안으로 들어가서 좌정하고 나자 동탁이

"네 어째서 왔더냐."

하고 물으니, 이유가 아뢰는 말이

"제가 마침 부문 앞까지 왔다가 대감께서 역정이 나셔서 후원으로 여포를 찾으러 들어가셨다는 말을 듣고 급히 들어오려니까 마침 안에서 여포가 달려 나오며 '태사가 날 죽인다' 하고 외치기에 제가 노여움을 좀 풀어 드릴까 하고 황망히 후원으로 뛰어 들어가다가 그만 부지중에 대감과 부딪친 것이니 이런 황송할 데가 없습니다."

한다.

동탁이 아직도 노기가 풀리지 않아

"아, 그 역적 놈이 언감 내 애희를 희롱하니 내 맹세코 그놈을 죽여 버리고야 말 테다."

하니, 이유가 말하였다.

"그것은 대감께서 옳지 않습니다. 옛날에 초 장왕(莊王)이 절영지회(絕纓之會)[1]에서 자기의 애희를 희롱한 장웅(蔣雄)의 죄를 묻지 않았더니 그 뒤에 초 장왕이 진(秦)나라 군사한테 쫓겨 그 목숨이 하마 위태로웠을 때 장웅이 죽을힘을 다해 구해 주어 마침내 그 화를 면할 수 있었다고 하옵니다. 이제 초선으로 말하면 일개 여자에 지나지 않고 여포로 말하면 곧 대감의 심복 맹장이라, 만약 대감께서 바로 이번 기회에 초선을 여포에게 내어 주시고 볼 말이면 여포가 그만 크게 감격해서 반드시 죽기로써 대감 은혜에 보답하려 할 것이니 대감께서는 부디 세 번 생각해 보십시오."

하고 권한다.

동탁은 한동안 생각에 잠겨 있다가 마침내 입을 열어

"네 말도 근리하니 내 한 번 생각을 해 보마."

해서, 이유는 그에게 사례하고 물러나왔다.

동탁은 후당으로 들어가자 초선을 불러

---

1) 중국 춘추시대에 초 장왕(莊王)이 어느 날 여러 신하들을 모아 놓고 야연(夜宴)을 베푼 일이 있었다. 이때 바람에 촛불이 꺼졌는데 그 틈을 타서 왕후의 옷자락을 잡아 끈 자가 있었다. 왕후는 재빨리 그 자의 갓끈[纓]을 끊어 놓고 왕에게 범인을 사실(査實)해 달라 하였으나 왕은 이를 덮어 두고 추궁하지 않았다. 그 뒤 왕이 다른 나라와 싸우다가 패해 거의 죽게 되었을 때 한 장수가 목숨을 내어 놓고 적과 싸워 왕을 구해 내었으니 그가 바로 전날 왕후의 옷자락을 끌던 사람이었다. 그러나 여기서 그 사람의 이름을 장웅(蔣雄)이라 한 것은 작자가 지어낸 것이요, 또 진(秦)나라와 싸운 것도 아니다.

"네 어찌하여 여포와 사통하느냐."

하고 물었다. 초선이가 울면서

"첩이 후원에서 혼자 꽃을 보고 있노라니 여포가 별안간 화극을 들고 달려 들어오겠지요. 그래 첩은 깜짝 놀라 몸을 피하려 들었는데 여포가 '나는 태사대감의 아들인데 구태여 피할 것이 무에요.' 하면서 첩의 뒤를 쫓아 봉의정까지 오지 않겠어요. 첩은 아무래도 그 마음이 불량한 것을 보고 겁박이나 당하지 않을까 두려워 즉시 연못에 몸을 던져 죽으려고 했는데, 아 글쎄 그놈이 와락 달려들어 껴안고 놓지를 않아 바로 생사지간에 있을 때 마침 대감께서 와 주셔서 요행히 위태한 목숨이 살아난 것이에요."

하고 대답한다.

동탁이

"내 이제 너를 여포에게 내어 줄까 하는데 그래 네 생각에는 어떠하냐."

라고 한마디 하니, 초선은 소스라쳐 놀라 울면서

"첩이 이미 이 몸으로 귀인을 섬긴 터에 이제 갑자기 종놈에게 내어 주겠다시니 차라리 죽으면 죽사옵지 첩은 결단코 이런 욕을 보며 살지는 않겠어요."

하고 곧 벽에 걸린 보검을 빼어 들더니 제 손으로 목을 찔러 죽으려 한다.

동탁이 황망히 칼을 뺏고 그를 얼싸안으며

"내 잠깐 너를 희롱해 본 것이다."

하니, 초선은 그대로 동탁의 품에 가 쓰러져 손으로 낯을 가리고 울면서

"이것은 틀림없이 이유의 계교예요. 이유가 본래 여포하고 친하니까 대감의 체면이나 첩의 목숨 같은 것은 애당초 돌아보려고도 않고 이 계교를 꾸며 낸 것이에요. 내 그저 그놈의 고기를 산 채로 씹어 먹고야 말 테야."

하고 이유만 벼른다.

  동탁이

"내가 어찌 차마 너를 버리겠느냐."

하고 말하였으나, 초선은

"아무리 대감께서 첩을 어여삐 여겨 주신다 해도 이대로 이곳에 오래 있다가는 꼭 여포 손에 죽을 것만 같아요."

하고 말하여, 동탁은 마침내

"내 내일 너하고 미오(郿塢)로 가서 함께 낙을 볼까 하니 아무 걱정 말아라."

하고 말하였다.

  그제야 초선은 비로소 눈물을 거두고 그에게 사례하였다.

  그 이튿날 이유가 들어와서 동탁을 보고

"오늘 날이 좋으니 초선을 여포에게 보내 주시도록 하시지요."

하고 말하였으나, 동탁은

"내가 간밤에 생각해 보니, 여포가 나하고 부자의 의를 맺은 터에 초선을 제게 내어 준다는 것이 우습지 않겠느냐. 내 다만 제 죄를 묻지 않기로 하겠으니 네 내 뜻을 여포에게 전하고 좋은 말로 위로해 주도록 하여라."

하고 딴 소리를 한다.

  이유가

"황송한 말씀이오나 대감께서 여자한테 현혹되셔서는 아니 되십니다."

하니, 동탁은 더럭 화를 내며

"네 계집은 그럼 여포한테 내 주겠느냐. 초선이 얘기는 두 번 다시 하지도 마라. 다시 초선을 입에 담았다가는 내 너를 참하고 말 테다."

하고 딱 잘라서 말을 한다.

이유는 하는 수 없이 밖으로 물러나오며 하늘을 우러러

"우리가 모두 여자 손에 죽는구나."

하고 탄식하였다.

후세 사람이 책을 읽다가 이 대목에 이르러 감탄하기를 마지않으며 지은 시가 있다.

   귀신도 곡을 하리 왕 사도의 묘한 계책.
   칼 하나 안 쓰고도 적을 잡는 다홍치마.
   세 영웅들 부질없이 호로관서 싸웠구나.
   승전의 노랫소리는 봉의정에서 오르는 것을.

동탁이 그날로 영을 내려 미오로 떠나는데 문무백관이 모두 들끓어 나와서 동탁을 배웅할 제, 이때 초선이 수레 속에 앉아 가만히 살펴보니 멀리서 여포가 여러 사람들 틈에 끼어 자기가 타고 있는 수레만 눈이 빠지게 바라보고 있다. 초선은 곧 낯을 가리고 짐짓 통곡하는 시늉을 하여 보였다.

수레가 이미 멀리 사라진 뒤에도 여포는 언덕 위에 말을 세우고 서서 수레 뒤에 자욱하게 일어나는 티끌을 바라보며 통탄해 하기를 마지않았다.

이때 홀연 한 사람이 그의 등 뒤에서

"온후는 어찌하여 태사를 따라가시지 않고 이곳에 남아 한숨만 쉬시오."

하고 말을 건넨다. 여포가 돌아다 보니 그는 다른 사람이 아니라 바로 사도 왕윤이었다.

서로 인사를 나누고 나자 왕윤이

"늙은 사람이 그간 대수롭지 않은 병으로 해서 두문불출하고 지내느라 여러 날 장군을 뵈옵질 못했소이다. 그러던 중에 오늘은 태사께서 미오로 돌아가신다는 말씀을 들었기에 병을 무릅쓰고 이처럼 나왔던 것인데 다행히 이곳에서 장군을 만나 뵈니 반갑기 측량 없소이다. 그러나 대체 장군은 무엇 때문에 그처럼 한숨을 쉬고 계시오."

하고 물으니, 여포가

"바로 대감의 따님 때문입니다."

하고 대답한다.

왕윤은 짐짓 놀라는 체하며

"아니 초선을 여태 장군께로 보내지 않았단 말씀이오."

라고 한마디 묻자, 여포가

"그 늙은 도적놈이 이때까지 제가 데리고 재미를 본답니다."

하고 대답하자, 왕윤은 더욱 크게 놀라며

"원 세상에 이럴 법이 어디 있을꼬."

하고 괴탄하기를 마지않는다.

여포가 그간 지낸 일을 하나하나 들면서 왕윤에게 호소하니 왕윤은 그를 쳐다보고 연해 발을 구르며 한동안 말을 못하다가, 한참만에야 다시 입을 열어

"태사가 이렇듯 금수의 행실을 하실 줄이야 뉘 알았겠소."
하고 못내 괴탄하더니 문득 여포의 손을 덥석 잡으며

"우선 내게로 가서 우리 앞일을 의논하십시다."
하고 끌어서 여포는 마침내 왕윤을 따라 그의 집으로 갔다.

왕윤은 곧 여포를 밀실로 청해 들이고는 술을 내어 은근히 대접하였다. 여포가 또 봉의정에서 초선과 서로 만난 일을 세세히 이야기하니, 왕윤이 듣고 나자

"태사가 내 딸을 욕을 뵈고 또 장군의 아내를 뺏었으니 참으로 천하가 다 비웃을 일이오. 아니 태사를 비웃는다는 것이 아니라 이 사람과 장군을 비웃으리란 말씀이외다. 그러나 이 사람으로 말하면 노매무능(老邁無能)한 무리라서 족히 들어 말씀할 거리가 못 되겠지만 장군은 천하의 영웅으로서 이 같은 욕을 보시니 참으로 통분한 일이 아니겠소."
하고 또 괴탄한다.

여포는 노기충천해서 주먹으로 상을 치며 소리를 질렀다. 왕윤이 급히 그를 만류하며

"이 늙은 사람이 잠깐 실언을 하였소이다. 부디 장군은 고정하시오."
하니, 여포가

"맹세코 이 늙은 도적놈을 죽여 내가 받은 이 치욕을 씻어 버리고야 말겠소."

하고 소리친다. 왕윤은 급히 손을 들어 그의 입을 틀어막으며

"장군은 제발 그런 말씀을 마시오. 이 늙은 사람한테까지 누가 미칠까 두렵소이다."

하자, 여포는

"사내대장부가 천지간에 나서 어찌 남의 밑에서 울울하게 눌려만 지내고 있겠소."

하였다.

왕윤이

"실상 말씀이지 장군의 재주를 가지고 태사의 절제를 받고 지내시다니 그건 말이 안 되지요."

하고 한마디 하니, 여포가 문득

"그런데 내가 이 늙은 도적놈을 죽이고 싶어도 저하고 부자의 정이 있어 놓아 후세에 누가 뭐라 하지나 않을까 그것이 걱정입니다."

한다.

그 말에 왕윤이 빙그레 웃으며

"장군의 성은 여씨요 태사의 성은 동씨외다. 더구나 화극을 던질 때 무슨 부자지정이 있었겠소."

하니, 여포가 분연히 하는 말이

"사도 말씀이 아니었으면 내 그만 일을 그르칠 뻔했습니다."

한다.

왕윤은 그가 이미 뜻을 정한 것을 보고 곧 순순히 타일렀다.

"장군이 만약에 한실을 붙들어 세운다면 이는 곧 충신이라 그 이름이 청사에 오르고 꽃다운 명성이 백세 후까지 전하게 되지마

는, 만약 장군이 동탁을 도울 말이면 이는 갈데없는 역신이라 그 행적이 사필(史筆)에 실려 그만 더러운 냄새를 만 년이나 두고 풍기게 되오리다."

여포는 자리에서 내려 그에게 절을 하고 말하였다.

"제가 이미 뜻을 결단했으니 사도께서는 다시 의심하지 마십시오."

"그러나 일이 혹 제대로 안 되고 보면 도리어 큰 화를 불러일으키게 되는 게니 그것이 두렵소."

여포가 선뜻 차고 있던 칼을 빼어 제 팔을 찔러 피를 내서 맹세를 한다.

왕윤은 무릎을 꿇어 사례하며 말하였다.

"한나라 사직이 망하지 않는다면 이는 다 장군의 덕택이니 부디 이 일을 누설하지 마시오. 시기가 이르는 대로 계교를 정해 내 장군께 통기해 드리리다."

여포는 개연히 응낙하고 돌아갔다.

왕윤은 곧 복사야(僕射) 사손서(士孫瑞)와 사예교위(司隷校尉) 황완(黃琬)을 청해 앞일을 의논하였다.

사손서가 말한다.

"그간 상감께서 미령(靡寧)하시다가 요즈음에 평유(平癒)하셨으니 언변이 있는 사람을 하나 미오로 보내 대사를 의논하자고 꾀어 동탁을 불러오게 하고, 한편으로 천자의 밀조를 여포에게 주어 갑병을 조문(朝門) 안에 매복해 두었다가 동탁을 유인해 들여 주살해 버리는 것이 상책이외다."

황완이 있다가

"누구를 보내는 게 좋겠소."

하고 물어서, 사손서가 다시

"여포와 동향 사람인 기도위(騎都尉) 이숙(李肅)이 그간 동탁이 제 벼슬을 올려 주지 않았대서 은근히 원혐을 품고 있는 모양이오. 이 사람을 보내면 동탁도 의심하지 않으리다."

한다.

왕윤이

"좋소."

하고 다시 여포를 청해다가 같이 의논하니, 여포가

"전일에 나를 권해서 정건양(丁建陽)을 죽이게 한 것이 바로 이 사람입니다. 이번에 제가 만약 안 가겠다면 내가 저부터 먼저 목을 베어 버리렵니다."

하고, 즉시 사람을 보내 비밀히 이숙을 불러다 놓고

"전일에 공은 나를 꾀어 정건양을 죽이고 동탁에게 오게 만들지 않았소. 이제 동탁이 위로는 천자를 기망하고 아래로는 백성을 못살게 구니 그 죄가 천지에 가득 차서 사람과 귀신이 다 함께 통분해하는 터이오. 내 생각에는 공이 이번에 미오로 가서 천자의 조서를 동탁에게 전하고 궐내로 불러들여다가 복병을 내서 죽여 버린 다음 한실을 붙들어 세워 한 가지로 충신이 되었으면 하는데 공의 의향이 어떻소."

하고 물으니, 이숙이 선뜻

"나도 이 도적놈을 없애 버리려고 마음먹은 지 오래였으나 다만 마음 같은 사람이 없어 한이었는데 이제 장군의 생각이 그러시다면 이는 하늘이 주신 기회라 내가 어딜 감히 두 마음을 두리까."
하고 화살을 꺾어 맹세를 한다.

왕윤은

"공이 만약 이 일을 성사만 시켜 논다면 현관(顯官)을 못 얻어 할까 근심할 일이 어디 있겠소."

하고 한마디 하였다.

그 이튿날 이숙은 수하에 십여 기를 거느리고 미오로 갔다. 사람이 들어가 천자께서 조서를 내리셨다고 보하자 동탁은 곧 그를 안으로 불러들였다.

이숙이 들어가서 절을 하니, 동탁이

"천자께서 무슨 조서신가."

하고 묻는다.

"예. 천자께서 요즈음 평복(平復)하시어 문무백관을 미앙전(未央殿)에 모으시고 장차 태사께 선위(禪位)를 하시려고 이 조서를 내리신 것이외다."

"왕윤의 뜻은 어떤고."

"왕 사도께서는 벌써 영을 내려 수선대(受禪臺)2)를 쌓게 하시고 오직 주공께서 오시기만을 고대하고 계십니다."

동탁은 마음에 크게 기뻐

"내 간밤에 용 한 마리가 몸에 와 휘감는 꿈을 꾸었더니 오늘 과연 이런 희소식을 듣는구먼. 때를 놓쳐서는 아니 되겠다."

하고 즉시 자기 심복 장수들 이각, 곽사, 장제, 번조 네 사람에게

---

2) 천자로부터 제위(帝位)의 선양(禪讓)을 받기 위하여 쌓아 놓은 대.

명하여 비웅군(飛熊軍) 삼천 명을 거느려 미오를 지키게 한 다음, 자기는 그날 바로 행차를 차려 경사로 올라가기로 하고, 이숙을 돌아보며

"내가 황제가 되면 너는 집금오(執金吾)[3]를 시켜 주마."

한다. 이숙은 절하여 사례하며 그의 앞에 칭신(稱臣)하였다.

동탁이 노모에게 하직을 고하려고 안으로 들어가니 때에 그 어미의 나이 구십여 세라

"우리 아이가 어디를 가노."

하고 물어,

"제가 지금 천자의 위를 물려받으러 가는 길이니 모친께서는 머지않아 태후가 되시리다."

하고 대답하니, 그 어미의 말이

"내가 요즈음 공연히 살이 떨리고 가슴이 두근거리니 아무래도 좋은 조짐은 아닐까 보다."

한다.

동탁은 대수롭지 않게

"장차 국모가 되시려니 미리 그런 조짐이 어찌 없겠습니까."

하고 마침내 어미를 하직하고 떠나는데, 떠나기에 미처 초선을 보고

"내가 천자가 되면 너는 귀비(貴妃)로 삼아 주마."

하니 초선은 대뜸 일이 이미 성숙된 줄 알고 거짓 기뻐하는 양을 보이며 절을 해 사례하였다.

---

3) 궁문(宮門)을 경호하는 소임을 맡아 보던 한나라 때의 벼슬 이름.

동탁이 수레를 타고 미오를 나서 일천 명 갑사로 전차후옹(前遮後擁)하고 장안을 향하여 올라오는데 삼십 리를 못 와서, 괴이도 하다, 그가 탄 수레의 바퀴 하나가 부서진다.

동탁은 노하여 어자(御者)를 내어다 목 베어 죽인 다음 수레를 버리고 말에 올랐다.

그러나 다시 가기 삼십 리를 못 다하여 말이 별안간 앞굽을 번쩍 들며 소리 높여 울더니 고삐를 끊는다.

동탁은 이숙을 보고 물었다.

"수레바퀴가 부서지고 말이 고삐를 끊으니 이게 무슨 조짐인고."

이숙이

"대감께서 한나라 천자의 선위를 받으러 가시는 길이니 옛것을 버리고 새것으로 바꾸시어 장차 옥련(玉輦)과 금안(金鞍)을 타실 조짐이외다."

하니 동탁이 마음에 흡족해서 그러려니 한다.

이튿날 또 가는데 난데없는 광풍이 일어나며 검은 안개가 하늘을 덮는다.

"이건 또 무슨 길조냐."

동탁이 이숙에게 물으니, 이숙의 대답이

"주공께서 보위에 오르시매 반드시 홍광자무(紅光紫霧)로써 천자의 위엄을 장하게 하려는 것이외다."

한다. 동탁은 이번에도 기뻐하며 조금도 의심하지 않았다.

마침내 성 밖에 당도하니 백관이 다들 나와 영접하는데 오직 이유만 병으로 집에 누워 있어 나오지를 못하였다.

동탁이 상부에 나아가자 여포가 들어와서 하례한다. 동탁은 그를 보고 말하였다.

"내가 보위에 오르면 너는 응당 천하 병마를 총독하게 될 것이다."

여포는 절을 해 사례하고 장전(帳前)에서 하룻밤을 지냈다.

이날 밤 어린아이 십여 명이 교외에서 노래를 부르는데 그 노랫소리가 바람에 불려서 장중까지 들려왔다.

천리초(千里草)[4] 푸르기도 하구나.
십일복(十日卜)[5] 다시 살든 못하리.

그런데 그 노랫소리가 심히 처량하다. 동탁은 이숙을 보고 다시 물었다.

"이 동요는 대체 길한 거냐 흉한 거냐."

이숙은

"이 노래도 역시 유씨가 멸하고 동씨가 흥한다는 뜻을 말하는 것이외다."

하고 대답하였다. 이숙의 말이면 믿어 의심하지 않는 동탁이다. 유씨가 망하고 동씨가 흥한다는 말에 다시 입이 벌어졌다.

이튿날 이른 아침에 동탁이 전후좌우로 의종(儀從)들을 거느리고 대궐로 들어가는 길에 보니 웬 도인 하나가 몸에는 푸른 도포를 입고 머리에는 흰 두건을 쓰고 손에 긴 장대를 잡고 서 있는데

---

4) 초두(艸) 아래 천리(千里)를 하면 동탁의 성인 동(董) 자다.
5) 복(卜) 아래 일(日)하고 십(十)이면 동탁의 이름 탁(卓) 자가 된다. 곧 이 동요는 동탁이 비명(非命)에 죽을 것을 예견하고 있다.

董卓　　동탁

霸業成時爲帝王　　패업을 이루었을 땐 제왕이 되나
不成且作富家郞　　이루지 못해도 부자는 되는데
誰知天意無私曲　　누가 알았으랴 하늘은 사사로움이 없음을
郿塢方成已滅亡　　미오궁이 이루어지기 무섭게 망했구나

막대 위에는 베 한 폭을 붙들어 매었고 베 위에는 또 입 구(口) 자 둘이 커다랗게 씌어 있다.[6)]

"저 도인은 무슨 뜻이냐."

하고 동탁이 또 묻는 것을 이숙은

"미친놈이외다."

하고 군사를 불러 쫓아 버리게 하였다.

동탁이 대궐을 향해 나아가니 모든 신하들이 각기 조복을 갖추고 길에 나와 배알한다.

이숙은 손에 보검을 잡고 수레를 따라 걸었다.

북액문(北掖門)에 이르러 군사들은 모조리 문 밖에 남아 있게 하고 다만 수레를 모시는 자 이십 여 명만 함께 들어가는데 동탁이 멀리 바라보니 왕윤의 무리가 저마다 보검을 쥐고 전각 문에 서 있다. 마음에 뜨아해서 이숙을 보고

"칼들을 들었으니 그건 무슨 뜻이냐."

하고 묻는 것을 이숙은 대꾸하지 않고 그대로 수레를 밀고 들어갔다.

이때 왕윤이 큰 소리로 외친다.

"반적(反賊)이 예 왔는데 무사는 어디 있는고."

양편에서 무사 백여 명이 내달으며 저마다 손에 잡은 극(戟)과 삭(槊)으로 동탁을 바라고 찔렀다.

그러나 동탁이 입은 갑옷이 워낙 두꺼워서 창끝이 들어가지를 못하고 겨우 한 팔에 상처를 입혔을 뿐이다.

---

6) 입구 자가 둘이면 여(呂)자다. 베[布]에 입구 자 둘을 썼으니 곧 여포(呂布)를 경계하라는 뜻이다.

동탁이 수레에서 굴러 떨어지며 큰 소리로

"내 아들 봉선은 어디 갔느냐."

하고 부르짖으니, 수레 뒤로부터 여포가 나서며

"조서를 받들어 역적을 죽인다."

하고 소리를 가다듬어 한마디 외치고 방천화극을 번쩍 들어 동탁의 목을 푹 찌르니, 이숙이 재빨리 그 머리를 썽둥 베어 손에 들었다.

여포는 왼손에 화극을 쥐고 오른손으로 품에서 조서를 꺼내 들며 큰 소리로 외쳤다.

"조서를 받들어 적신 동탁을 쳤으매 그 나머지 무리는 죄를 묻지 않겠노라."

이를 듣고 나자 모든 장리(將吏)들이 만세를 부른다.

후세 사람이 동탁을 한탄하여 지은 시가 있다.

> 패업(霸業)이 이루어지면 당당한 제왕이요
> 못 되어도 부가랑(富家郞)은 떼 놓은 당상 아니었나.
> 그러나 천도(天道)에는 추호도 사(私)가 없어
> 미오까지 쌓아 놓고도 멸문을 당했구나.

이때 여포가 다시 큰 소리로 외친다.

"동탁을 도와 온갖 포학한 짓을 한 것은 이유다. 누가 가서 사로잡아 오겠느냐."

"내가 가오리다."

이숙이 응해서 나서려는데 문득 궐문 밖이 크게 들레며 사람이 들어와서 보하는 말이 이유의 종들이 벌써 이유를 묶어 가지고 바치러 왔다고 한다.

왕윤은 영을 내려 이유를 저자에 내어다 참하게 하고, 또 동탁의 시신과 수급을 네거리에 내어다 놓고 호령하게 하였다.

남달리 살이 찐 동탁의 시신이다. 시체를 지키는 군사가 그 배꼽에다가 심지를 박고 등잔처럼 불을 다려 놓으니 심지가 타 들어가매 기름이 흘러서 땅에 흥건히 고인다. 그 앞을 지나는 백성마다 손을 들어 그 머리를 치고 발을 들어 그 송장을 짓밟지 않는 사람이 없었다.

왕윤은 또한 여포에게 명하여 황보숭, 이숙과 함께 군사 오만 명을 거느리고 미오로 가서 동탁의 가산과 식구들을 적몰(籍沒)하게 하였다.

이때 이각, 곽사, 장제, 번조의 무리들은 동탁이 이미 죽고 여포가 장차 군사를 거느리고 내려온다는 소식을 듣자 곧 비웅군을 이끌고 밤을 도와 양주(凉洲)로 도망해 버렸다.

여포는 미오에 이르는 길로 초선부터 찾았고, 황보숭은 미오 안에 끌려 들어와 있던 양가 자녀들을 모조리 석방하게 하고, 다만 동탁의 붙이들은 노유를 가리지 않고 모조리 잡아 죽였다. 동탁의 늙은 어미 역시 이때 죽음을 받았고, 동탁의 아우 동민과 조카 동황은 모두 목을 베어 호령하였다.

동탁이 미오 안에다 쌓아 두었던 재물을 적몰하는데, 황금이 수십만이요 백금(白金)이 수백만이요 온갖 비단과 명주 보옥이며 기명(器皿)과 양식은 그 수효를 헤일 길이 없다.

돌아와 왕윤에게 보하자 왕윤은 군사들을 크게 호상(犒賞)하고 도당에 연석을 베푼 다음 문무백관을 모아 술 마시며 경하하기를 마지않았다.

그들이 한창 술들을 마시고 있는 중에 문득 사람이 와서 보하는데

"동탁의 시수를 거리에 내다 놓았더니 웬 사람 하나가 와서 시체에 엎드려 대성통곡을 합니다."

한다.

왕윤이 노하여

"동탁이 주살당하매 모든 사람이 치하하지 않는 이가 없는 터에 그게 대체 누구기에 제 홀로 통곡을 하더란 말이냐."

하고, 드디어 무사를 불러서

"가서 잡아 오너라."

하고 분부하였다.

그로써 오래지 않아 잡아 왔는데, 모든 사람이 막상 그를 보고는 놀라지 않을 수 없었으니, 원래 그 사람은 다른 사람이 아니라 곧 시중 채옹이었다.

왕윤은 그를 보고 꾸짖었다.

"동탁이 역적놈이 오늘날 주살을 당했으니 나라에 이만 다행이 없겠다. 그렇건만 네 한나라의 신하가 되어 나라를 위해서 이를 하례하려고는 하지 않고 도리어 역적을 위해 울다니 그럴 법이 어디 있을꼬."

채옹은 복죄(服罪)하고 아뢰었다.

"제가 비록 변변치 못하오나 또한 대의를 아는 터에 어찌 나라를 배반하고 동탁을 좇을 법이 있겠습니까. 다만 한때 지우지감

(知遇之感)으로 인해서 그만 저도 모르게 한 번 운 것이니 저의 죄가 큰 것을 스스로 알고 있습니다. 바라옵건대 대감께서는 이를 통촉해 주십시오. 만약 제게 경수월족(黥首刖足)[7]의 형벌이라도 내리시고 한사(漢史)를 계속해 써서 그것으로 제 죄를 속하게 해 주신다면 저로서는 더 바랄 것이 없겠습니다."

모든 관원들이 채옹의 재주를 아껴서 다들 그를 위하여 목숨을 빌었다. 태복(太僕) 마일제(馬日磾)도 가만히 왕윤을 보고

"백개(伯喈, 채옹의 자)는 세상에 드문 재사이니 만약에 한사를 속성(續成)하게 하신다면 참으로 성사(盛事)가 되오리다. 그뿐 아니라 그 효행도 일찍부터 세상에 알려져 있으니 이제 만약 죽이신다면 인망을 잃을까 두렵소이다."

하고 말하였다.

그러나 왕윤은 듣지 않았다.

"옛적에 효무제(孝武帝)[8]께서 사마천(司馬遷)[9]을 죽이시지 않고 뒤에 사기(史記)를 짓게 하셨더니 마침내는 방서(謗書)[10]를 만들어서 후세에 전하고 말았소. 지금 가뜩이나 국운이 쇠하고 정사가 어

---

7) 고대에 중죄인에게 시행하던 형벌로. 죄인의 이마에 자자(刺字)를 하고 발뒤꿈치를 도려냈다.
8) 한 무제(漢武帝). 문제(文帝), 경제(景帝)의 뒤를 이어 대학(大學)을 일으키고 유술(儒術)을 숭상하며 남월(南越)·동월(東越)을 평정하고 흉노(匈奴)를 물리치며 서역 제국과 국교를 열어 나라의 위세를 크게 떨쳤으나 신선(神仙)을 믿고 토목(土木)을 일으키며 조세가 중하고 형벌이 가혹해서 민란이 자주 일어났다.
9) 한 무제 때 사람. 자는 자장(子長). 그의 부친 담(談)이 태사공(太史公)이어서 그는 부업(父業)을 이었다. 이릉(李陵)이 흉노에게 항복하여 한 무제가 크게 노했는데 사마천이 나서서 이릉의 충성됨을 주장하다가 부형(腐刑)을 받고『사기(史記)』를 지었다.
10) 남을 비방하는 글을 실은 책, 혹은 서찰.

지러운 때에 유충(幼沖)하신 상감 곁에다 영신(佞臣)을 두어 붓을 잡게 한다면 우리들이 비방을 받고야 말 것이니 그래서 어쩌겠소."

마일제는 말을 더 못하고 물러나와 여러 사람을 보고 말하였다.

"왕윤은 후사(後嗣)가 없으려나. 착한 사람이란 나라의 기강이요 제작(制作)은 나라의 법전인데, 기강을 없애고 법전을 폐하니 그러고 어찌 오래갈 수가 있을꼬."

이때 왕윤이 마일제의 말을 듣지 않고 마침내 채옹을 옥에 내려서 목을 매여 죽이고 마니 사대부들이 이 소문을 듣고 다들 눈물을 흘렸다.

후세 사람이 말들 하기를 채옹이 동탁이 죽은 데 운 것은 물론 당치 않은 일이지만, 왕윤이 그를 죽인 것 또한 지나친 일이라 하였다.

채옹을 탄식해서 지은 시가 있다.

    포학무도 동탁이 권세를 희롱할 제
    채옹은 어이하여 제 몸을 망쳤던고.
    당시에 제갈량(諸葛亮)은 융중(隆中)에 있었거니
    경망되이 난신(亂臣)을랑 섬길 법이 왜 있으랴

한편 이각·곽사·장제·번조의 무리는 섬서로 도망해 가자, 곧 사람을 장안으로 보내서 표문을 올리고 사(赦)를 구하였다.

그러나 왕윤은

"동탁이 그처럼 발호한 것은 모두 이 네 사람이 도와주었기 때문이다. 지금 천하의 죄인들을 다 대사(大赦)해 준다지만 이 네 사람만은 사할 수 없다."
하였다.

표문을 가지고 올라갔던 자가 돌아와 이각에게 보하자, 이각이

"사를 구하지 못했으니 각자 살길을 찾아가는 수밖에 없겠소."
하고 말하니, 모사 가후(賈詡)가 있다가

"여러분이 만약에 군사들을 버리고 단신으로 가신다면 일개 정장(亭長)[11]이라도 능히 여러분을 잡아 묶을 수 있사오리다. 차라리 이곳 섬서 땅 사람들을 불러 모아서 본부 군마와 함께 거느리고 장안으로 쳐들어가서 동 태사의 원수를 갚도록 해 보시오. 그래서 성사하면 한 번 조정을 받들어 천하를 바로잡아 볼 것이고 만약에 이기지 못하거든 그때 도망을 하더라도 늦지 않사오리다."
하고 일러 준다.

이각의 무리는 그 말을 옳게 여겨 서량주 경내에다 유언을 퍼뜨려 놓았다.

"왕윤이 이 고장 사람들을 모조리 잡아 죽여 버리겠다고 한다더라."

모든 사람이 이 말을 듣고 소스라쳐 놀라 어찌할 바를 몰라 한다. 그때 이각의 무리가 다시 말을 내어

"너희들 모두 개죽음을 할 바에는 우리를 따라 한 번 반기를 들어 보지들 않겠느냐."
하고 선동하니 모든 무리가 다 따라가겠다고 나선다.

이각의 무리가 마침내 이들 십여만 명을 네 길로 나누어서 거

---

11) 진한(秦漢) 때의 제도로 매 십 리에 정(亭, 역참)을 두고 정마다 장(長)을 두어 도적을 잡게 하였다. 한 고조는 일찍이 사상정장(泗上亭長)을 지냈다.

느리고 장안으로 짓쳐 올라오는데, 길에서 동탁의 사위 되는 중랑장 우보(牛輔)가 저의 장인의 원수를 갚아 보겠다고 군사 오천 명을 영솔해 가는 것과 만났다. 이각은 곧 군사를 합치고 우보로 선봉을 삼아 먼저 떠나게 하고 자기들 네 사람도 뒤를 따라 차례로 진병하였다.

서량 군사들이 온다는 소식을 듣고 왕윤이 여포와 의논하니, 여포가

"사도께서는 아무 염려 마십시오. 그까짓 쥐 같은 놈들을 무어 말씀할 게 있습니까."

하고 드디어 이숙과 함께 군사를 거느리고 나갔다.

이숙이 앞서 나가 우보와 서로 만나자 군사를 휘몰아서 한바탕 들이치니 우보는 마침내 배겨 내지 못하고 패해서 물러갔다.

그러나 누가 생각이나 했으랴. 이날 밤 이경에 이숙이 아무 방비도 안 하고 있는 틈을 타서 우보는 군사를 거느리고 그의 영채로 기습해 왔다. 이숙의 군사는 그만 크게 패하여 그대로 도망을 해서 삼십여 리를 뒤로 물리지 않을 수 없었다. 이 통에 그는 군사를 태반이나 잃었다.

이숙이 패군을 수습해 가지고 돌아가서 여포를 보니 여포는 크게 노하여

"네 어찌하여 내 예기를 꺾어 놓느냐."

하고 마침내 이숙의 머리를 베어 군문에 걸었다.

그 이튿날 여포는 군사를 거느리고 나아가 우보와 싸웠다. 우보가 무슨 수로 여포를 대적할 것이랴. 다시 크게 패해서 달아났는데, 이날 밤 우보는 저의 심복 호적아(胡赤兒)를 불러 가지고

"여포가 원체 효용해서 도저히 당해 낼 길이 없구나. 그러니 차라리 이각의 무리들을 속이고 몰래 황금과 주옥을 싸 가지고서 우리가 믿을 만한 종자 사오 명만 데리고 군사들은 버려둔 채 도망해 버리자꾸나."

하고 의논을 하니 호적아가 단번에 좋다고 한다.

이날 밤 두 사람이 황금과 주옥 등 값진 물건들을 수습해 가지고서 영채를 버리고 도망하는데 그들을 수행하는 자는 삼사 명이었다.

그러자 강을 건널 때 호적아는 황금과 주옥을 제가 독차지해 버리고 싶은 마음에서 우보를 죽인 다음 그 머리를 베어 여포에게로 가지고 와서 바쳤다.

여포가 어찌된 사정을 자세히 캐묻자, 종인이 나서서

"호적아가 우보를 모살해서 죽이고 그 보물을 뺏은 것이외다."

하고 사실을 밝혀 버렸다.

여포는 노하여 호적아를 죽인 다음 군사를 거느리고 앞으로 나아가 마침 이각의 군사를 만나자 적이 미처 진을 칠 겨를을 주지 않고 그대로 방천화극을 꼬나 잡고 적토마를 급히 몰아서 앞으로 나아가며 군사들을 휘몰아 들이쳤다.

이각의 군사는 그 형세를 도저히 당해 낼 길이 없어서 뒤로 오십여 리를 물러나 산을 의지해서 하채하였다.

그리고 이각은 곽사, 장제, 번조를 청해다 놓고

"여포가 비록 용맹은 하지만 꾀가 없는 사람이라 무어 근심할 것이야 있겠소. 이제 나는 골 어귀를 지키고 있으면서 매일 여포를 끌어 낼 터이니 곽 장군은 그 뒤를 들이치되 팽월(彭越)[12]이 초나라 군사를 요란케 하던 법을 본떠서 징을 쳐 군사를 내고 북을 쳐 군사를 거두기로 하십시다. 그리고 장 장군과 번 장군은 그 사이에 몰래 군사를 두 길로 나누어 가지고 바로 장안으로 쳐들어 가고 보면 여포가 이루 앞뒤를 수습할 길이 없어서 반드시 크게 패하고 말지 별수가 없을 것이오."
하고 계책을 말한다. 세 사람은 그의 계책을 쓰기로 하였다.

한편 여포가 군사를 거느리고 나아가서 산 아래 당도하니 이각이 곧 군사를 이끌고 나와서 싸움을 돋운다.

여포는 분노하여 곧 짓쳐 들어갔다. 그러나 이각은 싸우려 않고 재빨리 군사를 물려서 산 위로 올라가 버린다.

여포는 즉시 그 뒤를 쫓으려고 하였으나 산 위로부터 화살과 돌이 비 오듯 하여 여포의 군사들이 나아가지를 못하는데 홀연 보하는 말이 곽사가 군사를 몰아 진 뒤로 쳐들어왔다고 한다.

여포는 급히 군사를 돌려 곽사를 맞아 싸우려 하였다. 그러나 북소리가 크게 진동하더니 곽사의 군사는 어느 틈에 물러가 버리고 말았다.

여포가 바야흐로 군사를 거두려고 할 때였다. 문득 바라소리가 울리면서 이각의 군사가 또 나왔다.

여포는 곧 군사를 거느리고 나가 대적하려 하였다. 그러나 미처 그럴 사이 없이 등 뒤로부터 곽사가 다시 군사를 몰고 쳐들

---

12) 한나라 초기의 공신. 처음에 항우를 섬겼으나 뒤에 군사를 거느리고 유방에게로 와서 기이한 공훈을 많이 세우고 양왕(梁王)에까지 봉함을 얻었으나 남의 참소를 만나 마침내 삼족이 멸하고 말았다. 일찍이 초한(楚漢)이 대치하고 있을 때 그는 초나라 군사의 뒤를 소란하게 해서 유방을 도와준 일이 있었다.

어온다.

여포는 군사를 돌려 그 편으로 나아갔다. 그러나 그때는 곽사가 이미 북을 쳐서 군사를 다 거두어 돌아가고 만 뒤였다.

며칠을 연달아 이러한 일이 되풀이되었다. 싸우려고 하여도 싸울 수가 없고 그만두려고 하여도 그만둘 수가 없어서 여포의 속이 한창 끓는 중에 홀연 탐마(探馬)가 나는 듯이 달려와서 보하는데 장제와 번조가 거느리는 양로 군마가 장안을 범해서 경사(京師)가 위태롭다고 한다.

여포는 급히 회군령을 내려 경사로 향하였다.

그 뒤를 이각과 곽사가 군사를 휘몰아 엄살(掩殺)하였다. 그러나 여포는 저들과 싸울 마음이 없어 그대로 앞만 바라고 달리느라 적지 않은 인마를 잃었다.

여포가 경사에 이르렀을 때 장안성 아래에는 이미 적병들이 구름처럼 모여들어 성지(城池)를 둘러싸고 있었다.

여포는 적과 싸웠다. 그러나 그 형세가 불리했을뿐더러, 원체 또 여포가 군사들에게 사납게 구는 통에 군사들 가운데 적에게 항복하는 자들이 많았다. 이래저래 여포는 은근히 속이 탔다.

그로부터 수일이 지났을 때다. 동탁의 잔당인 이몽(李蒙)과 왕방(王方)이 성내에 있다가 적에게 내응해서 몰래 성문을 열어 놓으니 이각·곽사·장제·번조의 사로병(四路兵)이 일시에 성 안으로 몰려들어 왔다.

여포는 좌충우돌하였으나 물밀 듯 들어오는 적병을 막아 낼 길이 없었다. 그는 하는 수 없이 수백 기를 거느리고 청쇄문(青瑣門)

밖으로 가서 왕윤을 불러

"사세가 급하외다. 사도께서는 바삐 말에 올라 저와 함께 관(關)을 나가서 달리 좋은 계책을 도모하도록 하십시다."

하니, 왕윤이

"만약 사직의 보우(保祐)하심을 입어 국가를 편안히 할 수 있다면 내 더 바랄 것이 무어겠소. 그러나 사세가 여의하지 못하다면 왕윤은 오직 죽을 뿐이외다. 내 국난을 당해서 구차스럽게 모면하고 싶지 않으니 장군은 부디 관동(關東)에 계신 여러분에게 나라를 위해 힘을 써 달라고 내가 부탁하더라는 말씀이나 전하여 주오."

한다.

그래도 여포는 지재지삼 같이 가자고 권하여 보았다. 그러나 왕윤은 끝끝내 들으려고 하지 않는다.

그러자 문득 각 성문에 불이 일어나 화염이 하늘을 찌른다. 여포는 마침내 처자도 다 내버려 둔 채 수하에 단지 백여 기만 거느리고 말을 급히 달려 관을 나서 원술에게로 가 버렸다.

이각과 곽사는 군사들을 흩어 놓아 저의 마음대로 노략질을 하게 내버려 두었다. 태상경(太常卿) 충필(种拂), 태복 노구(魯馗), 대홍로(大鴻臚) 주환(周奐), 성문교위 최열(崔烈), 월기교위 왕기(王頎) 등이 이때 모두 국난에 죽었다.

마침내 적병은 내정(內庭)을 둘러쌌다.

형세가 심히 급한 것을 보고 시신(侍臣)들이 천자에게 주청해서, 헌제는 난을 진정해 보려 선평문(宣平門) 위로 나아갔다.

이각의 무리들이 황개(黃蓋)[13]를 바라보자 들레는 군사들을 제지

하고 만세를 부른다.

　헌제는 문루에 의지하여

"경들이 주청도 하지 않고 함부로 장안을 범하니 장차 어찌하려 함인고."

하고 물었다.

　이각과 곽사가 얼굴을 쳐들어 천자를 우러러보며

"동 태사로 말씀하오면 곧 폐하의 사직지신(社稷之臣)이온데 무단히 왕윤의 손에 모살당하였기로 신들이 그 원수를 갚으러 온 것이옵지 감히 모반하려 함이 아니오니다. 다만 왕윤만 보면 신들은 바로 군사를 물리려 하나이다."

하고 아뢴다.

　이때 왕윤이 천자 곁에 뫼시고 섰다가 이 말을 듣자

"신이 본래 사직을 위하여 꾀한 일이온데 사세가 이미 이에 이르렀사오니 폐하께서는 신 한 사람을 아끼시어 국가를 그르치게 마옵시오. 신이 내려가서 두 도적을 만나보겠습니다."

하고 아뢰었다.

　황제는 두 눈에 눈물이 핑 돌아 차마 그를 보내지 못하였다. 그때 왕윤이 선평문 누상으로부터 몸을 날려 다락 아래로 뛰어내리며

"왕윤은 예 있다."

하고 큰 소리로 외쳤다.

　이각과 곽사가 칼을 빼들고 그를 꾸짖는다.

---

13) 황색 거개(車蓋). 황제가 타는 수레에 사용되었다.

"동 태사가 무슨 죄가 있기에 네 죽였더냐."

이에 왕윤은 말하였다.

"동탁의 죄는 하늘에 차고 땅에 뻗쳤으니 천하가 다 아는 터에 어찌 이루 다 말로 하랴. 동탁이 주살당하던 날 장안성 내 모든 선비와 백성이 기뻐 춤들을 추었는데 너희는 그 소문도 못 들었느냐."

"태사는 그럼 죄가 있다 하자. 그러나 우리는 무슨 죄가 그리 중해서 종시 사를 내리지 않는 것이냐."

왕윤은 크게 꾸짖었다.

"역적 놈들이 무슨 말이 이리 많으냐. 내 왕윤이 오늘 이 자리에서 죽으면 그만이다."

두 도적은 칼을 둘러 왕윤을 문루 아래서 죽이고 말았다. 사관이 왕윤을 칭찬해서 지은 시가 있다.

> 왕윤이 꾀를 내니 동탁이 죽는구나.
> 국사가 다난하매 자나 깨나 근심이라.
> 하늘에 닿은 기개 두우(斗牛)를 뚫는 충성.
> 이제도 그 혼백이 봉황루를 에돈다네.

도적의 무리가 왕윤을 죽이고 나자 또 군사를 시켜서 그의 권속들을 노소 없이 모조리 살해하여 버리니 장안 사람들로서 눈물을 아니 흘리는 이가 없었다.

이때 이각과 곽사는 속으로 가만히 생각하기를 '이미 일이 예까지 이른 바에 아주 천자를 죽여 대사를 도모하지 않고 다시 어느 때를 기다리겠느냐' 하고 곧 칼을 들고 크게 부르며 안으로 뛰어들려고 하였다.

    괴수를 처단하고 한시름 잊었더니
    졸개가 또 날뛰어 환난을 다시 겪네.

헌제의 목숨이 어찌 될 것인고.

왕실을 위하여 마등은 의기(義旗)를 들고
아비 원수를 갚으려 조조는 군사를 일으키다

| 10 |

이때 이각과 곽사 두 도적이 헌제를 시해하려고 하였으나, 장제와 번조가 나서서

"아니 됩니다. 오늘 이 자리에서 죽였다가는 모든 사람이 불복할 것이외다. 그대로 받들어서 임금으로 모셔 놓고 제후들을 속여서 관내로 끌어들여 먼저 그 우익(羽翼)[1]을 없애 버린 다음에 죽여야만 천하를 가히 도모할 수 있사오리다."

하고 간하였다. 이각과 곽사는 그 말을 좇아서 빼었던 칼을 도로 칼집에 꽂았다.

헌제는 문루 위에서 충신 왕윤이 저들의 손에 살해되는 끔찍한 광경을 눈으로 보고 가슴이 에이는 듯한데, 도적의 무리는 좀처럼 물러갈 염을 아니 한다.

---

1) 날개. 남을 보좌해 주는 사람을 가리켜 말함.

헌제는 그들을 내려다보며

"왕윤이 이미 복주(伏誅)하였는데 군마는 어이하여 물러가지 않는고."

하고 물었다.

이각과 곽사가

"신 등이 왕실에 공로가 있삽건만 황제께오서 아직 벼슬을 내리시지 않아, 그래서 감히 군사를 물리지 못하고 있는 것입니다."

하고 아뢴다.

"경들은 대체 어떠한 벼슬을 원하노."

헌제가 물으니, 이각·곽사·장제·번조 네 명은 저들끼리 모여 공론을 하더니 제각기 원하는 직함들을 적어서

"이러이러한 관품을 내려 주시옵소서."

하고 바친다.

헌제는 그대로 해 줄밖에 달리 도리가 없어서, 이각으로서는 거기장군(車騎將軍) 지양후(池陽侯)를 봉하여 사예교위(司隸校尉)를 시키고 절월(節鉞)을 주었으며, 곽사로는 후장군(後將軍) 미양후(美陽侯)를 봉하고 절월을 주어 함께 나라 정사를 보게 하고, 번조는 우장군(右將軍) 만년후(萬年侯), 장제는 표기장군(驃騎將軍) 평양후(平陽侯)를 봉하여 군마를 통령하여 홍농(弘農)에 둔치고 있게 하며, 그 밖에 이몽과 왕방 같은 무리까지도 모두 교위를 삼았다. 이각의 무리는 그제야 비로소 천자에게 사은하고 군사를 거두어 성에서 나갔다.

이 무리들은 또 영을 내려서 동탁의 시수(屍首)부터 찾아 장사를 지내려 하였다. 시수래야 그새 시일이 경과하여 다 썩어 문드러

진 데다가 원래 수천수만의 백성에게 찢기고 으스러져 남은 피골(皮骨)들을 하나하나 모아 모자라는 부분은 향목(香木)을 깎아 형체랍시고 만들어 안치하고 크게 제사를 지낸 다음 왕자(王者)의 의관과 관곽을 갖추어 길일을 택해 미오에 천장하기로 하였다.

그러나 하늘이 노하셨음이냐, 막상 장사를 지내는 날 하늘은 천둥 번개하며 큰비를 내려 평지에 물이 두어 자가 넘고, 또 벼락을 쳐서 관이 쪼개지고 시수가 다 관 밖으로 나왔다.

이각은 날 들기를 기다려 다시 장사를 지내려 하였다. 허나 그날 밤에도 또 그러하였고 세 번째 옮겨다 묻는데도 다 그러하여 도무지 장사를 지낼 수가 없었다.

그러는 사이에 그 알량한 살점과 뼈 부스러기나마도 벼락불에 모조리 타 버려서 흔적도 없이 되고 말았다. 동탁에 대한 하늘의 노여움이 과연 대단하다고 하겠다.

이각과 곽사는 나라의 권세를 홈빡 저들의 손아귀에 틀어쥐자 그대로 백성을 들볶으며 또 함부로 죽였고, 그뿐인가 또 가만히 저의 심복들을 시켜서 황제 곁에 가서 뫼시고 있으면서 주야로 황제의 동정을 살피게 하니 헌제는 앉으나 서나 흡사 가시덤불 속에 있는 것 같았다.

조정 관원들의 임면출척(任免黜陟) 역시 두 도적의 마음 하나에 달려 있었다. 그래도 이자들이라고 천하의 인망을 아주 모른 체할 수는 없었던지 주준을 조정으로 불러들여 태복을 삼아 함께 정사를 보게 하였다.

그러던 어느 날 서량태수 마등과 병주자사 한수(韓遂) 두 장수가 군사 십여만을 거느리고 장안을 향하여 들어오는데 토적(討賊)을 표방하고 있다는 첩보가 올라왔다.

원래 두 장수가 이보다 앞서 사람을 장안으로 들여보내서 시중 마우(馬宇), 간의대부 충소(种邵), 좌중랑장(左中郎將) 유범(劉範) 등 삼인과 기맥을 통하고 그들로 내응을 삼아 함께 적당을 토멸하자 하였는데, 세 사람이 가만히 헌제께 아뢰고 마등으로 정서장군(征西將軍)을 봉하며 한수로 진서장군(鎭西將軍)을 봉하니 두 사람은 각기 밀조를 받고 힘을 합해서 이렇듯 도적을 치러 나선 것이다.

이각, 곽사, 장제, 번조의 무리는 서량 군사가 쳐들어온다는 말을 듣자 모두들 모여 적을 막을 계책을 의논하였다.

모사 가후가 있다가

"양군이 멀리서 왔으니 그저 방비를 엄히 해서 굳게 지키고 있으면 불과 백 일이 못 되어 저희가 군량이 떨어져 반드시 제 풀에 물러가고 말 것이니 그때에 우리가 군사를 몰아서 뒤를 쫓으면 두 장수를 다 사로잡을 수 있사오리다."

하고 계책을 말하는데, 이몽과 왕방이 나서며

"그것은 좋은 계책이 아니외다. 우리들에게 정병 만 명만 빌려 주시면 마등과 한수의 머리를 단번에 베어다가 휘하에 바치겠소이다."

하고 흰소리를 친다.

가후가 다시 입을 열어

"만약에 지금 바로 나가서 싸우다가는 반드시 패하고 말 것이오."

하고 말했건만, 이몽과 왕방은 이구동성으로 말하기를

"만약에 우리 둘이 패하거든 그때는 우리 목을 자르시오. 그

대신 우리가 이기면 그때는 공이 우리한테 수급을 내어 주셔야 하오."
한다.

가후는 이들의 말에는 아무 대꾸 않고 이각과 곽사를 향하여 말하였다.

"장안에서 서쪽으로 이백 리 밖에 주지산(盩厔山)이라는 산이 있으니 산세가 심히 험합니다. 먼저 장 장군과 번 장군을 보내 그곳에 군사를 둔쳐 놓고 굳게 지키게 한 다음에 이몽과 왕방으로 하여 군사를 거느리고 나가 적병을 맞도록 하는 것이 좋겠습니다."

이각과 곽사는 그 말을 좇아서 군사 일만 오천 명을 이몽과 왕방에게 내어 주었다. 두 사람은 의기가 양양하여 그 길로 장안성 이백팔십 리 밖에 나가 하채하였다. 이들이 지나 서량 병사가 그곳에 이르자 이몽과 왕방은 군사를 거느리고 마주 나갔다.

서량 군마가 길을 막고 진세를 벌리고 나자 마등과 한수 두 사람은 말머리를 가지런히 하여 진전에 나서며 손을 들어 이몽과 왕방을 가리키며

"저 나라를 배반하는 도적놈을 뉘 나가서 사로잡을꼬."
하고 외치는데, 그 말이 미처 떨어지기 전에 한 소년 장군이 손에 장창(長槍)을 거머잡고 준마에 높이 올라 진중으로부터 달려 나오는데 그 얼굴은 관옥 같고 눈은 샛별 같으며 범의 몸체에 잔나비 팔이요 표범의 배에 이리의 허리다. 원래 이 장수는 마등의 아들 마초(馬超)로서 자는 맹기(孟起)니 이때 그의 나이 십칠 세로 영용하기 짝이 없다.

왕방이 그의 나이 어린 것을 우습게보고 곧 말을 달려 나와 마

초에게 덮쳐든다. 그러나 서로 어우러져 싸우기 두어 합이 못 되어 마초는 한 창에 왕방을 찔러 말 아래 거꾸러뜨린다.

 마초가 말머리를 돌려 유유히 진으로 돌아오는데, 이때 이몽은 왕방이 죽은 것을 보자 필마로 내달아 마초의 뒤를 급히 쫓는다.

 진문 아래 말을 세우고 마등이 바라보고 있노라니 마초가 뒤에 적장을 단 걸 전연 모르고 있는 모양이라

 "네 등 뒤에 쫓아오는 놈이 있다."

하고 크게 외쳐 일깨워 주는데, 그 말소리가 미처 끝나기도 전에 어느 틈엔가 마초는 이몽을 마상에서 그대로 생금해 버렸다.

 본래 마초는 이몽이 자기의 뒤를 쫓아오고 있는 줄 빤히 알고 있으면서도 짐짓 모르는 체 늑장을 부리다가, 그의 탄 말이 바로 등 뒤로 달려들어 이몽이 창을 써 그의 등을 찌르려 할 때 몸을 슬쩍 비켜 적의 창끝을 한 옆으로 흘려 버리고 이몽의 탄 말이 자기 말을 스쳐지나갈 때 번개같이 팔을 놀려 이몽을 사로잡아 버린 것이다.

 주장(主將)을 잃은 군사들이 그만 질겁해서 도망질을 친다. 마등과 한수는 승세해서 그 뒤를 몰아쳐서 크게 이기고 바로 애구(隘口) 가까이 하채한 다음에 마초가 사로잡은 이몽의 머리를 베어 호령하였다.

 이각과 곽사는 이몽과 왕방 두 장수가 급기야 마초의 손에 다 죽고 만 것을 알자 그제야 가후에게 선견지명이 있는 것을 믿어서 그 뒤로부터는 그의 말을 좇아 전혀 군사를 움직이는 일 없이 관방(關防)만 굳게 지키기로 하고 아무리 적이 와서 싸움을 걸어도 도무지 그에 응하려 하지 않았다.

그로부터 두 달이 미처 못 되어 서량군은 과연 군량과 마초가 다 떨어져 마침내 회군할 일을 의논하게까지 되었다. 그런데 이 때 옹이에 마디로 장안성 내에서는 마우의 집 아이 종 하나가 사소한 일로 주인에게 원혐을 품게 되어 홧김에 성중으로 들어가 저의 집 주인이 유범·충소와 더불어 마등·한수하고 기맹을 통해서 내응하기로 되어 있다고 밀고를 한 사건이 일어났다. 이리하여 이각과 곽사는 대로해서 세 집의 노소와 양천을 모조리 잡아 저자에 내어다가 목을 베게 하고 세 사람의 수급을 진문 앞으로 가지고 나가서 호령하게 하였다.

마등과 한수는 군량이 이미 떨어진 데다 내응이 또한 누설되어 버린 것을 알자 하는 수 없이 영채를 빼어 물러갔다.

이각과 곽사는 그 즉시 영을 내려 장제는 마등의 뒤를 쫓고 번조는 한수의 뒤를 쫓게 하였다. 서량군이 크게 패하여 달아난 이 때 마등 쪽은 마초가 뒤를 끊고 죽기로 싸워서 장제를 물리쳐 버렸으나, 한편 한수 쪽은 번조가 조금도 군사를 늦추지 않고 부지런히 쫓아오는 통에 거의 잡힐 지경이 되었다.

진창(陳倉) 가까이 이르러 한수는 문득 말을 멈추고 자기를 쫓던 적장 번조를 돌아보며

"공은 나와 한고향 사람인데 어찌 이렇듯 매정하게 끝까지 나를 쫓는단 말이오."

라고 한마디 하니, 번조도 말을 세우며

"상명(上命)이니 낸들 어찌하겠소."

한다.

한수는 다시

"그렇기로 말하면 나도 이번 출진 역시 나라를 위한 일이오. 그런데 공이 이렇듯 심하게 굴 일이 무엇이오."
하고 말하였다.

번조는 그 말을 듣고 나자 마침내 말머리를 돌려 한수를 그대로 가게 내버려 두고 수하 군사를 거두어 영채로 돌아갔다.

그러나 누가 알았으랴. 이각의 조카 이별(李別)이 번조가 한수를 곱게 놓아 보내는 것을 보고 돌아가서 저의 삼촌한테 보할 줄이야.

그 말을 듣고 이각은 대로해서 즉시로 군사를 일으켜 번조를 치려고 하니, 가후가 있다가

"지금 사람들의 마음이 편치 않은 터에 자주 군사를 동하는 것이 부질없는 일입니다. 차라리 연석을 차려 놓고 장제와 번조를 청해다가 군공을 하례하는 자리에서 번조를 잡아내려 목을 베기로 하면 털끝만치도 힘이 들지 않을 것이니 그게 좋지 않겠습니까."
하고 계책을 일러 준다.

이각은 크게 기뻐하며 즉시 주연을 베풀고 장제와 번조를 자리로 청하였다. 두 장수는 흔연히 와서 연석에 참여하였다. 이윽고 술이 반감(半酣)에 이르자 이각이 홀연 낯빛을 고치면서

"번조는 어찌하여 한수와 짜고 모반하려는고."
하고 난데없는 말을 하니, 번조가 그만 너무나 놀란 나머지 대꾸를 얼른 못하는데 도수부의 무리가 우 몰려나오더니 번조를 잡아내려 술상 앞에서 목을 쳐 버린다.

이 통에 장제가 소스라쳐 놀라 땅바닥에 넙죽 엎드리니 이각은 그를 붙들어 일으키며

"번조는 모반을 하였기 때문에 내 죽였소만 공이야 내 심복인

데 무어 송구해할 일이 있단 말이오."
하고 번조 수하의 군사들을 장제에게 주어 통솔하게 하니 장제는 이각·곽사에게 깊이 사례하고 그 길로 곧 홍농으로 돌아갔다.

 이각과 곽사가 서량 군사들을 쳐 물리친 뒤로 제후들은 감히 다시는 그들을 조정에서 몰아낼 엄두도 내지 못하였다.
 한편 가후는 몇 번이나 그들에게 권해서 백성을 안무(按撫)하며 인재들을 맞아들이게 하니, 조정에는 다소나마 생기가 돌게 되었다.
 그런데 뜻밖에도 황건적이 청주 땅에서 다시 일어났다. 그 두 목들은 서로 같지 않은데 붙쫓는 무리가 도합 수십만이나 되며 이들이 각처로 떠돌아다니며 양민을 겁략하였다.
 태복 주준이 나서며 이 도적의 무리를 소탕할 사람을 하나 천거하겠노라고 해서 이각과 곽사가
 "그게 누구요."
하고 물으니, 주준의 말이
 "산동 지방의 적당들을 소탕하려면 조맹덕이 아니고는 아니 되오리다."
한다.
 이각이 있다가
 "맹덕이 지금 어디 있소."
하고 묻자, 주준은
 "그가 지금 동군태수로 있는데 수하에 군사들이 많으니 이 사람에게 조서를 내려 도적을 치게 하신다면 쉽사리 적당들을 초멸

하고 마오리다."
하고 대답하였다.

 이각은 크게 기뻐하여 곧 그 밤으로 조서를 초해서 사람을 시켜 동군으로 가지고 내려가 조조로 하여금 제북상 포신과 함께 도적을 치게 하였다.

 조조는 천자의 칙지를 받자 포신과 상의한 다음 함께 군사를 일으켜 수양(壽陽)으로 가서 도적을 쳤다. 이때 포신은 섣불리 중지(重地)에 깊이 들어갔다가 도적의 손에 죽고 말았다.

 그러나 조조는 달아나는 적병의 뒤를 쫓아서 바로 제북까지 갔다. 항복하는 무리가 수만에 이른다. 조조는 이 무리들로 전대(前隊)를 삼아 밀고 나가니, 그의 병마가 이르는 곳마다 귀순하지 않는 자가 없다.

 백여 일이 못 되어 항복을 받은 군사가 삼십여 만에 남녀를 합치면 백여만이 넘는다. 조조는 그중에서 정예한 자를 뽑아 청주병(靑州兵)이라 명호를 붙이고 그 나머지는 모조리 고향으로 돌아가 농사를 짓게 하였다. 조조가 이로부터 그 위엄과 명성이 더욱 떨치게 되었는데, 첩보가 장안에 이르자 조정에서는 조조의 벼슬을 더해서 진동장군(鎭東將軍)을 삼았다.

 위명(威名)이 날로 더하자, 조조는 연주(兗州)에 앉아서 널리 천하의 어진 이를 불렀다.

 어느 날 숙질 두 사람이 그를 찾아왔다. 삼촌 되는 사람은 영천(潁川) 영음(潁陰) 태생으로 성은 순(荀)이요 이름은 욱(彧)이요 자는 문약(文若)이니 순곤(荀昆)의 아들이다. 본래 원소를 섬기다가 이번

에 그를 버리고 조조에게로 온 것이다. 조조는 순욱과 함께 이야기를 해 보고 크게 기뻐서

"이는 내 자방(子房)[2]이야."

하고 그를 행군사마(行軍司馬)를 삼았다. 또 그의 조카 순유(荀攸)의 자는 공달(公達)이니 국내 명사로서 일찍이 황문시랑(黃門侍郞)이 되었다가 뒤에 벼슬을 버리고 고향에 돌아가 있었는데 이번에 자기 삼촌과 함께 조조를 찾아온 것이다. 조조는 그를 행군교수(行軍敎授)를 삼았다.

순욱이 조조를 보고

"내가 연주에 현사(賢士) 하나가 있단 말을 들었는데 지금 그 사람이 어디로 갔는지 모르겠습니다."

하고 말하여, 조조가

"그 사람이 대체 누구요."

하고 물으니

"동군 동아(東阿) 사람으로서 성은 정(程)이요 이름은 욱(昱)이요 자를 중덕(仲德)이라고 합니다."

한다.

조조는

"나도 그의 성화를 들은 지가 오래요."

하고 즉시 사람을 내어 향중에 두루 알아보게 하여 마침내 그가

---

[2] 한 고조의 공신인 장량(張良). 자방(子房)은 그의 자다. 일찍이 한(韓)나라를 위해서 원수를 갚으려고 박랑사(博浪沙)에서 진시황을 저격(狙擊)하였으나 잘못 부거(副車)를 맞혔고, 한 고조가 군사를 일으키매 장량이 매양 계책을 드려서 공을 많이 세웠다. 이로 인하여 고조가 즉위하자 그는 유후(留侯)에 봉함을 얻었다.

산중에 들어가서 글을 읽고 있는 것을 찾아내었다. 조조가 정중히 청했더니 정욱이 와서 보인다. 조조는 크게 기뻐하였다.

이때 정욱이 순욱을 보고

"나는 아는 것이 없고 들은 것이 적어 족히 공의 천거를 받을 만한 위인은 못 되오만 공과 한고향 사람으로 성은 곽(郭)이요 이름은 가(嘉)요 자는 봉효(奉孝)니 그야말로 당대의 현사인데 어찌하여 청해 오려고 아니 하시오."

하고 말하니 순욱이 무릎을 치며

"아차, 내가 그만 깜빡 잊고 있었구려."

하고 조조에게 천거해서 조조는 드디어 곽가를 연주로 청해다가 함께 천하 대사를 의논하였다.

곽가가 광무제의 적파자손(嫡派子孫) 하나를 천거하니 그는 회남(淮南) 성덕(成德) 사람으로 성은 유(劉)요 이름은 엽(曄)이요 자는 자양(子陽)이다.

조조는 즉시 유엽을 청해 왔는데, 유엽이 또 사람 둘을 그에게 천거하니 한 사람은 산양 창읍(昌邑) 태생으로 성은 만(滿)이요 이름은 총(寵)이요 자는 백녕(伯寧)이며 또 한 사람은 무성(武城) 태생으로 성은 여(呂)요 이름은 건(虔)이요 자는 자각(子恪)이다.

조조도 또한 이 두 사람의 명성을 전부터 들어서 잘 알고 있던 터이라 곧 청해다가 군중종사(軍中從事)를 삼았다.

만총·여건 두 사람이 또한 함께 사람 하나를 조조에게 천거하니, 그는 진류 평구(平邱) 사람 모개(毛玠)로서 자는 효선(孝先)이다. 조조는 그도 청해다가 종사를 삼았다.

이때 또한 장수 하나가 군사 수백 명을 거느리고 조조를 찾아오니 그는 태산 거평(鉅平) 사람으로서 성은 우(于)요 이름은 금(禁)이요 자는 문측(文則)이다.

조조는 그 사람이 궁술·마술에 정통하고 무예가 출중한 것을 보고 점군사마(點軍司馬)를 삼았다.

하루는 하후돈이 웬 기골이 장대한 사람 하나를 데리고 와서 조조에게 보인다. 조조가

"이게 웬 사람이냐."

하고 물으니, 하후돈이

"이 사람은 진류 태생으로서 성은 전(典)이요 이름은 위(韋)인데 용력이 실로 과인(過人)합니다. 전에 장막에게 가서 몸을 의탁하고 있었는데 그 수하에 있는 자들과 불화해서 맨손으로 수십 명을 때려죽이고 그 길로 도망을 해서 산속으로 들어가 버렸답니다. 그걸 제가 마침 사냥을 나갔다가 이 사람이 잠든 범을 튀기고 그 뒤를 쫓아 시내를 건너뛰는 것을 보고서 그대로 함께 돌아와 군중에 있게 했는데 이제 공에게 천거하려 데리고 온 터입니다."

하고 말한다.

조조가

"이 사람이 상모가 썩 장하게 생겼으니 아무래도 용력이 놀라울 것 같다."

하고 말하여, 하후돈이 다시

"예. 이 사람이 한 번은 자기 친구의 원수를 갚느라 살인을 하고 그 머리를 손에 들고서 바로 저자로 뛰어나가 큰 소동을 일으킨 일이 있었는데 그때 수백 명 사람들이 감히 이 사람 가까이 오지들을 못했다 하고, 지금 이 사람이 쓰는 쌍철극(雙鐵戟)의 무게

는 팔십 근이나 되는데 그것을 두 손에 갈라 들고 말에 올라 전후 상하로 놀려 쓰는 수단이 참말 놀랍습니다."
하고 대답하였다.

조조는 곧 전위더러 한 번 시험해 보라고 분부하였다.

전위가 철극을 양손에 갈라 쥐고 말을 달려 오가는 중에 홀연 바람이 크게 불어서 장하(帳下)에 세워 놓은 큰 기가 한 옆으로 넘어지려고 하였다. 여러 군사들이 우 달려들어 깃대에 가 죽 달라붙었으나 능히 붙들어 세우지를 못하는 판에 전위가 말에서 뛰어내리며 모든 군사를 소리쳐 물리치고 한 손으로 깃대를 꽉 잡고 바람 가운데 홀로 우뚝 서니 그제 깃대가 바로 선 채 움쩍하지 않는다.

조조는 혀를 내두르며

"이건 바로 옛날의 악래(惡來)[3]로구나."

하고, 드디어 전위로 장전도위(帳前都尉)를 삼고 자기가 입고 있던 금포(錦袍)를 벗어 준마와 함께 그에게 내렸다.

이로부터 조조 수하에 문관에는 모신(謀臣)들이 있고 무관에는 맹장(猛將)들이 있어서 그 위엄이 산동 일경을 진압하게 되니, 이에 조조는 태산태수 응교(應劭)를 낭야군(瑯琊郡)으로 보내 자기 부친 조숭을 맞아오게 하였다.

조숭은 이때 진류로부터 난을 피해서 낭야로 가 은거하고 있었는데, 이날 아들에게서 서신을 받자 즉시 아우 조덕(曹德)과 함께

---

[3] 중국 고대의 폭군인 주왕(紂王)의 신하로서 용력이 남달리 뛰어났던 사람.

典韋　　전위

鐵戟雙提八十斤　　80근 쌍극을 들고
濮陽城外建功勳　　복양 성밖에서 공로를 세웠다
典韋救主傳天下　　전위가 주인을 구해 천하를 전하니
勇猛當先第一人　　용맹은 마땅히 제일로 쳐야 하리

일가 노소 사십여 인과 비복 백여 명을 데리고 수레 백여 채를 영거하여 연주를 바라고 떠나오는데, 길이 마침 서주(徐州) 지경을 지나게 되었다.

이때 서주태수는 도겸이란 사람이니 자는 공조(恭祖)라 위인이 온후순독(溫厚純篤)하였다.

그는 전부터 조조와 친근히 지내고 싶은 생각을 가지고 있으면서도 그럴 만한 계제가 없는 것을 한하고 있었는데, 마침 조조의 부친이 서주 땅을 지난다는 말을 듣고, 드디어 친히 지경 밖까지 나와 그를 영접해 들이고 재배하여 공경하기를 마지않으며 크게 연석을 베풀어 이틀 동안이나 대접을 극진히 하였다.

그리고 조숭의 일행이 떠나는 날에는 또 도겸이 성 밖까지 친히 나가서 배웅하고 특히 자기 수하의 도위 장개(張闓)에게 분부해서 부병(部兵) 오백 명을 거느리고 그들 일행을 호송하게 하였다.

조숭이 일가권속을 데리고 서주를 떠나 화현(華懸)·비현(費懸) 두 고을 어름에 이르니, 이때 여름은 이미 가고 초가을이었는데 큰 비가 갑자기 쏟아져서 일행은 하는 수 없이 어느 고찰을 찾아들어 비를 그어 가기로 하였다.

절에서 중들이 나와 일행을 맞아들인다. 조숭은 식구들을 다 안돈시키고 장개에게 명해서 오백 명 군사는 양편 익랑에 둔쳐 두게 하였다.

이때 군사들은 의복과 행장이 비에 흠뻑 젖어 원성이 자못 높은 것을 보자 장개는 수하 두목을 조용한 곳으로 데리고 가서

"우리들이 본래 황건의 여당으로 부득이하여 도겸한테 귀순했던 터이지만 예나 지금이나 무어 조금이라도 나아진 게 있어야

지. 이제 가만 보니 조가네 치중거량(輜重車輛)이 어마어마하게 많구먼. 만약 자네들이 부귀를 취하려고만 든다면 그건 아주 어렵지 않은 일이겠어. 내 생각에는 오늘밤 삼경에 일제히 뛰어 들어가 조숭의 일가 노소를 도륙낸 다음 재물을 모조리 뺏어 가지고 함께 산속으로 들어가 버리는 것이 어떻겠나."

하고 그들의 의향을 물으니 수하 두목의 무리들이 모두들 좋다고 한다.

이날 밤 풍우가 그치지 않는데 조숭이 자지 않고 앉아 있노라니까 갑자기 사면에서 함성이 크게 들려온다.

조숭은 다급한 목소리로

"애야, 자느냐. 일어나라, 일어나."

하며 아우를 부른다. 형의 외침에 조덕은 놀라 깨어 허둥지둥 형의 방으로 달려오니

"이거 무슨 일이 났나 보다. 어서 나가 보아라."

하여, 칼을 들고 동정을 살피러 나갔다가 그만 무리들의 창에 찔려 죽고 말았다.

조숭은 당황해서 첩과 함께 그래도 용케 군사들 눈에 띄지 않고 비가 퍼붓는 뜰로 내려가 어둠 속을 더듬어 허둥지둥 방장(方丈) 뒤로 돌아갔다. 걸음을 잘못하는 첩의 손을 잡아끌며 조숭은 마침내 뒷담 앞에 이르자 담을 넘어 도망하려고 하였다.

그러나 첩이 몸이 비둔해서 높지 않은 담이지만 엄두를 못 낸다. 창졸간에 조숭은 '내가 엎드려 무둥을 태우면' 생각하고 담 밑에 가 무릎을 꿇고 엎드려 제 등을 밟고 넘으라 하니, 첩이 한 발만 올려놓았을 뿐인데도 비둔한 몸이 기우뚱 진탕에 가 둥그

라진다.

　조숭은 사세는 급하고 해서 사방을 둘러보다가 마침내 첩을 데리고 옆에 있는 뒷간으로 들어가 숨었다.

　그러나 그들이 막 그 안에 몸을 숨겼을까 말까 하여 어지러운 발소리가 뒤꼍으로 다가든다.

　"안엣것들은 모조리 죽였지만 그새 밖으로 도망한 놈들이 있을 게야. 멀리 간 놈은 버려두더라도 아직 집 안에 숨어 있는 것들은 마저 도륙을 내야지."

하며 우르르 헛간으로 뒷간으로 달려든다.

　"에구머니."

　첩이 무섬에 부지중 낸 소리에

　"여기 웬 년이 숨어 있구면."

하며 달려들어 한 칼에 요절을 내고

　"이놈은 또 웬 놈이냐."

하며 뒤따라 들어온 도적이 조숭을 베었다.

　이때 태산태수 응교는 하마터면 죽을 뻔한 목숨을 가까스로 추슬러 원소에게 가 버렸고, 장개는 조숭의 일가 노소를 모조리 죽이고 그 재물을 다 빼앗은 다음 절에다 불을 지르고 수하 오백 명의 무리와 함께 회남으로 도망해 버리고 말았다.

　후세 사람이 이 일을 두고 지은 시가 있다.

　　　간웅 조조가 제 한 몸만 중히 여겨
　　　여씨네 일가노소 도륙을 하였더니
　　　오늘날 제 집안이 몰살을 당했으니

천리(天理)란 소소(昭昭)하여 응보가 분명코나.

이때 응교의 수하 군사 하나가 구사일생으로 도망해 이 일을 조조에게 보하니, 조조는 듣고 나자 통곡하며 그대로 땅에 쓰러졌다.

여러 사람이 부축해 일으키자 정신이 든 조조는 이를 갈며

"도겸이 군사를 놓아 우리 아버님을 죽였으니 곧 철천지원수라. 내 이제 군사를 일으켜 서주를 소탕해 이 한을 풀고야 말리라."

하고, 순욱과 정욱에게 군사 삼만을 주어 뒤에 남아 인성(陻城)·범현(范縣)·동아 세 고을을 지키게 하고, 그 나머지 군사는 모조리 거느리고 서주를 향하여 나아가기로 하되, 하후돈·우금·전위로 선봉을 삼았다. 조조는 영을 내려 서주성을 얻는 날에는 성중에 있는 백성을 모조리 도륙을 내어 부친의 원수를 갚으리라 하였다.

이때 구강(九江)태수 변양(邊讓)은 도겸과 교분이 두터운 사이라 서주에 큰 화가 닥쳐왔다는 소문을 듣자 몸소 군사 오천을 거느리고 구원하러 오는데, 조조가 이 말을 듣고 크게 노해서 하후돈을 시켜 중로에서 그를 포위하여 몰살시켜 버렸다.

당시 진궁(陳宮)이 동군종사(東郡從事)로 있었는데 역시 도겸과 교분이 두터웠다. 그는 조조가 군사를 일으켜 원수를 갚는데 백성을 모조리 죽이려 한다는 말을 듣고 밤을 도와 조조를 보러 왔다. 조조는 그가 도겸을 위해 세객(說客)으로 온 줄 짐작하고 만나 보지 않으려다가 그래도 옛 은혜를 아주 모른 체한다는 수가 없어 그를 장중으로 청해 들여 만나 보았다.

진궁은 조조를 보고 말하였다.

"이제 명공이 대병을 거느리고 서주로 가서 선장(先丈)의 원수를 갚겠다고 하시며 이르는 곳마다 백성을 모조리 죽이려고 하신다는 소문을 듣고 특히 이 말만은 하려고 이렇듯 찾아뵌 것이외다. 도겸으로 말하면 인인군자(仁人君子)라 결코 이익을 탐내서 의리를 저버리는 그런 위인이 아니외다. 선장께서 해를 입으신 것은 순전히 장개가 나쁜 때문이지 도겸의 죄가 아니며, 더구나 무고한 백성이야 명공과 무슨 원수지간이라고 도륙을 낸다 하시오. 무고한 백성을 죽이는 것은 온당치 않은 일이니 부디 세 번 생각해서 하십시오."

그러나 조조는 노하여 말하였다.

"공이 전일에 나를 버리고 가더니 이제 또 무슨 낯으로 다시 와서 나를 보는 게요. 도겸이 우리 집안을 도륙을 내고 말았으니 나는 맹세코 그놈의 쓸개를 끄집어내고 염통을 도려내서 원한을 풀고야 말겠소. 공은 도겸을 위해 나를 달래 보려 하지만 내가 듣지 않는데야 어쩌겠소."

진궁은 밖으로 물러나오며

"내 또한 도겸을 만나 볼 낯이 없구나."

하고 탄식하며 마침내 말을 달려 진류태수 장막에게로 가 버렸다.

조조의 대군은 이르는 곳마다 백성을 함부로 죽이고 무덤을 두루 파헤쳤다. 이때 도겸은 서주에서 조조가 군사를 일으켜 원수를 갚으러 오면서 백성을 함부로 죽인다는 말을 듣자 하늘을 우러러 통곡하며

"내 하늘에 죄를 져서 그만 무고한 서주 백성으로 하여금 이 큰

환난을 만나게 하였구나."

하고, 급히 모든 관원들을 모아 놓고 의논하니 조표(曹豹)가 나서서

"이미 조조의 군사가 쳐들어온 바에야 어찌 손을 묶고 앉아 죽음을 기다리겠습니까. 제가 한 번 나가서 사군(使君)을 도와 적을 쳐 물리치겠습니다."

하고 말한다.

도겸은 그 밖에 달리 도리가 없어 조표와 더불어 군사를 거느리고 성에서 나갔다. 눈을 들어 바라보니 마치 서리가 내리고 눈이 쌓인 듯 조조의 군사들이 넓은 들을 하얗게 덮었는데 중군(中軍)에 우뚝 세워 놓은 두 폭 백기(白旗)에 뚜렷하게 씌어 있는 것은 '보수설한(報讐雪恨)' 넉 자다.

군마가 진세를 다 벌리고 나자 조조가 흰 상복을 입고 말을 달려서 진전으로 나오더니 채찍을 들어 크게 외친다.

"네 이놈, 도겸이 나오너라."

도겸이 또한 말을 문기 아래로 내며 흠신(欠身)하여 조조에게 예를 베풀고 말하였다.

"내가 본래 명공과 교분을 맺고 싶은 마음에서 장개를 시켜 선장 어른을 호송해 드리게 한 노릇이, 뜻밖에도 도적놈의 마음이 종시 그 버릇을 고치지 못해서 그만 큰일을 저지르고 만 것이외다. 그러나 실상 이 사람은 조금도 모르는 일이니 부디 명공은 깊이 통촉해 주시오."

그러나 조조는 큰 소리로 꾸짖었다.

"이 천하의 말 못할 늙은 놈아. 네가 우리 부친을 죽여 놓고 어찌 주둥이를 놀려 구차하게 발명을 하려 하느냐. 누가 저 늙은 도

적놈을 사로잡을꼬."

그의 말이 떨어지자 하후돈이 썩 나선다. 도겸은 황망히 말을 달려서 진중으로 들어갔다.

하후돈이 그 뒤를 쫓아 들어오는데 조표가 창을 꼬나 잡고 내달아 그를 맞았다. 그러나 두 필 말이 서로 어우러졌을 때 난데없는 광풍이 크게 일어나서 사뭇 모래를 날리고 돌을 굴린다. 양군이 다 혼란에 빠져 각자 군사를 거두고 말았다.

도겸은 성으로 들어오자 다시 여러 사람을 모아 놓고 말하였다.
"조조 군사의 형세가 원체 커서 도저히 당하기가 어려우니 내가 몸소 이 몸을 묶고 조조 영채로 가서 칼로 베거나 도려내거나 제 마음대로 하라고 하여 우리 서주 일군(一群) 백성의 목숨이나 건져 볼까 하오."

그러나 그 말이 미처 끝나기 전에 한 사람이 앞으로 나서며
"부군(府君)께서 오래 서주를 다스리시어 백성이 모두 그 은덕에 감격하고 있는 터이니 조조 군사가 비록 많다고는 하나 제가 그리 쉽게 우리 성을 깨뜨리진 못하오리다. 부군께서는 백성과 함께 성을 굳게 지키시고 나가지 마십시오. 제가 비록 재주는 없으나 한 번 계책을 써서 조조로 하여금 죽어 몸이 묻힐 땅도 없게 해 놓으리다."
한다. 모든 사람은 크게 놀라 곧
"그게 대체 어떤 계교요."
하고 물었다.

본래 사귀자 한 노릇이 원수만 맺고 말았는데

절처(絶處)에 봉생(逢生)으로 살 길은 또한 있었구나.

필경 그 사람이 누구인고.

현덕은 북해로 가서 공융을 구하고
여포는 복양에서 조조를 치다

| 11 |

이때 나서서 계교를 말한 것은 곧 동해(東海) 구현(朐懸) 사람이니 성은 미(麋)요 이름은 축(竺)이요 자는 자중(子仲)이다.

그의 집은 여러 대를 내려오며 부명(富名)을 들어온 집안이었다.

한 번은 미축이 장사차 낙양에 올라갔다가 수레를 타고 돌아오는 길에 아름다운 부인을 만났는데 수레에 태워 달라고 간청을 한다. 미축은 곧 수레에서 내려 자기는 걷고 부인은 수레에 태웠다. 그랬더니 부인이 이번에는 또 같이 타자고 청한다. 미축은 수레에 오르자 단정히 앉아서 곁눈질 한 번을 안 하였다. 사오 리를 가서 그 부인이 작별하고 가는데, 떠날 때 미축을 보고 말하였다.

"나는 바로 남방(南方) 화덕성군(火德星君)이오. 내가 지금 옥황상제의 칙지를 받들고 그대의 집에 불을 놓으러 가는 길인데, 그대가 나를 예로써 대해 주기로 나도 숨기지 않고 일러 주는 것이니,

그대는 이 길로 빨리 집으로 돌아가 재물을 다 끌어내도록 하오. 내가 밤에 가리다."

그는 말을 마치자 가뭇없이 사라져 버렸다.

미축은 소스라쳐 놀라 부랴부랴 집으로 돌아오자 황망히 가장 집물(家藏什物)을 밖으로 끌어냈는데 그날 밤 과연 부엌에서 불이 나 집이 송두리째 다 타고 말았다.

이 일이 있은 뒤로 미축은 널리 재물을 흩어 곤궁한 사람들을 구제해 주었고, 뒤에 서주태수 도겸이 예를 극진히 해서 청하므로 그에게 와서 별가종사(別駕從事)가 되었던 것이다.

이날 미축이 계교를 드려 하는 말이

"저는 이 길로 북해에 가서 공융에게 구원병을 청해 가지고 올 터이니 주공께서는 사람 하나를 또 구해서 청주 전해(田楷)한테 구원을 청하도록 하십시오. 만약 이 두 곳 군마만 일제히 온다면 조조는 반드시 퇴병하고야 마오리다."

하였다.

도겸은 그의 말을 좇아 편지 두 통을 썼다. 그리고 장하를 향하여

"뉘 감히 청주에 가서 구원을 청해 올꼬."

하고 물으니, 그 말에 응하여 한 사람이 나서며

"내가 가겠소이다."

한다.

보니 그는 곧 광릉(廣陵) 태생으로 성은 진(陳)이요 이름은 등(登)이요 자는 원룡(元龍)이라고 하는 사람이다.

도겸은 먼저 진원룡을 청주로 떠나보내고 다음에 미축에게 분

부하여 글을 가지고 북해로 가게 하였다. 그리고 자기는 여러 사람과 함께 군사를 거느리고 성을 지켜 적의 공격을 막기로 하였다.

원래 북해 공융의 자는 문거(文擧)로서 노국(魯國) 곡부(曲阜) 사람이니 공자(孔子)¹⁾의 이십대 손이요 태산도위(泰山都尉) 공주(孔宙)의 아들이다.

그는 어려서부터 극히 총명하였다. 나이 열 살에 하남윤(河南尹) 이응(李膺)을 만나러 갔더니 문지기가 막고 들이지를 않는다.

공융은

"내가 이 댁 대감과는 세교(世交)가 있는 터에 어째서 못 들인단 말인가."

하고 끝내 들어가 만났는데, 이응이

"대체 너의 조상과 우리 조상이 언제 무슨 친교가 있으셨다고 그러느냐."

하고 물으니, 공융이 대답하여

"옛적에 공자께서 노자(老子)²⁾께 예(禮)를 물으신 일이 있는데 어째서 시생과 대감 사이에 세교가 없다고 하십니까."

하였다.

---

1) 유가(儒家)의 시조로, 춘추시대 노나라 사람. 이름은 구(丘)요 자는 중니(仲尼)다. 처음에 노나라에 벼슬하였으나 물러나와 천하를 두루 돌고 다시 노나라로 돌아와서 예악(禮樂)을 제정하고 『주역(周易)』을 보수(補修)하고 『시경(詩經)』·『서경(書經)』·『춘추(春秋)』 등을 저술하였다. 제자가 삼천 명, 그중에 육예(六藝)에 통한 자가 칠십이 명이었다 한다.
2) 성은 이(李)요 이름은 이(耳)요 자는 백양(伯陽)이요 시호는 담(聃)이다. 노자 철학의 창시자로 『도덕경(道德經)』을 저술하였다. 공자가 주나라에 갔을 때 그에게 예(禮)를 물었다고 한다.

이응이 마음에 퍽 기이하게 여기고 있는 중 때마침 태중대부(太中大夫) 진위(陳煒)가 찾아왔다. 이응이 공융을 손으로 가리키며
"이 애가 기동(奇童)이야."
하고 말하는데, 진위가 있다가
"그렇지만 소시에 총명한 아이가 커서도 다 총명하지는 않지."
하였더니, 그 말이 떨어지기가 무섭게 공융은 대뜸
"대감 말씀대로 한다면 아마 대감은 유시에 퍽 총명하셨겠습니다."
하고 응수하였다. 진위 이하로 모두 웃으며
"이 아이가 장성하면 반드시 당대의 인물이 될 게야."
하고들 말하였다.

이 일로 해서 공융은 이름을 얻게 되었는데, 그 뒤에 그는 중랑장이 되고 몇 번 벼슬이 옮아 북해태수가 된 것이다. 그는 유달리 손들을 좋아하여 매양 하는 말이
"자리에는 언제나 손들이 그득 차고 독 속에는 술이 떨어지지 않는다면 내 소원은 그것으로 족하오."
하였는데, 북해태수 육 년을 사는 동안 그는 위아래 두루 민심을 얻었다.

이날도 공융이 손들과 함께 자리에 앉아 있는데 사람이 들어와 서주에서 미축이 찾아왔다고 보하였다.

공융이 곧 청해 들여 그가 온 뜻을 물으니, 미축은 도겸의 서찰을 내놓으며
"조조가 지금 군사를 거느리고 와서 서주성을 포위하여 그 형세가 심히 위급하기로 명공께 구원을 청하러 온 것이외다."

하고 대답하였다.

  듣고 나자 공융이

  "내가 본래 도 공조와 교분이 두텁고 또한 자중(子仲)이 예까지 친히 오셨으니 어찌 가지 않겠소. 그러나 다만 조맹덕이 나와 일찍이 원수를 맺은 일이 없으니 내 우선 저에게 글을 보내 한 번 화해를 하도록 권해 보아 만약에 제가 듣지 않거든 그때 기병을 할까 보오."

하니, 미축은

  "조조가 자기 군사의 위엄이 장한 것만 믿어서 결코 화해하려 들지를 않을걸요."

하고 말하였다.

  공융이 일변으로는 군사들을 점고하며 일변으로는 사람에게 글월을 주어 조조에게 보내려고 여러 사람들과 의논하고 있을 때 뜻밖에도 황건적 두목 관해(管亥)가 수만의 도당을 거느리고 쳐들어 왔다는 급보가 올라왔다.

  공융은 크게 놀라 황망히 본부 인마를 거느리고 성에서 나가 적을 맞았다. 관해가 진전에 말을 내며

  "내가 북해에 양식이 넉넉하다는 걸 다 알고 온 터이니 일만 석만 꾸어 주라. 너희가 순순히 꾸어 준다면 내 곧 퇴군해서 돌아가려니와 만약에 못 꾸어 주겠다면 성이 한 번 깨어지는 날에 늙은 것 어린 것들까지도 남아나지 않을 것이니 그리 알라."

하고 얼러 댄다.

  듣고 나자 공융은 곧 소리를 가다듬어 그를 꾸짖었다.

  "내가 대한(大漢)의 신하로서 대한의 땅을 지키고 있는 터에 어

찌 도적놈에게 한 톨의 양식인들 내어 줄 법이 있겠느냐."

관해는 크게 노하여 칼을 춤추며 말을 몰아 바로 공융을 바라고 달려들었다.

공융 수하의 종보(宗寶)가 창을 꼬나 잡고 내달아 관해를 맞아 싸웠다. 그러나 불과 두어 합이 지나지 않아서 관해가 종보를 한 칼에 베어 말 아래 떨어뜨리니 공융의 군사는 크게 어지러워 그만 성내로 도망쳐 들어가 버렸다.

관해가 곧 군사를 나누어 사면으로 성을 에워싸고 친다.

공융은 마음이 심히 답답하고 괴로웠다. 이때 미축의 그 민망한 처지는 새삼스레 이를 나위도 없는 일이다.

그 이튿날이다. 공융이 성 위에 올라서 바라보니 적의 형세가 어마어마하게 크다. 그의 마음에 근심이 곱절이나 더하는데, 이때 홀연 성 밖에 한 사람이 창을 들고 말을 급히 달려 적의 진중으로 뛰어들며 좌충우돌하기를 마치 무인지경에나 들듯이 하더니, 바로 성 아래로 짓쳐 들어와서

"빨리 성문을 열어라."

하고 큰 소리로 외친다.

그러나 공융은 그가 대체 누구인지를 몰라 선뜻 문을 열어 주지 못하는데, 이때 도적의 무리가 그를 쫓아 해자 가까이까지 몰려왔다.

그 장수는 홱 몸을 돌이키며 큰 소리로 고함치며 번개같이 창을 놀려 연달아 십여 명을 찔러 말 아래로 거꾸러뜨리니 도적의 무리가 견디지 못하고 다시 우우 뒤로 물러간다.

공융은 급히 영을 내려 성문을 열고 그를 맞아들이게 하였다.

그 장수는 말에서 내리며 곧 손에 들고 있던 창을 버리고 성 위로 올라와 공융에게 절하고 보인다. 공융이 그의 성명을 물으니, 그 장수가 대답하되

"저는 동래(東萊) 황현(黃縣) 사람으로 성은 태사(太史)요 이름은 자(慈)요 자는 자의(子義)라고 합니다. 부군(府君)께서 제 노모를 늘 돌보아 주시니 참으로 황감무지로소이다. 제가 그간 요동에 나가 있다가 어제 모친을 뵈러 돌아와서 도적들이 성을 치러 온 것을 알았는데, 어머님 말씀이 '그동안 내가 사도 은혜를 태산같이 입었으니 네가 가서 구해 드려라' 하시기에 이렇듯 필마단기로 달려온 터입니다."

한다. 그 말을 듣고 공융은 그의 손을 덥석 잡고 기뻐하였다.

원래 공융이 태사자와 안면은 비록 없으나 그가 호걸임은 일찍부터 알고 있던 터에 태사자는 멀리 외방에 나가 집에 없고 그의 노모가 홀로 성 밖 이십 리 어간에 살고 있었으므로 공융은 매양 사람을 시켜 양식이며 피륙 따위를 그에게 보내 주곤 하였다. 이로 말미암아 태사자의 어머니는 이번에 그의 은덕을 갚으려고 이렇듯 아들을 보내서 북해의 급한 것을 구하게 한 것이다.

공융은 태사자를 정중하게 대접하며 그에게 의갑(衣甲)과 안마(鞍馬)를 내주었다. 태사자는 공융을 향하여

"제게 정병 일천 명만 빌려 주시면 이 길로 성에서 나가 적당을 소탕하겠습니다."

하고 말한다. 그러나 공융은

"그대가 비록 영용하기는 하나, 도적의 형세가 원체 크니 경솔하게 나가서는 아니 되오"

하고 그의 말을 들어주려 하지 않는다. 태사자는 다시 한 번

"저의 노모가 부군의 은덕에 감읍해 일부러 저를 예까지 보낸 터에 만약 제가 이 위급함을 풀어 드리지 못한다면 이제 제가 돌아가서 노모를 볼 낯이 없습니다. 부디 저를 한 번 나가서 죽기로 적과 싸우게 해 주십시오."

하고 청하였다.

이때 공융이 있다가

"내가 들으니 유현덕이 당세의 영웅이랍디다. 만약에 현덕을 청해서 구원을 얻을 수만 있다면 이 에움은 저절로 풀리고 말 터인데 다만 보낼 만한 사람이 없어 걱정이오."

하니, 태사자가 곧

"부군께서 글을 써 주시면 제가 당장 떠나겠습니다."

하고 자원해 나선다. 공융은 마음에 기뻐 즉석에서 편지를 써서 태사자에게 주었다.

태사자는 곧 배불리 먹고 든든히 차리고 갑옷 입고 말에 올라 허리에는 궁시를 띠고 손에는 철창을 들고서 성문이 열리는 곳에 필마로 뛰어나간다.

그가 해자 끝 가까이 이르렀을 때 적장이 군사를 거느리고 달려든다. 태사자는 번개같이 손을 놀려 사오 명을 연달아 창으로 찔러 죽이고 적의 포위를 뚫고 나간다.

관해는 성에서 사람이 나온 것을 알자 이는 반드시 구원병을 청하러 가는 사자리라 짐작하고 즉시 수백 기를 거느리고 쫓아나와 팔면으로 그를 둘러쌌다.

태사자는 안장에 창을 걸어 놓고 곧 활에 화살을 먹여 연달아

팔면으로 쏘았다. 시위 소리 울리는 곳마다 말에서 떨어지지 않는 자가 없다. 이를 보고 도적의 무리들이 감히 두 번 그의 뒤를 쫓아 볼 엄두를 내지 못하였다.

태사자는 적의 포위에서 무사히 벗어나자 밤을 도와 평원으로 달려가 유현덕을 보았다.

인사를 마친 다음에 그는 북해태수 공융이 적당에게 포위되어 그에게 구원을 청하는 뜻을 자세히 고하고 공융의 서찰을 올렸다.

현덕이 서찰을 보고 나자

"족하(足下)는 뉘시오."

하고 물으니, 태사자가

"저는 동해 벽지에 사는 태사자란 사람입니다. 저와 공 북해의 사이를 말씀한다면 골육 간의 친함이 있는 것도 아니요 그렇다고 향당(鄕黨)의 깊은 정리가 있는 터도 아닙니다. 다만 피차에 의기상투(意氣相投)해서 환난을 한가지로 나누려 할 뿐입니다. 이번에 갑자기 관해가 쳐들어와 북해성이 포위를 당하고 마니 외로운 형세가 호소 무처하여 그 위급함이 조석에 있는 형편인데, 사군께서 본래 인후하시며 의기를 중히 여기시어 능히 남의 급한 것을 구해 주시는 분임을 공 북해가 아시고, 이렇듯 저더러 적의 에움을 뚫고 나가 사군께 구원을 청하게 하신 것입니다."

하고 대답하였다.

듣고 나자 현덕은 정색을 하며

"공 북해가 세상에 유비가 있는 것을 알고 있었던고."

하고, 마침내 운장·익덕과 함께 정병 삼천을 거느리고 북해로 향하였다.

관해는 구원병이 들어오는 것을 바라보자 몸소 군사를 거느리고 나왔다. 그러나 현덕의 군사가 얼마 안 되는 것을 보고는 마음에 대단치 않게 여겼다.

현덕이 관우·장비·태사자와 함께 말 타고 진전에 나서니 관해가 분노해서 바로 말을 달려 나온다.

태사자가 마주 나가려고 하는데 어느 틈에 관운장이 살같이 내달아 바로 관해에게로 달려들었다. 두 말이 서로 어울리자 양편 군사들은 일제히 함성을 크게 울렸다. 그러나 관해가 무슨 수로 관운장을 당해내랴. 수십 합을 싸우던 중에 청룡도가 번쩍하더니 관운장은 관해를 한 칼에 베어 말 아래 떨어뜨렸다.

태사자와 장비의 두 필 말이 일제히 내달으며 제각기 창을 들고 적진으로 짓쳐 들어갔다. 현덕이 군사를 휘몰아 적을 들이쳤다.

성 위에서 공융이 바라보니 태사자가 관우·장비와 함께 도적의 무리를 몰아치는데 마치 호랑이가 양 떼 속으로 뛰어든 듯해서 그 급하고 험한 형세를 당하는 자가 없다. 공융은 곧 군사를 몰고 성에서 나가 앞뒤에서 서로 끼고 들이쳤다. 도적의 무리는 크게 패해서 항복하는 자들이 수없이 많았고 나머지 무리는 다 뿔뿔이 흩어지고 말았다.

공융은 현덕을 성 안으로 영접해 들여서 주객이 서로 인사를 주고받은 뒤에 연석을 크게 베풀고 승전을 하례하였다.

그리고 그는 또 미축을 자리로 청해다가 현덕과 서로 보게 하고, 장개가 조숭을 죽인 전후수말을 일장 이야기하고 나서

"지금 조조가 군사들을 놓아서 무고한 백성을 함부로 죽이며 서주를 에워싸고 있는 통에 자중이 이렇듯 내게로 구원을 청하러

오신 것이오."

하고 말하니, 듣고 나자 현덕이

"도 공조로 말하면 인인군자(仁人君子)신데 천만 뜻밖에도 이렇듯 억울한 누명을 쓰셨소그려."

하고 괴탄한다.

공융이 그를 보고

"공은 한실 종친이신데 이제 조조가 백성을 함부로 죽이며 저의 강포한 것을 믿고 약한 이를 업신여기는 것을 보고만 계시려오. 공도 나와 함께 도 공조를 구하러 가십시다."

하고 권하는데, 현덕이

"내 감히 추탁(推託)하는 게 아니라 실상 수하에 군사가 많지 않고 장수가 적어 경솔하게 동하기가 어려운 형편이오."

하고 말해서, 공융이 다시

"내가 도 공조를 구하려는 것이 그와의 옛 정리를 생각해서라지만 역시 대의를 위해서 하는 일인데 공은 그래 대의를 위하여 싸우려는 마음이 없으시단 말씀이오."

하고 책망조로 말하니, 현덕이

"그렇게까지 말씀을 하시니 그러면 문거(文擧, 공융의 자)는 먼저 떠나시오. 내 공손찬에게 가서 삼사천 인마를 얻어 가지고 곧 뒤따라가리다."

하고 말하였다.

"공은 부디 실신(失信)하시지 마오."

공융의 말에

"대체 공은 유비를 어떤 사람으로 보고 하시는 말씀이오. 성인께서도 '자고로 다 죽음이 있나니 사람이 신(信)이 없으면 서지 못하느니라' 하셨소. 내가 군사를 얻거나 혹은 군사를 못 얻거나 간에 반드시 뒤쫓아 가리다."
하고 다짐을 두니 공융은 흡족하여 미축더러 먼저 서주로 돌아가서 이 일을 보하게 한 다음 곧 군사를 수습해서 떠날 채비를 차렸다.

태사자는 공융을 향하여
"제가 어머님의 분부를 받고 부군을 도와 드리러 왔는데 이제 일이 무사히 되었으니 천만다행입니다. 원래 양주자사 유요(劉繇)가 저와 동향인데 제게 글을 보내서 오라 하니 아니 갈 수 없어 가 보려 합니다. 그러면 부디 안녕히 계십시오."
하고 절하며 하직을 고하였다.

공융은 그에게 예물을 후히 주었으나 태사자는 그를 받으려 하지 않고 돌아갔다.

그의 모친은 아들이 돌아온 것을 보고 못내 기뻐하며
"네가 북해 원님의 은덕을 갚고 왔으니 내 마음이 좋구나."
하고 드디어 태사자가 양주로 떠나는 것을 허락해 주었다.

공융이 기병한 일은 접어놓고…….
한편 현덕이 북해를 떠나 북평으로 가서 공손찬을 보고 서주를 구하려 하는 일을 자세히 이야기하니, 공손찬이
"조조가 아우님 하고 아무 원수진 일이 없는 터에 왜 구태여 남의 일에 발 벗고 나서려 하시나."
하고 묻는다.

"제가 이미 언약한 일이니 실신할 수는 없습니다."

하니까,

"내 그럼 마보군 이천만 아우님에게 빌려 드림세."

한다. 현덕이 다시

"조자룡 일행도 빌려 주셨으면 합니다."

하고 청해 보았더니 공손찬이 쾌히 허락한다. 현덕은 드디어 관우·장비와 함께 본부 군사 삼천 명을 거느리고 전대가 되고, 자룡은 이천군을 거느리고 후대가 되어 서주를 바라고 떠났다.

한편 미축이 돌아가서 도겸을 보고 공 북해가 또 유현덕에게 청해 그도 싸움을 도우러 오게 된 일을 이야기하고, 진원룡도 돌아와서 청주 전해가 흔연히 군사를 거느리고 구하러 온다는 말을 하여 도겸은 적이 마음을 놓았다.

그로부터 오래지 않아 공융과 전해의 양도 군마가 서주에 당도하였으나 원체 조조 군사의 형세가 사나운 것을 두려워하여 산을 의지해서 멀찌감치 하채하고 감히 선뜻 싸우러 나오지를 못하는데, 한편 조조 쪽에서도 구원군이 두 길로 들어온 것을 보고 역시 군사를 나누어 대치시킨 채 감히 앞으로 나가서 성을 치려고 못하였다.

이러고들 있는 중에 유현덕이 군사를 거느리고 공융을 찾아왔다. 공융은 현덕을 보고

"조조의 병세(兵勢)가 큰 데다 조조가 또 용병에 능하니 우리가 경솔히 싸워서는 안 되겠소. 아직 동정을 좀 살펴본 뒤에 군사를 내도록 합시다."

하고 말하였다.

그러나 현덕이

"말씀인즉 옳으나 다만 성중에 군량이 없어서 아무래도 오래 버티기는 어려울 것 같소. 내 운장과 자룡에게 군사 사천을 주어 공의 수하에서 서로 돕게 하고 나는 익덕과 함께 조조 영채를 뚫고 바로 성으로 들어가서 도 사군과 만나 의논을 좀 해 볼까 하오"
하고 말하자, 공융은 크게 기뻐하며 전해와 서로 모여서 기각지세(掎角之勢)[3]를 이루기로 하고 운장과 자룡은 군사를 영솔하여 양편에서 접응하기로 약속을 정하였다.

이날 현덕과 장비는 일천 군을 거느리고 조조의 영채 가를 짓치고 나갔다. 그들이 한창 나가는 중에 문득 영채 앞으로부터 북소리가 한 번 크게 울리며 마군·보군이 조수 밀리듯 밀려 나오니 앞선 대장은 곧 우금이다.

우금이 말을 뚝 멈추고 서며

"어디서 온 미친놈들이 어디로 가려고 이러느냐."
하고 큰 소리로 외치는 것을 장비가 잡담 제하고 장팔사모 꼬나잡고 말을 몰아 달려 나갔다. 두 말이 서로 어우러져 사오 합쯤 싸웠을 때 현덕이 쌍고검을 춤추며 군사를 휘몰아 나오니 우금이 견디지 못하고 말머리를 돌려 달아난다.

장비는 그대로 적을 쫓아 닥치는 대로 치고 무찌르며 곧장 서주성 밑으로 나아갔다.

이때 성 위에서는 붉은 바탕에 흰 글씨로 크게 '평원 유현덕'이

---

[3] 기각이란 사슴을 잡을 때 앞에서 그 뿔을 붙잡고 뒤에서 그 뒷다리를 붙잡는 것이다. 따라서 기각지세란 군사가 양편에서 적을 견제하며 협격(夾擊)하려는 형세를 말한다.

라 씌어 있는 기를 바라보고, 도겸이 급히 영을 내려 성문을 활짝 열게 하였다.

 현덕이 군사를 거느리고 성으로 들어오자 도겸은 그를 영접하여 함께 부아(府衙)로 들어갔다.

 서로 인사를 마치자 연석을 배설하여 현덕을 대접하며 한편으로 군사들을 먹이는데, 이때 도겸은 현덕의 몸가짐이 당당하고 말하는 품이 활달한 것을 보고 마음에 크게 기뻐하여 곧 별가종사 미축에게 분부해서 서주의 패인(牌印)[4]을 가져오라 하여 현덕에게 바치며 받아 주기를 청하였다.

 뜻밖의 일에 현덕이 악연히 놀라서

 "공은 왜 이러십니까."

하고 물으니, 도겸의 말이

 "방금 천하가 크게 어지럽고 왕강(王綱)이 떨치지 못하는데, 공으로 말씀하면 당당한 한실 종친이시니 가히 사직을 붙들어 세우실 만하다 하겠습니다. 이 사람은 이미 나이 늙고 또한 무능해서 이제 공에게 진정으로 이 서주를 물려 드리려 하는 것이니 부디 공은 사양하지 마십시오. 내 이제 표문(表文)을 초해서 곧 조정에 주달하도록 하오리다."

한다.

 듣고 나자 현덕은 자리에서 일어나 그에게 재배하고

 "유비가 비록 한조 묘예(苗裔)라고는 하나, 별로 공을 세운 것이 없고 덕이 박해서 평원상으로 있는 것도 제게는 오히려 분에 넘

---

4) 인수(印綬)와 같다.

치는 터입니다. 이제 제가 오직 대의를 위해 공을 도와 드리려고 온 것인데 공이 문득 그러한 말씀을 하시니 혹시 유비에게 서주를 삼키려는 마음이라도 있는가 의심하시고 그러시는 것이나 아닙니까. 만약에 제가 그러한 생각을 털끝만치라도 품고 있다 하오면 결단코 하늘이 도우시지 않사오리다."
하고 말하였다. 그래도 도겸은

"아니외다. 이것은 이 늙은 사람이 진정에서 하는 말씀이외다."
하고 지재지삼 현덕에게 패인을 받아 달라고 청한다.

그러나 현덕이 굳이 사양하며 결코 받으려 아니 하니, 미축이 나서서

"지금 적병이 바로 성 아래 와 있으니 우선 적을 물리칠 계책부터 의논들 하시고 일이나 무사히 치른 뒤에 넘겨 드리도록 하시는 것이 좋을까 보이다."
하고 말해서 도겸은 미축의 말을 좇아 현덕에게 계책을 물으니, 현덕은

"제가 먼저 조조에게 글을 보내서 화해를 권해 보겠습니다. 그래서 조조가 만약 듣지 않거든 그때는 싸우지요."
하고, 곧 세 군데 영채에 격문을 전해서 안병부동(按兵不動)하게 하고 조조에게로 사람을 보내 글월을 전하게 하였다.

한편 조조가 군중에서 여러 장수와 앞일을 의논하고 있노라니까 서주에서 전서(戰書)가 왔다고 보한다. 조조가 받아서 펴 보니 곧 유비가 보낸 글월이다. 사연은 대강 다음과 같았다.

비(備)가 관외(關外)에서 공을 만나 뵙고 그 뒤로는 멀리 떨어

져 있어 한 번 찾아뵙지도 못하였습니다. 요 앞서 선장 조후(曹侯)께서는 실상 장개가 불공한 마음을 가져 화를 당하신 것이요 도 공조의 죄가 아닙니다. 방금 밖으로는 황건 여당이 요란히 굴고 동탁의 떨거지들은 안에다 뿌리를 박고 있으니 바라건대 명공은 조정의 급한 일을 먼저 하시고 사사로운 원수를 뒤로 돌리시어 서주를 에운 군사를 풀어다가 국난을 구하도록 하신다면 서주에 이런 다행이 없고 천하에 이런 다행이 없을까 하나이다.

조조는 글월을 보고 나자

"유비가 어떤 사람이기에 제 감히 글을 보내 내게 화해를 권하는가. 그뿐더러 글 속에 은근히 빗대 놓고 나를 욕하는 뜻이 있지 않는가."

하고 화를 더럭 내며

"사자의 목을 베고 일변 힘을 다해서 성을 치도록 해라."

하고 영을 내렸다.

이때 곽가가 나서서

"유비가 멀리서 구원하러 온 터이라 인사를 먼저 차리고 군사는 뒤에 쓰려고 하는 것이니 부디 주공께서는 좋은 말씀으로 회답을 해 주셔서 당장 유비의 마음을 늦추어 놓으신 연후에 군사를 내어 성을 치신다면 서주를 가히 함몰할 수 있을까 합니다."

하고 말한다.

조조는 그의 말을 좇아 유비의 사자를 정중히 대하며 며칠 유하는 동안 답서를 초하기로 하였다. 이렇듯 의논하고 있는 중에

홀연 유성마가 달려들어 오더니
"큰일이 났소이다."
하고 보한다.
조조가 놀라서
"무슨 일이냐."
하고 물으니, 탐마가 아뢰는데 그간 여포가 연주를 엄습해서 이미 이를 함몰하고 나아가서 복양(濮陽)을 점거해 버렸다는 것이다.

원래 여포는 이각·곽사의 난리를 만나 도망해서 무관(武關)을 나서자 그 길로 원술을 찾아갔다. 그러나 원술은 그의 반복무상(反覆無常)한 것을 마음에 꺼려 여포를 받아 주지 않았다.
여포는 그곳을 떠나 원소를 찾아갔다. 원소는 그를 받아들여서 그와 함께 상산(常山)으로 나가 장연(張燕)을 격파하였는데, 여포가 바로 양양자득(揚揚自得)해 가지고 원소 수하의 장수들을 몹시 능모하고 멸시하므로 원소는 그를 죽이려 들었다.
하여 여포는 그곳을 또 떠나 장양에게로 가서 몸을 의탁하였다. 이때 장안성에 있는 방서(龐舒)라는 사람이 그간 아무도 모르게 여포의 처자를 숨겨 두었다가 여포에게 보내 주었는데, 이각과 곽사가 그것을 알고 드디어 방서를 잡아 죽인 다음에 가만히 장양에게 글을 보내서 여포를 죽이라고 명하였다.
이로 인해 여포는 다시 장양을 버리고 진류로 장막을 찾아가게 되었던 것이다.
때마침 진궁이 장막의 아우 장초(張超)를 따라 그곳에 와 있다가 여포가 온 것을 보자 곧 장막을 대하여 말한다.

"이제 천하가 크게 나뉘어 영웅들이 벌 떼처럼 일어나는데 공이 수하에 대병을 거느리고 있으면서 도리어 남의 절제를 받고 지낸다는 것 또한 딱한 일이 아니리까. 지금 조조가 동으로 서주를 치러 나가 연주가 비어 있는데, 여포로 말하면 당대의 영웅이라 만약에 공이 그와 더불어 연주를 쳐서 뺏는다면 가히 패업을 도모할 수 있으리다."

장막은 기뻐하여 즉시로 여포를 시켜서 연주를 엄습해 함몰하고 다시 나가서 복양을 점거하게 하였다.

이리하여 인성·동아·범현 등 세 곳만 순욱과 정욱이 계책을 세워서 죽기로써 지킨 덕에 겨우 온전하였고 그 나머지 고을들은 다 깨어지고 말았는데 조인이 여러 차례 여포와 싸웠으나 다 이기지 못해서 이렇듯 급보를 올린 것이었다.

조조가 급보를 받고 소스라쳐 놀라

"연주를 잃으면 내가 돌아갈 곳이 없지 않느냐. 빨리 방도를 차리지 않으면 안 되겠구나."

하니, 곽가가 있다가

"주공은 아주 이 김에 유비한테 생색을 내시고 군사를 물려 연주를 회복하시는 것이 좋겠습니다."

하고 말한다.

조조는 그 말을 옳게 여겨 즉시 유비에게 답서를 써 보내고 퇴군하였다.

사자는 서주로 돌아가서 도겸을 보고 서찰을 올리며 조조의 군사가 이미 물러갔음을 말하였다.

도겸은 크게 기뻐하여 사람을 보내서 공융, 전해, 운장, 자룡 등을 성내로 청해 크게 연석을 베풀어 대접하였다.

그리고 연석을 파하자 도겸은 현덕을 상좌에 올려 앉히고 여러 사람을 대하여 공수(拱手)하고서

"이 사람은 이미 늙었고 자식 형제는 또한 변변치들 못해서 도저히 국가의 중임을 감당할 수 없는 형편입니다. 이제 유공으로 말씀하면 당당한 한조 후예로서 덕망이 높으시고 재략이 뛰어나시니 부디 이 서주를 맡아서 다스리도록 하시고 늙은 사람은 그만 한양(閒養)이나 하게 하여 주셨으면 합니다."

하고 말하였다.

그의 말이 끝나자 현덕이

"제가 공 문거의 말씀을 좇아서 서주를 구하러 오기는 오직 의를 위함이었습니다. 그런데 이제 무단히 서주를 점거하고 볼 말이면 세상에서 모두 유비를 의리 없는 자라고 할 것이 아닙니까."

하고 말하니, 미축이 곁에 있다가

"이제 한실이 쇠미해서 국내가 뒤집히니 대장부가 공업(功業)을 세우는 것이 바로 이때라고 하겠습니다. 서주로 말하면 전량이 넉넉하고 호구가 백만이나 되니 부디 유 사군은 사양 마시고 받으십시오."

하고 권하였다.

그러나 현덕이

"아무리 그러하여도 이 일만은 분부대로 못하겠소이다."

하니, 진등이 또 나서며

"도 부군께서는 연로하신 데다 잔병치레를 하시느라 공사를 잘

보시지 못하는 터이오니 부디 명공은 사양 마십시오."
하고 권한다.

현덕은 듣지 않고

"원 공로(원술)는 사세삼공(四世三公)이라 천하가 다 추앙하는 바로서 가까이 수춘(壽春)에 있으니 어찌하여 그에게 물려주려 아니하십니까."
하고 말하였다. 그 말에 공융이 말 참예를 하여

"원 공로는 혈기가 쇠약하여 형해만 남았으니 족히 이를 것이 있겠소. 오늘 일로 말씀하면 하늘이 주시는 것인데 이것을 받지 않으신다면 나중에 후회해도 미치지 못하리다."
하는데 현덕은 그대로 고집하고 듣지 않는다.

도겸이 눈물까지 흘리며

"공이 만약 나를 버리고 가신다면 나는 죽어도 눈을 감지 못하겠습니다."
하니, 이제까지 여러 사람들이 주고받는 말만 잠자코 듣고 있던 운장도 곁에서

"이미 도공께서 저렇게까지 말씀을 하시는 터이니 형님은 우선 권도(權道)로 고을 일을 맡아 보시도록 하시지요."
하고 권하며, 장비까지도

"이것은 우리 편에서 위력으로 남의 고을을 뺏는 것이 아니요 남이 호의로 물려주는 것인데 그렇게까지 사양만 하실 것은 무어요."
하고 말했건만, 현덕은

"너희들이 나를 불의(不義)에다 빠뜨리려고 이러느냐."

하고 듣지 않았다.

　도겸이 지재지삼 받아 달라고 청하건만 현덕은 끝끝내 받으려 하지 않으니 도겸은 마침내

　"만약 현덕이 아무리 해도 들어주시지 못하겠다면 여기 근읍(近邑)에 소패(小沛)라는 데가 있는데 군사를 둔치고 계실만은 하니 이 읍에 군사를 두시고 서주를 보위해 주시는 것이 어떻겠습니까"

하고 말하였다. 여러 사람이 모두 현덕더러 소패에 머물러 있으라고 권해서 현덕도 마침내 그러기로 하였다.

　도겸이 군사들에게 음식을 주어 위로를 하고 나자 조운이 하직을 고하니 현덕은 그의 손을 잡고 눈물을 뿌려 작별하였다.

　공융과 전해도 각기 작별 인사들을 하고 군사를 수습해서 돌아갔다.

　현덕은 관우·장비와 함께 본부 군사를 거느리고 소패로 가서 성벽을 수축하며 고을 백성을 위무하였다.

　한편 조조가 회군하니 조인이 나와서 맞으며, 여포의 형세가 큰 데다 또 진궁이 돕고 있어서 연주와 복양을 이미 잃고 인성·동아·범현 세 곳은 순욱과 정욱 두 사람이 계책을 세우고 서로 힘을 합해 죽기로써 성을 지켜낸 것이라고 자세히 이야기를 한다. 조조는

　"내 알기에 여포는 용맹은 하나 꾀가 없는 자라, 과히 염려할 것은 없다."

하고, 우선 영채를 세우고 나서 다시 의논하기로 하였다.

　이때 여포는 조조가 회군해서 이미 등현(滕縣)을 지난 것을 알자 부장(副將) 설란(薛蘭)과 이봉(李封)을 불러 놓고

"내가 너희 둘을 써 보려고 마음먹은 지 오래다. 둘이서 군사 일만 거느리고 연주를 굳게 지키고 있거라. 나는 친히 대군을 영솔하고 나가 조조를 무찌르겠다."
하였다.

두 사람이 응낙하는데, 진궁이 급히 들어와서 여포를 보고
"장군이 연주를 버리고 대체 어디로 가시려 하십니까."
하고 물었다.

"내 복양에 군사를 둔치고 정족지세(鼎足之勢)⁵⁾를 이루려는 게요."
"장군 생각이 옳지 않습니다. 설란·이봉이 연주를 지켜 내지 못하오리다. 예서 남쪽으로 일백팔십 리 밖에 있는 태산은 산이 깊고 길이 험해서 그곳에 정병 만 명만 매복해 놓을 양이면 아무 걱정이 없습니다. 조조가 연주 잃은 소식을 듣고 제가 반드시 배도(倍道)해서 달려올 것이니, 그들이 태산을 지날 때 그 절반이 지나기를 기다려 들이치면 단번에 조조를 사로잡을 수 있을 것입니다."

그러나 여포는
"내가 복양에 둔치는 것은 따로 좋은 계책이 있어 하는 일이니 그것을 그대가 어찌 알겠소."
하고, 드디어 진궁의 계교를 쓰지 않고 설란에게 연주의 방비를 떠맡긴 다음 자기는 복양으로 가 버렸다.

조조의 군사는 길을 재촉하여 태산 험로에 이르자 곽가가
"나가지 마십시오. 복병이 있을까 두렵습니다."

---

5) 솥의 발과 같이 세 쪽에 마주 서는 것. 여기서는 튼튼히 서 있는 형세의 뜻이다.

하였으나, 조조는 웃으며

"여포는 꾀가 없는 자라 설란에게 연주를 맡겨 두고 저는 복양으로 간 것이니, 여기다 무슨 매복을 해 두었겠소."

하고, 즉시 조인을 불러

"너는 일군을 거느리고 가서 연주를 에우도록 하라. 나는 복양으로 진병해서 바로 여포를 치겠다."

하였다.

진궁은 조조의 군사가 가까이 이르렀다는 소식을 듣자 또 여포에게 계교를 드렸다.

"이제 조조의 군사가 멀리서 오느라고 지쳤으니 속히 싸우는 것이 이롭습니다. 적의 기력을 길러 주어서는 안 되지요."

그러나 여포는 이번에도

"내가 필마로 천하를 횡행하는 터에 어찌 조조를 근심하겠소. 제가 하채하기를 기다려 내 나가서 사로잡겠소."

하고 그의 말을 듣지 않았다.

조조의 군사는 복양 가까이 이르러 영채를 세웠다.

이튿날 조조는 여러 장수를 거느리고 나가 들에 진을 친 다음 말을 문기 아래 세우고 멀리 바라보고 있노라니까 이윽고 여포의 군사가 당도하였다.

진을 치고 나자 여포가 앞장서서 나오며 양편으로 건장(健將) 여덟 명을 쭉 벌려 세우는데, 첫째는 안문(雁門) 마읍(馬邑) 사람이니 성은 장(張)이요 이름은 료(遼)요 자는 문원(文遠)이요, 둘째는 태산 화음(華陰) 사람이니 성은 장(臧)이요 이름은 패(覇)요 자는 선고(宣高)라, 이 두 장수가 여섯 명의 건장을 거느리니 그들은 곧 학맹(郝

萌), 조성(曹性), 성렴(成廉), 위속(魏續), 송헌(宋憲), 후성(侯成)이다. 여포 수하에 군사가 오만이며 북소리는 천지를 진동하였다.

조조는 여포를 손으로 가리키며

"내가 너와 본래 원수진 일이 없는데, 어찌하여 내 고을을 뺏었느냐."

하니, 여포는

"한나라 성지(城池)를 분복(分福)이 있으면 아무나 차지하는 게지 꼭 너만 가지란 법이 어디 있느냐."

한마디 대꾸하고 즉시 장패를 시켜서 나가 싸움을 돋우게 하였다.

조조의 군중으로부터 악진이 나와 장패를 맞았다. 두 필 말이 서로 어울리고 두 자루 창이 번개같이 놀아 서로 싸우기 삼십여 합에 승부가 나뉘지 않는다.

하후돈이 싸움을 도우려 말을 몰아 내달았다. 여포 진중에서 장료가 달려 나가 그의 앞을 가로막고 싸운다.

여포가 보다가 그만 갑갑증이 나서 화극을 꼬나 잡고 말을 놓아 한가운데로 짓쳐 나갔다. 하후돈과 악진이 부리나케 달아난다. 여포가 그대로 몰아치니 조조의 군사는 크게 패해서 삼사십 리나 뒤로 물러가고 말았다. 여포는 군사를 거두었다.

조조가 한 번 지고 영채로 돌아가서 여러 장수와 상의하니, 우금이 있다가

"오늘 산 위에 올라가서 바라보니 복양 서쪽에 여포의 영채가 하나 있는데 군사들은 얼마 안 됩니다. 오늘 밤에 적들은 우리가 패주했다 해서 필연 준비를 안 하고 있을 테니 군사를 들어 치도

록 하시지요. 만약 이 영채를 얻고 보면 여포가 반드시 두려워할 것이니 이게 상책일까 봅니다."
하고 계책을 드린다.

조조는 그 말을 좇아서 조홍·이전·모개·여건·우금·전위 여섯 장수를 거느리고 마보군 이만 명을 선발하여 밤을 도와 소로(小路)로 나아갔다.

이때 여포가 영채 안에서 음식을 차려 군사들을 위로하고 있노라니 진궁이

"서채(西寨)는 아주 요긴한 곳인데 만약 조조가 엄습하기나 하면 어쩌시렵니까."
하고 근심하니, 여포는

"제가 오늘 한 진(陳)을 패했는데 어딜 감히 오겠소."
한다. 그러나 진궁은

"조조는 극히 용병에 능한 사람이라, 우리의 준비 없는 틈을 타서 치러 오는 것을 반드시 방비해야 합니다."
하니, 여포는 고순·위속·후성에게 영을 내려 군사를 거느리고 서채로 가서 지키게 하였다.

한편 조조는 황혼녘에 군사를 거느리고 서채에 이르러 사면으로 쳐들어갔다. 영채를 지키던 군사들이 당해 낼 길이 없어 사면으로 흩어져 달아나 버려 조조는 영채를 뺏어 들었다.

그러자 사경쯤 해서 고순이 군사를 거느리고 쳐들어왔다. 조조는 친히 군사를 영솔하고 나가서 바로 고순과 만나 삼군(三軍)이 한데 뒤죽박죽이 되어 싸웠다.

그러다 다시 날이 밝을 녘에 서쪽에서 북소리가 크게 울리며 사

람이 보하되 여포가 몸소 구원병을 거느리고 왔다고 한다.

 조조는 영채를 버리고 달아났다. 등 뒤로부터 고순·위속·후성이 쫓아오고 앞으로는 여포가 친히 군사를 휘몰아 들어온다.

 우금과 악진이 함께 나서서 여포와 싸웠으나 그들은 여포의 적수가 아니다. 조조가 북쪽을 바라고 달아나는데 산 뒤로부터 한 떼의 군마가 튀어나오니 좌편에 장료가 있고 우편에 장패가 있다. 조조는 여건과 조홍을 시켜 이들을 막게 하였으나 형세가 불리하여 다시 서쪽을 바라고 달아났다.

 그러자 홀연 함성이 또 크게 진동하며 한 떼의 군마가 몰려들더니 학맹·조성·성렴·송헌 네 장수가 조조의 앞길을 가로막는다.

 수하 장수들이 모두 죽기로써 싸우며 조조가 앞서서 적의 에움을 뚫고 나가는데 문득 소라소리가 크게 울리는 곳에 화살이 소낙비 쏟아지듯 퍼붓는다.

 조조는 앞으로 나갈 수 없었다. 둘러보아야 벗어날 길이 없다.

 "누구 나를 구해 줄 사람은 없느냐."

 조조가 비통에 젖은 소리로 외치자 마군으로부터 장수 하나가 뛰어나오니 곧 전위다.

 손에 쌍철극을 들고

 "주공은 염려 마십시오."

라고 크게 외치며 몸을 날려 말에서 뛰어내리자, 전위는 쌍극을 꽂아 두고 단극(短戟) 이십여 개를 수중에 껴 쥐고서 종인을 돌아보며

 "나는 앞만 보고 나갈 테니, 너는 내 뒤를 쫓는 적이 십 보 안에

들어오면 내게 알려라."

라고 한마디 이른 다음, 날아드는 화살을 무릅쓰고 성큼성큼 앞으로 걸어 나갔다.

여포의 마군 수십 기가 그의 뒤로 쫓아든다. 종인은 큰 소리로 외쳤다.

"십 보요."

전위가

"오 보 안에 들면 다시 알려라."

하니, 잠시 뒤 종인이 또 외친다.

"오 보요."

전위는 휙 번개같이 몸을 돌리며 단극을 날려는데 단극 하나에 군졸 하나씩 말에서 떨어뜨리되 단 한 번이라 낙자가 없어 삽시간에 이십여 인을 죽이니 남은 무리들은 모두 도망질을 친다.

전위는 다시 몸을 날려 말에 뛰어오르자 한 쌍의 대철극을 두 손에 갈라 쥐고 적진으로 짓쳐 들어갔다. 학맹·조성·후성·송헌의 무리가 그를 당해 내지 못하고 하나같이 뺑소니를 쳤다.

전위가 적군을 모조리 물리치고 마침내 조조를 구해 내자 여러 장수들도 따라와 함께 영채로 돌아가려 길을 찾아 나섰다.

때는 해가 많이 기운 저녁 무렵, 문득 등 뒤로부터 다시 함성이 일어나더니 여포가 화극을 들고 말을 달려 쫓아오며

"조조 놈아, 어디로 도망을 가려느냐."

하고 벽력같이 외친다.

이때 조조 군중은 사람이나 말이나 모두 지칠 대로 지쳐 서로 쳐다보면서 저마다 도망할 궁리만 한다.

겹겹이 둘린 포위 겨우 빠져나왔더니
어이하랴 천하 명장이 뒤를 다시 쫓는구나.

조조의 목숨이 어찌 될 것인고.

(2권에 계속)

『박태원 삼국지』의 출간이 갖는 의미

조 성 면(문학평론가)

　『박태원 삼국지』가 돌아왔다! 반세기를 넘긴 두 세대 만의 극적인 귀환이다. 다시 쓰기(re-writing)와 리메이크가 『삼국지』의 텍스트 논리라고는 하지만, 강력한 원본성을 지닌 걸작의 출현에 이제 시뮬라크르들은 바짝 긴장하지 않을 수 없게 됐다. 앞으로 『삼국지』의 판도가 한바탕 크게 요동을 치게 될 것 같다.

　장구한 텍스트의 형성사가 보여 주듯 『삼국지』는 통상의 문학 작품들처럼 천재적 개인에 의한 창작물, 즉 단일한 작가의 개념을 전제로 축조된 작품으로 보기 어렵다. 진수(233~297)의 정사 『삼국지』와 배송지(372~451)의 『삼국지주』 등의 공식적인 기록물들을 비롯하여 민간에서 떠돌던 설화들, 당대의 변문, 송대의 화본, 원대의 잡극, 그리고 『전상평화삼국지』 등을 거쳐 『삼국지』가 연의(演義)로 완결, 집대성된 것은 나관중(생년미상~1398)에 이르러서이다. 1644년경 이것이 다시 모종강(毛宗崗)에 의해 각종의 한시와 회평(回評)이 첨가된 120회 장편 장회소설로 재구성, 오늘날 우리가 알고 있는『삼국지』의 원형이 만들어지게 된다. 여기에 요시카와 에이지(吉川英治, 1892~1962)에 의해 근대적 대하소설로 재창작되면서 마침내『삼국지』가 복수의 텍스트들로 분화되기 시작했던 것이다.

판본사(textual history)의 관점에서『박태원 삼국지』는 '한국어판 삼국지 현대화'의 종착점이면서 시발점이라 할 수 있다. 우리의 경우,『삼국지』는 목판본과 활자본 등 다양한 형태로 유통되다가 1904년 박문서관에서 펴낸『수정 삼국지』를 기점으로 근대식 활판본들이 출판되기 시작했다. 이후 한동안 딱지본 형태의 이야기책 시대를 이어오다가 양백화(《매일신보》, 1929. 5. 5~1931. 9. 21)와 한용운(《조선일보》, 1939. 11. 1~1940. 8. 20)에 와서 의고적인 편역과 언해의 단계에서 확실하게 벗어나 근대적인 텍스트로 분화되기 시작했고, 마침내 박태원(1909~1986)의 손을 거치면서 오늘날의 우리가『삼국지』라고 생각하는 현대적인 '한국형 삼국지'가 탄생하였다.

그러면 이른바『박태원 삼국지』의 판본사적 획기성과 의미는 무엇이며, 그것은 왜 중요한가.

우선『박태원 삼국지』는 그 자체가 작은 문학사이며 현대사라 할 수 있다. 여기에는 그의 문학적 여정과 한국현대문학사의 파란곡절이 투영돼 있기 때문이다. 뿐만 아니라 이 걸작은 코에이(KOEI) 사(社)의 전략 시뮬레이션 게임 〈삼국지 시리즈〉를 즐기는 오늘날의 유저들이 읽어도 좋을 만큼 빼어난 가독성과 동시대성 그리고 순도 높은 완성도를 지닌 '작품'이기도 하다. 박종화(1901~1981)·김동리(1913~1995)·황순원(1915~2000)·김구용(1922~2001)·이문열(1948~)·황석영(1943~) 등 한 시대를 풍미한 대표작가들의 텍스트들을 부정하는 것은 아니지만, 아무래도 박태원이 처음으로 이룩하고 도달했던 '삼국지 한국화와 현대화'라는 압도적 성취에서 좀더 묵직한 존재감을 느끼게 되는 것은 어쩔 수 없는 노릇이다. 더구나 남북의 화해와 교류협력이라는 지난 시대의 성과들이 보수의 논리 앞에서 크게 훼손되고 또다시 대결적 상황으로 내몰리고 있는 현 국면에서 박태원이 1964년 북한에서 완결지은 『삼국지』가 다시 출판된다는 이 문화사적 사건은 결코 가볍지 않은 것이다.

『박태원 삼국지』가 세상에 그 모습을 드러낸 것은 1941년 4월 월간 《신시대》에 『신역 삼국지』란 이름으로 연재되면서부터이다. 일부 고서 애호가들이 이것보다 앞선 1938년 박태원이 박문서관에서 『삼국지』를 펴냈다는 주장을 펴고 있으나 근거 없는 주장이며, 『박태원 삼국지』의 서막을 연 『신역 삼국지』도 1943년 1월 모종강본의 「제57회 와룡선생은 시상군에서 주유를 조상하고 봉추는 뇌양현에서 고을을 다스리다」에 해당하는 대목을 연재하다 중단되고 말았다.

이후 박태원은 1945년 전 3권 분량으로 추정되는 축약본 『삼국지』를 '박문서관'에서 펴낸 바 있다. 1950년에는 정음사에서 다시 『삼국지』를 번역·출간하던 중 박태원의 월북으로 중단의 위기를 겪기도 했으나 사장 최영해의 뚝심으로 속간되었으니, '최영해 삼국지'는 바로 『박태원 삼국지』의 후신이었던 것이다. 이른바 독자들 사이에서 『박태원 삼국지』의 은유로 통용됐던 최영해본 『정음사 삼국지』는 '제1권 도원결의'를 시작으로 단기천리·삼고초려·적벽대전·조조집권·관공현성·팔진도법·공명출사표·대성귀천·천하통일 등 총10권 분량으로 1955년 완결되었다. 탁월한 모더니스트가 보여준 유려한 미문에다 서슬 퍼런 냉전시대 월북 작가 박태원의 작품을 읽을 수 있다는 대리만족감과 위반의 즐거움으로 인해 1960년대의 독자들에게 『최영해 삼국지』는 기대 이상의 각광을 받았다. 박태원의 월북으로 사라져버릴 뻔했던 걸작을 문화인식과 뚝심으로 이어간 정음사 사장 최영해는 한글학자 외솔 최현배 선생의 아들로 박태원의 유족을 비롯한 문인들에게 많은 도움을 주었으며 동화작가로 또 출판인으로서의 공적을 인정받아 대한민국 문화훈장 등을 받을 만큼 인간미가 넘치는 문화인물이었다.

그런 '최영해 삼국지'는 독자들의 각별한 사랑과 아쉬움 속에서 1959년, 1970년, 1979년 판과 쇄를 달리하면서 1980년대 중반까지 계속해서 출판되었다. 이번에 깊은샘에서 새롭게 펴내는 『박태원 삼국지』는 그가 1959년 북한의 국립문학예술서적출판사에서 번역, 출판하기 시작하여 1964년 조선문학예술총동맹출판사에서 총6권 분량으로 완결된 판본을 저본으로 한 것으로 '삼국지 마니아'들이 반세기 이상 기다려왔던 『박태원 삼국지』의 결정판이며, '한국판 현대 삼국지'들의 좌장격인 진짜 원본의 복원이라는 점에서 큰 의미가 있다.[1]

그럼에도 한국근대문학을 전공한 연구자들이나 박종화와 최영해를 찾아서 읽을 정도로 내공이 심후한 '삼국지 광팬'이 아니라면, 21세기의 젊은 독자들에게 『박태원 삼국지』는 다소 낯설지도 모르겠다. 특히 박태원 문학을, 경성거리를 배회하던 식민지 지식청년의 고독한 산책길과 갑오년 농민군들의 뜨거운 함성으로 기억하는 독자들에게 '박태원'과 '삼국지'는 뜻밖의 조합으로 받아들여질 수도 있을 것이다. 그러나 『박태원 삼국지』는 『소설가 구보씨의 일일』이란 첨단 모더니즘과 『갑오농민전쟁』이란 웅장한 민중적 대하소설 사이의 낙차를 메우는 교량형의 작품이면서 『갑오농민전쟁』의 밑바탕이 되는 미완의 가작 『군상』의 탄생을 예비하는 것이니, 작품사적 의미 또한 결코 간단하지 않다. 여기에 『삼국지』를 한국문학사상 최초로 신문에 연재한 바 있었고 동양 고전에 해박했던 양백화(1889~1944)에게 전수받은 단단한 한문 실력에 한국 모더니즘 문학을 이끌었던 탁발한 문장력이 뒷받침되고 있으니 그야말로 이보다 더 완벽할 수는 없겠다.

그래도 여전히 의문이 남는다. 요컨대 선구적 모더니스트이자 진보적 문학이념의 길을 선택한 그의 『삼국지』 번역 자체가 바로 그러하다.

---

1) 참고로 본서의 저본이 된 『박태원 삼국지』의 간행연대와 서지사항은 다음과 같다. 『삼국연의』 1권(국립문학예술서적출판사, 1959), 『삼국연의』 2권(국립문학예술서적출판사, 1960), 『삼국연의』 3권(국립문학예술서적출판사, 1961), 『삼국연의』 4권(조선문학예술총동맹출판사, 1962), 『삼국연의』 5권(조선문학예술총동맹출판사, 1964), 『삼국연의』 6권(조선문학예술총동맹출판사, 1964).

뜻밖에도 우리는 그 해답의 단초를 『삼국지』 자체에서 찾을 수 있다. 한국 모더니즘을 대표하던 이태준(1904~미상)이 골동품과 기명절지(器皿折枝)들을 만지던 상고주의자(尙古主義者)였고, 정지용(1902~1950) 역시 한시에 능통한 고전주의자였으니 모더니즘과 고전은 그 내부에서 이처럼 강력한 심미적 친화력과 정신적 유대를 가지고 있었던 것이다. 따라서 『삼국지』는 고전주의자였던 모더니스트들에게 거부감 없이 받아들여질 수 있는 매력적 대상이었을 것이다. 더구나 『삼국지』를 처음 연재하던 1940년대 초반은 고전이나 역사 속으로 도피하는 것 이외에 별다른 선택의 여지가 없었던 암흑의 시대가 아니었던가. 뿐인가. 어떤 점에서 『삼국지』는 정처를 잃은 진보적 문학인이 의지처요, 대중과 소통할 수 있는 거의 유일한 통로였던 것이다.

지금의 관점에서 보면 충과 의리 등과 같은 유교적 이념에 기초한 『삼국지』의 핵심적 세계관, 즉 촉한정통론(蜀漢正統論)이나 옹유반조(擁劉反曹) 등이 근대의 정신과 길항하는 시대착오적인 낡은 이념으로 보일 수도 있겠지만, 어디까지나 이는 오해이며 단견이다. 『삼국지』의 주인공인 유비 삼형제의 면면을 보자. 탁현의 촌구석에서 돗자리를 만들어 팔던 유비, 저잣거리에서 돼지를 잡아 팔던 장비, 탐관오리를 징치하고 수배를 피해 강호를 떠돌던 낭인 관우가 도원에서 결의를 맺고 군사를 일으킨 것은 일종의 민중적 봉기에 가깝다. 오직 웅지와 삼척검에 의지하여 몸을 일으킨 유비 삼형제에 대한 독자들의 열광과 지지는 부패한 정치권력과 불평등한 사회에 대한 민중적 항의와 분노가, 그리고 새로운 사회와 신분상승에 대한 열망의 심미적 표현인 것이다. 비록 종교적 외피를 쓰긴 했으나 농민들의 봉기로 볼 여지가 있는 황건적에 대한 부정적인 인식이라든지 유비 삼형제가 보여 주는 투철한 근왕주의나 한실재건 같은 복벽주의(復辟主義)가 시대착오적인 것으로 해석할 수도 있겠으나 그것은 오늘날의 관점을 무리하게 소급하여 적용한 것일 수도 있다. 왜냐하면 유비 삼형제의 근왕주의와 애민주의는 전근대가 도달할 수 있었던 최고의 민중주의일 것이기 때문이다.[2]

 그렇다고 해서 『삼국지』를 민중문학으로, 정치적인 오락물로 읽어 내는 방식은 단견이요, 일방적 관점일 수 있다. 요컨대 『삼국지』는 낙척불우의 삶을 사는 이들에게는 인생의 지혜를, 삶이 무료한 이들에게는 재미를, 경영인들에게는 탁월한 전술과 지략을, 그리고 새로운 시나리오와 콘텐츠가 필요한 크리에이터들에게는 원천 소스를 제공해 주는 등의 다양한 맥락 속에 놓여 있기 때문이다. 덧붙여 언제라도 자신의 처지와 관점에 따라 맥락을 달리하여 읽을 수 있는 이 다성성(多聲性)과 풍부한 내포야말로 『삼국지』가 시대와 계층을 초월하여 반복해서 읽히게 되는 원동력일 것이기 때문이다.

 북한에서조차 실전되었다고 하는 희대의 걸작 『박태원 삼국지』가 깊은샘 박현숙 사장님의 수년에 걸친 끈질긴 노력과 열정으로 이렇게 다시 감격적으로 복간되는 것을 한국문학 전공자의 한 사람으로서 기쁘게 환영한다. 아울러 중국문학 전문 번역가로서 온

---

[2] 조성면, 「상품의 미학과 리메이크의 계보학: '삼국지'의 경우」, 『21세기문학』, 2007년 봄호, 67쪽.

라인에서 삼국지 칼럼니스트로 활동하고 있는 송강호 선생과 이른바 '삼국지 프로젝트'를 함께 진행하여 '한국어판 삼국지 번역의 실상과 전모'를 파악할 수 있도록 해 준 '인하대학교 한국학연구소 기초학문연구단' 소속 연구원들께도 감사를 드린다.[3] 모쪼록 '현대 한국어 삼국지 판본'들 가운데서 최고의 걸작으로 손꼽히는 이 명품『삼국지』가 독자들에게 새로운 기쁨이 되고, 더 나아가 박태원 연구는 물론 남북 간의 문화 교류 및 협력과 상호 이해의 물꼬를 트는 새로운 전기가 되었으면 한다.

---

3) 인하대학교 한국학연구소 기초학문연구단에서는 한국학술진흥재단의 지원을 받아 2004년부터 2006년까지『삼국지』의 텍스트 형성사·판본사·번역 문제·장르변용 등에 대한 연구를 수행하고 그 성과물들을 종합하여 책으로 간행하였다. 인하대학교 한국학연구소 기초학문연구단,『'삼국지연의' 한국어 번역과 서사변용』(인하대 출판부, 2007)을 참고할 것.